M I C K E Y 7

米奇7号

〔美〕**爱德华·阿什顿** 著
王雪妍 译

南海出版公司

新经典文化股份有限公司
www.readinglife.com
出　品

献给珍，要不是你终结了文明，这一切都不会发生。

001

这将是我死得最蠢的一次。

二十六点钟刚过，我面朝天，躺在粗糙的石头地上，周围一片漆黑，我甚至怀疑，自己是不是已经瞎了。我的目镜花了足足五秒去寻找可见光谱内的散落光子，最终还是放弃，开启了红外线模式。依然看不见什么，但至少，我能依稀辨认出头上洞顶的轮廓了。此刻它隐约发亮，带着幽灵般苍白的灰。那个被冰裹住的黑环般的开口，一定就是我掉下来的地方。

问题来了：到底发生了什么鬼事情?

我最后几分钟的记忆是一堆碎片，大多是彼此毫不相干的画面和声音。我记得博托将我从那个巨大裂隙顶上空投下来，记得我沿着一块巨大的碎冰向下爬，记得我在行走，记得我抬起头，看到南墙上方三十多米处，有一块巨石从冰里支出来。那块巨石看起来像猴子的头。我还记得自己笑了，紧接着……

……紧接着，我左脚踩空，开始下坠。

混蛋。我当时都没注意自己正在往哪儿走，只顾盯着那块像是猴头的蠢石头，思考着回到穹顶后该如何向纳莎形容这一切……然后，我掉进了一个洞。

死得最蠢的一次。

我打了个寒战。我在上边时就已经感到十分寒冷，现如今身处洞底、倒在岩石上，更是感到正被寒气浸透，它穿过我的紧身衣和两层保温服，渗进发丝、皮肤、肌肉，一路入骨。我又打了个寒战，一阵痛感猛然从左腕上行到肩膀。我低头看，发现手套和保温服的连接处，一个不该发肿的地方竟然肿了起来，那鼓包将衣服顶得老高。我开始摘手套，心想周遭的冷空气或许能起到消肿的作用。还没等摘完，又是一阵痛，我这实验立刻胎死腹中。就连握拳这样简单的动作都变得无比困难，只要一弯手指便立即痛到两眼发黑。

我肯定是在下坠的过程中撞到了什么。倒不一定是骨折，但绝对扭伤了。

可还能感到疼痛，也说明我还活着，不是吗？

我缓缓坐起，晃了晃脑袋，让自己清醒清醒，眨眨眼，开启了一个对话框。我离殖民地的信号中继塔都太远了，联系不到任何一个。但博托一定离我不远，因为我能收到一丝微弱的信号。这信号不足以支撑我进行语音或视频通话，但发个文字信息大概不成问题。

〈米奇 7 号〉：博托，你能收到吗？

〈红鹰〉：收到。呵，还活着？

〈米奇 7 号〉：这会儿还活着。但我被困住了。

〈红鹰〉：别提了。我看到了。你径直走进了一个大窟窿。

〈米奇 7 号〉：是啊，这我也知道。

〈红鹰〉：那个窟窿可真不小啊，米奇。那么大的窟窿，老兄，你想什么呢？

〈米奇 7 号〉：我当时在看一块石头。

〈红鹰〉：……

〈米奇 7 号〉：那块石头像个猴子。

〈红鹰〉：死得最蠢的一次。

〈米奇7号〉：是啊，没错，可我还没死呢，不是吗？说到这儿，你能来接我一下吗？

〈红鹰〉：呃……

〈红鹰〉：不能。

〈米奇 7 号〉：说真的？

〈红鹰〉：说真的。

〈米奇 7 号〉：……

〈米奇 7 号〉：为什么？

〈红鹰〉：这个嘛，主要是因为，我此刻就盘旋在你坠落点上空两百米处，但还是几乎收不到你的信号。朋友，你在地底深处，那儿绝对是爬行者的地盘。天知道救你出来要费多大劲，冒多大险。为了一个消耗体，我不知道这付出到底值不值得，你懂吗？

〈米奇 7 号〉：噢，原来如此。

〈米奇 7 号〉：就算是为了朋友也不行么？

〈红鹰〉：拜托，米奇。你这招儿太廉价了。你又不是真要死了。我回穹顶后会帮你提交一份失踪报告。这是公务流程。指挥官一定会批准你的再生申请的。明天你就能出现在再生舱，回到你的床上了。

〈米奇 7 号〉：噢，那太好了。我明白，对你来说，这是最省事的做法。可与此同时，我不得不死在这个洞里。

〈红鹰〉：是啊，这听起来糟透了。

〈米奇 7 号〉：糟透了？真的吗？你想说的只有这个？

〈红鹰〉：我很抱歉，米奇，可你还想让我怎样？你马上要死在那儿了，我心里也不好受，但说实话……这本来就是你的工作，不是吗？

〈米奇 7 号〉：我甚至不是最新版本，你知道吗？我有一个多月没上传过记忆了。

〈红鹰〉：这……不是我的错。不过别担心。你最近都做了什么，我会转告给你的。上次上传至今，你有什么重要的私事需要记住吗？

〈米奇 7 号〉：呃……

〈米奇 7 号〉：我想没有。

〈红鹰〉：完美。那么一切 OK。

〈米奇 7 号〉：……

〈红鹰〉：没问题吧，米奇？

〈米奇 7 号〉：嗯。没问题。谢了，博托。

我又眨眨眼，关了对话框，向后仰，靠在巨石上，合起双眼。

难以置信，那个鸡屎一样的混蛋，竟然不来救我。

算了，我开什么玩笑呢？这根本不令人意外。

接下来该怎么办呢？坐在这儿等死吗？我不知道自己在那个井眼还是沉井还是什么东西里跌跌撞撞地滚了多久，才落在这个……这个管它是什么的地方。这儿可能有二十米深。但从博托的描述判断，也可能深达百米。我掉下来的开口就在那儿，距我不过三米。可即便能触到它，以我手腕目前的状况，也根本爬不上去。

干我这份工作，要花大量时间去揣摩各式各样的死法，尽管不是所有死法都能亲身体验。我从来没被冻死过。当然，我考虑过这种死法。降落在这么一个鸟不拉屎的大冰球上，不去想都难。相对来说，冻死应该比较轻松。慢慢变冷，睡去，然后不再醒来。没错吧？我的思绪开始游移，心想这个死法或许不算太糟糕。这时，我的目镜闪烁起来。我眨眨眼，开始回复。

〈黑蜂〉：嗨，宝贝。

〈米奇 7 号〉：嗨，纳莎。要我为你做点儿什么？

〈黑蜂〉：你坐好就行了。我正在飞行，还有二十分钟就到你那儿了。

〈米奇 7 号〉：博托找过你了？

〈黑蜂〉：没错。他觉得救不回你了。

〈米奇 7 号〉：但是？

〈黑蜂〉：他只是没有足够的动力。

如你所知，希望是个好笑的东西。三十秒前，我还百分之百确信自己马上要死了，而且对此并不感到害怕。可现在，我的心跳声震耳欲聋，并且脑海中下意识地拉出一份清单，列起了如果纳莎真能降落在这个洞的上方救我上去的话，可能遇到的一切问题。比如，裂隙旁是否有足够宽敞的空间供她降落？要是有，她能找到我吗？要是能，她又有足够长的绳子拉我上去吗？

就算一切可行，搭救我的过程中，她又是否会引来爬行者呢？

该死。

该死。该死。该死。

我不能让她这么做。

〈米奇 7 号〉：纳莎？

〈黑蜂〉：怎么了？

〈米奇 7 号〉：博托说得对，没必要救我了。

〈黑蜂〉：……

〈米奇 7 号〉：纳莎？

〈黑蜂〉：宝贝，你确定吗？

我又闭上眼，吸气，呼气。不过是回到再生舱罢了，不是吗？

〈米奇 7 号〉：是的，确定。我掉得太深了，摔得又狠。老实说，即便你能救我回去，最后，他们估计还是会把我报废的。

〈黑蜂〉：……

〈黑蜂〉：好吧，米奇，这可是你说的。

〈黑蜂〉：但你知道我会为你跑这一趟的，对吗？

〈米奇7号〉：当然，纳莎，我知道。

她不再说话。我坐在那儿，看着她的信号位置来来去去。她正在我掉落的地方盘旋，试图对我的信号进行三角定位，来确认我的准确位置。

不能再这样下去了。

〈米奇7号〉：回去吧，纳莎，我下线了。

〈黑蜂〉：啊。

〈黑蜂〉：好吧。

〈黑蜂〉：你打算怎么做？

〈米奇7号〉：什么怎么做？

〈黑蜂〉：我是说怎么死，米奇。我不想看你像5号那样去世。你身上有武器吗？

〈米奇7号〉：没有。掉下来的时候，爆燃枪也丢了。老实说，就算没丢，我也不想把那玩意儿用在自己身上。那样或许会死得快一些，可是……

〈黑蜂〉：是啊，那或许是个好主意。那你有刀吗？或者冰镐？

〈米奇7号〉：都没有。你想让我用冰镐对自己做什么？

〈黑蜂〉：我不知道。它很锋利，不是吗？或许你可以把自己的头砍下来什么的。

〈米奇 7 号〉：纳莎，我知道你想帮我，但是……

〈黑蜂〉：或许你可以拔了呼吸阀。不知道缺氧和一氧化碳浓度过高，哪个会先置你于死地。但不管是哪种情况，应该都只需要几分钟而已。

〈米奇 7 号〉：是啊。我从没这么死过，但不知怎的我对窒息而死不太感兴趣。

〈黑蜂〉：那怎么办？

〈米奇 7 号〉：我觉得还是冻死吧。

〈黑蜂〉：嗯，这不错。比较平静，是吧？

〈米奇 7 号〉：希望如此。

她的信号逐渐减弱，在消失的边缘徘徊。她一定是在信号范围的边界转圈。

〈黑蜂〉：嘿！你已经备份过了吧？

〈米奇 7 号〉：几周没更新了。

〈黑蜂〉：为什么？

我现在真的没心情回答这个问题。

〈米奇 7 号〉：我想就是懒吧。

〈黑蜂〉：……

〈黑蜂〉：我很抱歉，宝贝，真的很抱歉。

〈黑蜂〉：需要我在线陪你一会儿吗?

〈米奇 7 号〉：不用了。这可能要花上一段时间，而且你要是掉下来了，是无法重生的，记得吗？你该回穹顶了。

〈黑蜂〉：你确定吗?

〈米奇 7 号〉：确定。

〈黑蜂〉：爱你，宝贝。明天见面的时候，我会好好给你讲讲，今晚你是如何英勇就义的。

〈米奇 7 号〉：谢谢，纳莎，我也爱你。

〈黑蜂〉：再见，米奇。

我眨眨眼，关了对话框，然后看着纳莎的信号逐渐消失。博托早就离开了我的收讯范围。我抬起头，那个巨大的开口瞪着我，活像恶魔的屁眼。不管有没有做好备份，我都忽然不想死了。我又晃了晃脑袋，从地上爬了起来。

✦

让我们来做个思想实验：想象一下，夜里，你正准备睡去，这时，你忽然发现，等待你的不是睡眠，而是死亡。你死了。第二天清早，另一个人在你家醒来，他掌握了你所有的记忆，你的希望和梦想、恐惧和愿望。他觉得，他就是你，而你的亲朋挚友也都相信，他就是你。可他不是你，你也不再是前一晚睡去的那个人。你的存在始于这个清早，并将终于今夜合眼的时刻。扪心自问，这会让你的生命有所不同吗？这两个你会有什么不同吗？

如果你把以上陈述中的“睡去”，换成“被碾碎、蒸发或是被点燃”，便能对我的生活有个大体了解了。反应堆芯出问题了？我来解决。需要测试没谱儿的新疫苗？有我呢。想知道你胡乱调出来的苦艾酒有没有毒？我先来为你们这些混蛋尝尝。反正就算我死了，你也总能再造一个出来。

这没完没了的死亡，的确让我实现了某种糟糕的永生。我所记得的，不仅是米奇1号做过什么，还有作为他的感觉如何。好吧，这份记忆并不包括他死前的最后几分钟。他，或者说，我，死于星际航行途中的舰体破裂。几小时后，米奇2号醒来了，他深信自己时年三十一岁，生于米德加德星。谁知道呢？或许的确如此。或许从那副躯壳中望向世界的眼睛，就属于米奇·巴恩斯本人。你又如何分辨呢？没准儿我躺在洞底，合起双眼，拔掉呼吸阀，明早醒来，就是米奇8号了。

可不知为何，我对此有些怀疑。

纳莎和博托或许不会感到什么不同，可在内心深处那个超越了理智的地方，我很清楚，自己已经死了。

✦

洞底，目之所及处探测不到任何可见光波段的光子。但我借着目镜接收到的短波红外线，勉强能看清周围的轮廓。我发现，从这个小小的洞穴出发，竟有六条隧道向下延伸。

不该如此。

这一切都太不可思议了。

这些隧道看起来像是熔岩管，可从卫星轨道测绘的结果来看，以此为中心的一千千米内，都不该有火山活动，而这也正是我们选择驻扎于此的原因之一。尽管此地距赤道很远，但这个蠢星球的鬼气候还是比预想的更让人难以忍受。我缓缓围绕这个洞穴踱步。所有隧道看起来都是一样的，圆口，直径约三米，闪着微弱的光，我的理智告诉我，温度梯度为正，可我的潜意识却在说，这隧道直通地狱。我数了数，每两个隧道之间大概都相隔六步。

这似乎也不太对劲。

可我没时间去担心这个了。我选了一条隧道，走了进去。

大约半小时后，我开始思考，或许该告诉纳莎，我最终决定不再坐以待毙，等着被冻死。如果她知道就好了，这样就可以告诉博托不必提交失踪报告，除非我真的死了。殖民地联盟处理许多事情都不怎么严苛，尤其是与道德有关的事。但是，在人体生物打印和人格下载技术诞生之初，曾发生过一些十分糟糕的事，因此，如今在许多殖民地，当个连环杀手或去贩卖儿童都比当个多重身要好得多。

我弹开一个对话框，可这里压根儿收不到信号。我与地面之间横亘了太多基岩。或许这样也好。我十分确信，纳莎之所以没有强行救援，是因为我让她觉得我已经没救了。如果她知道我又能站起来了，还在这儿走来走去，除了头有点疼、手腕扭伤之外并无大碍的话，无论我愿不愿意，她应该都会掉头来找我。

可我不能这样做。过去九年里，纳莎是我拥有过的唯一真正美好的存在，如果她因我而死，那么我独自一人绝对活不下去。

我活不下去，可我不得不这样做，不是吗？我真的不能去死——无论如何，我不能，我要坚持。

反正现在即便她想来救我，我都不确定她能否找到我。这里就像个蚂蚁窝，走上几十米便会出现新的洞口，伸向新的隧道。我试图沿着那些看似向上而非向下的隧道行走，但好像并没有取得多大成功，我对自己前进的方向一无所知。

好消息是，我不发抖了。我本以为自己会失温，但墙面反射回来的红外线越来越稳定，此刻我确信，越向深处走，温度便越高。我甚至有些出汗了。

目前这还不是问题，可倘若我真能找到一条路回到地面，出汗就不是什么好事了。当我下坠冲破那个大窟窿表面覆着的那层雪盖时，外面只有零下十摄氏度。夜里，气温有时会降到零下三十度，甚至更低，风也从不止息。如果我真能找到出路，或许更该在洞里待到日出。

✦

我正做着与纳莎有关的白日梦时，忽然听见有什么东西一掠而过。那声音就像花岗岩上滚过了一把小石头，只是，它不断出现又消失，循环往复。我接着走，没有回头。我越来越清晰地感受到，这些隧道绝非自然产物。我从未听说过有什么穴居动物会在坚硬的岩石中挖上三米宽的洞。不管它是怎样一种生物，我都绝对绝对不想见到。

随着我前进，那声音响得越来越频繁，也越来越接近。我不由自主地越走越快，最后几乎跑了起来。穿过一个隧道交叉口后，我忽然反应过来自己并不清楚那声音源于我身前还是身后。我猛然停下，半转过身。

它赫然伫立在我眼前，几乎能触到。

它看上去大体上和爬行者差不多，我想这也说得通：一节一节的身体，一双腿下是同样一节一节的坚硬利爪，或者说脚。但它的大颚和爬行者不同。爬行者的第一个体节长着一对大颚，而这家伙却有两对：一对稍长，与地面平行；另一对短一些，与前一对垂直。和爬行者一样，它的大颚里面也有一对短小灵活的口须，还有圆圆的长着牙的嘴洞。

它与爬行者之间还有一些很大的区别。爬行者通体雪白，这或许是为了在雪地中生存演化出的结果。我很难通过红外线辨认出眼前这家伙的颜色，但我猜测可见光谱中的它大概是棕色或黑色的。

当然了，爬行者大都一米长，几十千克重，而对面这位朋友体宽与我的身高相仿，身长一直延伸到了我目之所及的隧道深处。

战还是逃？不论选哪个，生还几率似乎都不大。我抬起手，对它张开掌心，缓缓后退一步。它对此有所反应。它直立了起来，将两对大颚张开，口须向我打着招呼。肢体语言。对于这么一个玩意儿来说，我抬起胳膊展开双臂，或许在它看来是种威胁。

于是我放下双手，后退一步。它向我滑来，前面的体节如同眼镜蛇的脑袋一般前后晃动，这时我想，我真该听纳莎的话，拔了呼吸阀，就将自己交待给冰天雪地。事到临头我才知道，被这么个巨型蜈蚣吞掉，可真不是我想要的死法。

它的大颚在我两腿之间、右肩之上、腰间迅速开合，快得我来不及反应。这爬行者将我从地面举起，用口须将我固定住。它的嘴洞在距我一米远的地方有节奏地开开合合。里边是冷冰冰的黑牙，一排一排，层层叠叠，一直延伸到那火炉般炽热的喉管深处。

可它没有将我吞下。它只是将我拎起，向其他地方走去。

它的口须有好多关节，末端是一堆手指般的触角，触角末端有两厘米长的尖爪。起先，我奋力挣扎，可它们将我的手抻开，那大颚就像钢钳一样将我紧紧固定住。我的脚还能踢两下，却踢不到任何值得一踢的东西。这时，我已经认定自己就要回到再生舱了。或许我会成为这怪物儿女们的小零食？又或是它为妻子准备的特别大餐？不论如何，如果此刻能摸到呼吸阀，我一定会拔了它。可我摸不到，所以就这么挂在半空，想象着被卷入那令人反胃的嘴洞中会是怎样一番感受。

这段旅途是如此漫长，我甚至打了一会儿瞌睡。那庞然大物的牙齿开合发出的“哐啷”声叫醒了我。一路上，我都在那张大嘴黏膜开合的间隙，看着那口牙磨来磨去。奇怪的是，这竟很有趣。这怪物的牙，要么就是不停在生长，要么就是会非常严格地按照某种规律掉落再长出新的，因为它们此起彼伏地摩擦得非常厉害。

过了一会儿，我发现，它们之所以按这样的角度彼此摩擦，是因为这样最能保持锋利。

终于，我们在一个洞穴停了下来，这里与我掉落的地方十分相似。怪物横穿过这空间，将头伸进一个更小的侧隧道口。我伸长脖子四处打量。那似乎是一条二十多米长的死胡同。或许是家庭食物储藏室？它把我放在地上，然后张开大颚。它的口须轻轻推了我一下，随后将头缩了回去。

我不知道发生了什么，但十分肯定自己对这家伙避之不及。我开始向隧道上方爬去。通道尽头的墙有些奇怪，我花了几秒钟才反应过来，几小时以来，目镜首次捕捉到了可见光的光子。

抵达隧道末端时，我发现那面墙不是石头，而是一块被压实的雪。我用手又推又挖，刨开了约莫半米厚的雪堆，日光扑面而来。

那一刻，我忽然记起九岁时，在外婆位于米德加德星的乡村小屋度过的时光。那是一个春日清晨，天气晴朗，我在卧室中捉住了一只蜘蛛。我用手凹出一个槽，将它舀起来扣住，然后跑下楼梯，跑到门外，一路看着它尖尖的小腿在我的手掌间挣扎。来到前院花园后，我蹲了下来，把手放在地上，张开五指。它急匆匆逃了，那一刻，我觉得自己慈悲如上帝。

透过墙上的洞，我能看见主穹顶那落满雪的屋顶，距此不过几千米远。我是那只蜘蛛。我就是那只蜘蛛，隧道里的那个庞然大物把我在花园里放生了。

✦

我一爬出隧道就试着联系博托，又立刻联系了纳莎。没人回复。我想这并不怎么令人意外。现在太早了，他们俩之前又都通宵在外值勤。博托回到穹顶后，会立刻报告我已阵亡了吗？还是会等到早上？这之后，制造我的再生体又要花上多久呢？我从未见证过这个环节，所以心里没谱，但我猜不会太久。我考虑着是否要给博托留个信儿，但有什么阻止了我。如果昨晚他回去后径直回了自己的床位，那我可以当面告诉他。但如果他没有……老实说，我也不知道会发生什么。但我有种奇怪的感觉，或许，对于我还活着这个状况，我该守口如瓶一阵子。

雪刚停不久，我要在齐膝深的雪地里跋涉一个小时才能回到周界。除此之外，这是一个久违的美好清晨。气温刚过零度，这是一周以来第一次达到这个温度。风也停了，天空是柔和的粉色，没有一丝云彩，太阳如同一个圆润的大红球，刚刚高过南方的地平线。穹顶一百米之外是安保周界，这里部署着传感塔、自动爆燃炮塔、陷阱等各式设施。我一直不是很确定建这些是为了什么，因为迄今为止我们见过的唯一大型动物是爬行者，而它们能在传感器探测不到的雪下移动。但我想建这些东西是标准流程。

今早，在通向主气闸的检查站值班的是盖布·托里切利。他是安保部的，但作为一个打手，他人还不错。他穿了整套的动力战斗铠甲，只是没戴头盔，看上去就像个身形过分壮硕而脑袋又太小的健美先生。

“米奇，”他说，“今天出来得挺早啊。”

我耸耸肩。“你也知道，出来散散步锻炼一下身体。你怎么穿得这么隆重？怎么？在我出探洞任务这段时间里，我们对谁宣战了吗？”

他戴着呼吸面罩咧嘴笑了。“还没呢。执行警戒任务时穿不穿铠甲是自愿的。但我喜欢它的样子。”他向我来的方向挥着手，“马歇尔还让你在山脚那边侦察呢？啊？”

“是啊。有了我，就没必要穿这么昂贵的盔甲巡逻了，对吧？”

“说得没错。在外面见着什么好东西了吗？”

当然，盖布。我看到了重型举升船那么大的爬行者。它把我带回穹顶，还放了我一条生路。它毫无疑问有智慧。是不是挺酷？

“没有，”我说，“净是些雪和石头。”

“是啊，”他说，“很正常。马歇尔就是用这些破事浪费我们时间的，你说是不是？”

呃。他显然很无聊，想找人聊天。我必须想个办法赶紧结束对话。

“那个，”我说，“我也很想跟你再聊会儿，但我今早还有事要去穹顶。我能进去吗？”

“可以，”他说，“当然了，我看我就不用查你证件了吧？”

“大概不用了。”我说。

他拿出平板电脑，噼里啪啦地敲了些什么，然后挥挥手，示意我通过大门，进入穹顶。不错。这意味着还没人在安保系统中注册过米奇8号。博托的懒惰为我省掉了一番不可估量的麻烦。可反过来说，也正是博托的懒惰，才让我陷入了这般境地。我相信，他昨晚完全可以凑一些装备回来救我，尽管这很难。

我不会让纳莎为我冒险，可博托呢？只要他愿意，我会赌一把。

当然了，使用消耗体本就是为了省下营救的麻烦。可不论这事如何发展，再让我选谁是我最好的朋友，我就得重新下判断了。

首先是回房间。我得换身衣服，洗漱一番，给手腕缠上绷带。我的手腕大概并没有骨折，但又青又肿，我想这不舒服的状态至少要持续上几周。之后，我要联系博托，确保他别再做什么蠢事。我还得联系纳莎，好让她知道我逃出生天了。

或许还要感谢她愿意为我一试。

我顺着主走廊前行，穿过三分之二个穹顶后，沿着裸露的金属螺旋楼梯爬了四层，来到楼上的陋室区。下等房间就在这里，有几十个三米乘两米的房间，用挤压成型的塑料隔板和薄薄的泡沫门隔开，隔板直抵屋顶。我的房间靠近中心位置。我独自占有一个双人间，房间高度够我伸直手臂举过头顶，这或许是作为再生体的好处之一。这就像是阿兹特克人对待人祭的方式。阿兹特克人在将人祭拖向祭坛开膛掏心之前，对他们也是万分周到。

我插入钥匙试图开门的时候，才忽然意识到，或许出了什么问题。门没锁。我将它推开，心脏在胸腔中猛烈跳动。我的床上有个人，我的毯子被他一路拉到了下巴。他前额上粘着几缕头发，脸上有道干鼻涕般的痕迹。我上前两步，关上身后的门。

门闩“咔嗒”一声卡紧时，他睁大了眼睛。

“嗨。”我说。

他坐起上半身将一只手放在脸上。

“这他妈……”他睁圆双眼看着我。

“妈的，”他说，“我是米奇 8 号，没错吧？”

002

读到这儿，或许你会感到好奇，我是如何成了消耗体的？我一定做了什么糟糕事情，比如谋杀小奶狗？或者将老奶奶推下楼梯？

不，并非如此。不管你是否相信，成为消耗体，是我自愿的。

他们说服你成为消耗体的时候，并不会称其为消耗体，而是不朽者。听起来是不是光芒熠熠？

我可不想让你觉得我是个傻子。在合同上按手印前，我对自己接下来的处境或多或少是了解的。我坐在招募负责人位于米德加德星的办公室里，听完了她一整套高谈阔论。她叫格温·约翰森，身材高挑魁梧，一头金发，面无表情，声音嘶哑到让我怀疑她是否嚼了一早上沙砾。她坐在桌旁，盯着手里的屏幕，为我通读我可能需要完成的一系列任务，那些会置我的分身于死地的任务。

星际航行期间对飞船外部进行维修是其中一项，除此之外，还包括与当地动植物群接触，进行必要的医学实验，若遇敌人要与之搏斗，等等。列表越念越长，听着听着，我终于走神了。其实事实很简单，他们想让我做什么都无所谓。我如果想要这个舱位，就没什么选择。我既不懂开飞机，也不会看病，对遗传学一窍不通，对植物学也毫无研究，更别提宇宙动物学了。我连个龙套都跑不上。我没有任何实用技能，可又真的真的必须赶紧离开米德加德星这个鬼地方，马上。自从约二百年前我们在这颗星球着陆以来，这是第一艘特许殖民舰，签约成为消耗体，是我唯一一条登舰之路。

我深知，一旦提交了自己的人体组织样本供他们上传，便从此站上了无数自杀性危险工作的前线。尽管格温喋喋不休了那么久，但我依然有几件事没搞懂，分别是：滩头殖民地[①]到底有多少危险到可能要命的工作？我多久会被分配到这样的工作一次？我的意思是，一般人会假设，探索可能有当地肉食动物藏身的不安全洞穴只为获取一份随机样本，这类蠢工作都是通过远程遥控完成的。在米德加德星就是这样，正因如此，我以为这份工作不会太难。

可事实证明，机器不如人的事有一大堆，大多涉及致命剂量的辐射以及其他各式各样多得要命的事情。在这些方面，人体的承受力要远远好过机器。除此之外，还有一大堆机器根本无法进行的医学实验。更重要的是，在滩头殖民地，更换一个消耗体比更换机器要简单得多。很长一段时间内，我们都无法进行正经的采矿，更别提发展重工业了。在重工业能正式运作

① 指在尚未有人涉足的地方建立的最初基地，取自“抢滩登陆”之意。

之前，任何金属都只能消耗无法生产。然而要制造另一个我，只需启动农业基地即可。

虽然事实上我们的农业基地也没建设。在穹顶外的尼福尔海姆星，不管种什么都是一项艰难的长期挑战，即便是室内种植，本土微生物群之中似乎也有什么东西在给我们使绊子。但理论上，这个项目的周期要短得多。

格温终于念完了那个长长的列表，也就是我可能遇到的所有糟糕事。实际上，其中一部分已经发生在我身上了。她靠在椅背上，胳膊交叉在胸前，瞪了我好一会儿，令我有些尴尬。

“所以说，”她终于开口，“这听起来真的是你喜欢的那种工作吗？”

我奉上一个自以为十分自信的微笑：“是的，我想的确如此。”

她依然瞪着我，直到我感到额头上渗出了汗珠。我忘了自己是否提到过，我真的真的很需要这份工作？我本想说点什么，告诉她我向来都是个爱冒险的人，以及我有自信能在最充满挑战的环境中生存下来，可这时，她向前倾了倾身体，对我说：“你是不是个彻头彻尾的大傻子？你是不是完全没救了？”

这让我把话又咽了回去。“不是，”我说，“至少我不这么觉得。”

“我刚才念的，你都听见了吧？”

我点点头。

“比如‘急性辐射中毒’这种词，你也听见了？我的意思是，你可能会被分配某些任务，需要你主动暴露在剂量足以致死的电离辐射当中，你明白吗？这么做的后果是你会发高烧，皮肤起红疹，长水疱，最终你的内脏或多或少会化成液体，在几天时间内从肛门流出来，你会以痛苦难当的方式死去，这你也明白吗？这一切，你都明白了吗？”

“明白，”我说，“但一般来说，不会走到这一步吧？”

“会，”她说，“可能性极高。”

我摇了摇头。“当然了，我可能会遭遇辐射什么的，但我用不着经历漫长的折磨才痛苦死去吧。我大可自杀，对吗？吞颗药，闭上眼，明天又是一个崭新的我？我是说，备份什么的，不就是为了这个吗？”

“没错，”格温说，“这听起来很合理，对吧？但事实上，大部分消耗体是做不到的。”

我等她说下去。可她明显没有继续说下去的意思，于是我开口了。“做不到什么？”

她轻叹了一声。“自杀。尽管这是最合理的做法，但据我所知，很少有人真能那么做。很显然，三小时的训练课程，敌不过生物那几十亿年来根深蒂固的自我保护生理本能。想想吧。还有，不论自愿与否，消耗体都常会被要求挺到生命的最后一刻，比如做药物实验的时候。你根本不能匆匆踏上安乐死这条捷径。在进行暴露于本土微生物群的实验时，也是如此。指挥官需要准确记录一切生理反应，因此资料收集完毕之前，他们不可能让你就那么死了。明白吗？”

我点点头，不知如何做出更多回应。格温抬起头，看向天花板，看了很久很久。当她终于将目光转回我身上时，我感受到了她的失望，她的眼神似乎在说，我竟然还坐在这儿。

“那么给我讲讲，巴恩斯先生。对您来说，这份工作到底有什么魅力？”

她手肘撑着桌子，用手托住下巴。

“好吧，”我说，“我觉得……即便死个一两次，我基本上还是永生的，对吗？你是这么说的。”

她叹起气来，一声重过一声。“没错。你的确是个大傻子。通常，我们会尽量不歧视傻子，但问题在于，对于殖民远征来说，任务型消耗体是极度重要的职位。即便是你这样简单的大脑，也会占用大到难以置信的储存空间。为你进行备份，是一项巨大的资源投资。要是你坐上这个位置，你的人格就将成为你的殖民地唯一的可下载人格，也是唯一的可复制生物模式。也就是说，若事态发展不顺，你会成为‘德拉卡’号[①]上最后的生命体，你将独自一人为储存库里成千上万的人体胚胎及资产负全责。你真的愿意担起这样的责任？”

我紧张地朝她笑了笑。她一直瞪着我，感觉过了很久很久，才靠回椅子上。她不断向后仰，直到椅子的前腿悬空，她才两手交叉叠在后脑勺上，望着天花板。

“你知道这么一个岗位收到了多少份申请吗？”她终于开口问我。

“呃……”我说，“不知道。”

“猜猜，”她说，“本次远征，我们总共收到了超过一万份舱位申请。光是大气层飞行员这一岗位的申请就有六百份。可你知道，我们能提供给大气层飞行员的舱位有几个吗？”

① 原文为 Drakkar，字面意思为“龙”，也指北欧维京人的一种饰有龙头的长船。

现在的我对这问题的答案已经了然于心，因为在我们完成助推脱离轨道后，博托重复过一千次。可当时的我一点儿头绪都没有。

“两个，”她说，“六百个飞行员，抢这两个该死的位置，而且他们可不是什么兼职的阿猫阿狗。这六百人中的每一个都具备强大的资质背景，足以胜任这个岗位。就连米科·贝里根都申请要当我们物理部的头儿。你能想象吗？”

我摇了摇头。我压根儿不知道谁是米科·贝里根。不过显然，他是个物理大咖。

后来我了解到他的确是个大咖。

后来我还了解到米科·贝里根是个混蛋，但这是另一个不相干的故事了。

“关键在于，”格温继续说，“我们已经为本次远征物色好了理想成员。相信你也注意到了，能参与滩头殖民地任务是项至高无上的荣誉，大部分人连试一试的机会都没有。不管我们提什么要求，都总能收到大把申请。即便我们要求候选人必须一只眼是蓝的一只眼是绿的，也照样能把舱位填满。”

她重心向前一倾，椅子前腿狠狠落在了地上。接着，她越过桌子，向我俯身。我努力不表现出一丝退缩。

“说回消耗体，”她说，“你知道这么个位置，我们收到了多少申请吗？”

我摇头。

“只有你一个，”她说，“主动提出要这舱位的，你是唯一一个。就在你踏进我的办公室大门之前，我们正在认真考虑要向集结部申请权限进行强制征召了。而现在呢，从你的标准测试分数可以看出，你也不是个彻头彻尾的傻子。实际上，资料上写着，你是个……历史学者？”

我点点头。

“这是份工作吗？”

“实际上，”我说，“是的，或者说，曾经是。研究历史能……”

“难道不是任何人任何时候都能随便调阅一切已知历史的片段吗？”

我点点头。

“那么，具体来说，你在哪方面比我更称得上是个历史学者呢？”

“这个嘛，”我说，“因为我真的会花时间去调阅大量历史片段。”

她翻了个白眼。“有人花钱雇你干这个吗？”

我犹豫了。“我想，从技术上来说，这与其说是一份工作，不如说是个爱好。”

她盯了我五秒钟左右，然后摇了摇头，叹了口气。

“你正在申请的这份工作，无论怎么说都不能算是一种爱好。它是一份绝对意义上的工作，一份只要接受就几乎再也无法放弃的工作。整个星球上没有一个人想做这份工作，巴恩斯先生，请问，从这一点当中，你能看出些什么？”

她看着我，似乎希望我有所回应，可我真的不知道该说些什么。最终，她翻了个白眼，从桌子对面向我推来一个生物信息读取器。我将拇指按在采集屏上，在它抽取 DNA 样本的时候，我感觉有什么东西轻轻扎了我一下。她将读取器取回，低头看向显示屏。

“我能问个问题吗？”我说。

她抬头看着我，表情难以捉摸。“当然，有何不可？”

“要是这份工作没人申请，你都已经在考虑强制征召了的话……又为什么要试着阻止我接受这份工作呢？”

她收回目光，继续盯着屏幕。“巴恩斯先生，你问了一个绝妙的问题。我想大概是因为，你看起来像个体面人吧，我宁愿把这份工作交给一个混蛋去做。”

她站起来，将平板电脑放在桌子上，向我伸出一只手。

“无所谓了，”她说，“我想这份工作最终还是归你了，欢迎入伙。”

✦

格温本该问却没问的问题是：米德加德星到底腐朽到了什么地步，让你宁愿冒内脏化成水的险，也要逃离它？实际上，作为一个第三代殖民星球，米德加德星是个相当不错的地方。它坐落在红巨星宜居带的正中央，这颗红巨星刚刚吞噬完所有内行星，这意味着第一批殖民者必须对这里进行地球化改造，这令人十分痛苦。可与我们现在的家园相比，米德加德星好的一面在于，它刚成为宜居地不久，尚未出现进化得过于复杂的当地生物。我敢断定，当初他们的消耗体也吃了不少苦，可至少他不会被怪物四处追杀。

米德加德星几乎没有转轴倾角，因此无四季之分。赤道热，两极冷，有两个宽而浅的大洋，含盐度低。一条陆地板块环绕全球，将海洋完全分割开来。这里不存在人口密度过大的问题。大离散时代开始之前，旧地球上一个超级城市的人口就已超过米德加德星的总人口。这里沙滩优美，城市整洁，政府由公民选出，执政范围也基本限定在经济领域。尽管我对那遮盖了大半个天空的胖胖的红色太阳没什么意见，却不得不承认，相比之下，还是这里这颗小小的黄色太阳看起来更自然一些。

那么，问题到底出在哪儿？或许你已有一番猜测，让我来帮你捋一捋。为情所困？不。我的确有过几任女友,有些合得来，有些合不来，但关系不至于差到让我想要逃离这个星球，而且在成为消耗体那年我根本没有女朋友。为钱所困？你根本都不会考虑这种可能性，对不对？毕竟米德加德星几乎没人缺钱。实际上，整个农业和工业系统都自动化运作，政府会根据人头分配产品，就像殖民地联盟中几乎所有星球一样。不管从哪个方面衡量，米德加德星都算得上天堂。

事实上，于我而言，米德加德星最大的问题，也正是我离开米德加德星的原因。我既非科学家，又不是工程师，在艺术、娱乐、文学方面也没什么造诣。年少时，我便注定要做个低水平学者，现在也还是这样。我会读些在鲜为人知的档案馆里找到的鲜为人知的书，写些鲜为人知的论文。要是更年轻点儿，我或许会投身工厂、矿山，或者部队。可米德加德星并没有低水平学者栖息的空间。就像格温诚恳指出的那样，历史对于所有人来说都触手可及。对着目镜眨眨眼，或在平板电脑上划拉几下，你想了解的一切便尽在掌握——当然了，不是所有人都真的会花时间这么做。

话说回来，米德加德星也没什么工厂、矿山或部队的工作。我的基础津贴够我免于受冻挨饿，可不论我多努力，都搞不明白这一切意义何在。我想不出要是我在某个清早从窗台一跃而下，这宇宙会有何不同。

于是，就像历史长河中每一个感到无聊的年轻人一样，我不幸地，没完没了地，给自己找起了麻烦。

003

“我觉得，”我说，“我们似乎遇到了点儿麻烦。”

我坐在办公椅上，面向床的方向。8 号正在坐起，头缓缓垂向手心。我懂他的感受。从再生舱中醒来就像经历了一场极其糟糕的宿醉，再掺上点儿麻风病和减压病的感觉，五味杂陈。

“你觉得呢？我们完蛋了，7 号。我们不只是完蛋了。你怎么搞的？你怎么能搞出这种事情？”

我叹气，向后仰，双手揉脸。“搞出什么？是说博托因为怕死，不敢回来救我，于是假设我已经死了吗？还是我不巧没死？”

“我不知道。爱什么是什么吧。能给我递个毛巾吗？”

衣柜门上挂着一条毛巾，我扯下来扔给他。他擦掉了脸上和脖子上那恶心至极的黏液，又试着去擦头发。

“没用的。”我说。

他瞪着我，继续擦。“我知道，混蛋。我还记得你是如何从再生舱醒来的，好吗？我记得 6 号，5 号，还有 3 号还有……应该就这些了。反正我记得你记忆中的一切。”

“并非一切，”我说，“我快一个月没上传过记忆了。”

“太好了。多谢你啊。”

我叹气。“别担心。你没错过什么精彩的事情。”

他将那条沾满黏液的毛巾扔向我，从床上爬下来，打开衣橱。“最近没洗衣服吧？”

“的确没怎么洗。这几周太忙了。”

他从衣柜最上层扯出一件脏兮兮的毛衣和一条防风裤。“你有哪怕一条干净的内裤吗？”

“你翻翻床底下。”

他向我投来一个介于憎恨和恶心之间的表情。“你有什么毛病？我怎么不记得我们还当过猪呢。”

“我告诉你了，我这几周很忙。”

他单膝跪地，从床底拽出一条短裤，伸长胳膊，远远举着，又渐渐拿近，犹犹豫豫地闻了闻。

“干净的，”我说，“我刚把它踢到床下。”

他再次瞪我一眼，转过身，开始穿衣。

“谢了，”我说，“看着自己这么赤身裸体地走来走去，还真有点儿不适应。”

“是啊，”他说，“我看也是。”

他再次坐在床上，用手捋捋头发。头发依然硬邦邦的，乌黑油亮，但至少已经变成了一缕一缕的。可要彻底恢复正常，至少要再去洗涤舱过个两遍。

“那，”我说，“现在怎么办？”

我瞪着他。他停下捋头发的手，也回瞪我。

“什么怎么办？”他说。

“这个嘛，”我说，“我的意思是……你本就不该从再生舱出现，对吗？我还没死呢。如果指挥官发现我们是多重身……”

他的目光逐渐变得冷硬，而且愤怒。“直说吧，7号。”

“拜托，”我说，“你跟我一样清楚。我们之中只有一个能活下来。”

✦

在人类的历史长河之中，与大离散时代和殖民地联盟建立最为相似的一段时期，要数密克罗尼西亚殖民时代。密克罗尼西亚是旧地球上太平洋中的一串小岛，彼此间隔着几百甚至几千千米的广阔海洋。一群人划着二十米长的带舷外托架的独木舟来此定居。这些人每到一个新岛，就靠船上所剩的物资度日，一直撑到能在新岛上产出食物为止。

大体来说，这也正是我们目前的处境，只是我们的船稍微大一些，可我们的旅程也漫长得多，而且我们根本无法确定船上所载的农作物能否在新星球生长。因此，船上所有人都明白并接受了这么一条严酷而简单的结论：滩头殖民地没有胖子。

刚抵达新星球时，人均基础热量配给，是每日一千四百千卡，加上根据去脂体重及工作安排而决定的额外奖励。而如今，这数字已经在没有任何解释的情况下被削减了两次，因为在这个地方连水培罐也种不出什么。虽然还没饿到要吃人的地步，但最近我们中的大部分人都明显朝着饿脱相的方向发展了。

因此，有好几个你同时到处晃荡，虽不是殖民地联盟的头号大忌，但晚餐餐桌上可没有太多残羹剩饭留给一个多余的消耗体。

✦

“听着，”8号说，“你要是觉得我迫不及待要跳进生物循环站来成全你的话，可就大错特错了。我明白，目前的情况不完全是你的错，但完全不是我的错。”

我在这四米乘三米的房间中不断踱步，就这里的面积而言，踱步并不怎么自在。8号依然坐在床沿上，手肘拄着膝盖，试图揉掉太阳穴上的再生舱黏液。

“现在要解决的不是责任，”我说，“而是问题。”

“好吧，不如两个一起解决了吧。你去跳循环站。”

我摇了摇头。“不可能，我不会这样做。”

他抬起头，瞪了我一会儿，然后表情扭曲起来，从一只耳朵里挖出一大坨凝固的黏液。

“这哪里公平？我才活了多久？也就二十分钟？你可是活了至少两个月了。该走的人是你。”

我笑了，可这笑容并不友好。“噢，不，”我说，“别跟我来这套。你跟我一样，都是三十九岁。除了最后一次上传之后的那六周，你共享着我每分每秒的记忆和经历。要不是你现在满身都是干掉的黏液，你可能都不知道自己刚从再生舱里出来。”

他瞪着我。

我也回瞪。

“这么争论下去没有任何意义，7 号。我的意思是，我们在这一点上根本达不成妥协的，对吧？”最后他开口了。

当然，这话没错。这并不是那种争一会儿就会有人放弃的事。又不是在餐馆里争谁来结账，我们不可能轮着来。

“好吧，”我说，“那我们该怎么做？让指挥官决定？”

“不，”8 号回答得太快了，“这主意不怎么样。马歇尔早就已经觉得我们是孽畜了。如果他发现同时有好几个我们，肯定会当场把我们俩都干掉。我们必须保守这个秘密。”

事实上，如果我们现在向他报告，马歇尔很可能会说 8 号本就不该出现在再生舱中，因此应该即刻被打回黏浆状态。我本想提出这一点，但……

我不知道。或许 8 号说得有道理。还没等他把耳朵里的黏液块抠出来就把他推回虚无之中，似乎也不怎么公平。

可还有其他选择吗？他不想跳进尸洞，我更不想。

“好吧，”我说，“我们会有办法的。让我换个衣服，洗漱一下。你去三楼洗个化学浴，把身上那些黏液清理掉，我们三十分钟后在循环站见。”

他警惕地看了我一眼，随后起身。“好吧，”他说，“三十分钟后见。”

他两步便跨到门口，打开门闩，拉开门。他向走廊看了看，又犹豫地回头看我。

“喂。你不会在盘算什么混蛋事儿吧？我的意思是，你不会趁我洗澡的时候找指挥官来审这件事吧？”

“不会，”我说，“我不会这么做的。虽然我十分肯定，如果我这么做了赢的人一定是我。但这事儿我们俩自己解决。”

他笑了。“多谢，7号。三十分钟后见。”

他走后，门荡上了。

✦

我想事实上8号至少得花上一小时才能彻底搞定。清理黏液如同一场噩梦，而化学浴并不是最好的处理方式。我想抓紧时间小睡一会儿，这时，传来一阵轻柔的敲门声。

“请进。”我说。门荡开了。博托的脑袋伸了进来，四面环顾后，他走进来，把门关上。

“嗨，老兄，”他说，“感觉如何？”

博托在我桌前坐下，就像我走进这个房间面对8号时那样面对着我。可是以他的块头有些坐不下。博托有近两米高，这在滩头殖民地很少见，因为在这儿，浓缩的体形既有助于活得舒适，也有助于提高效率。我的身高刚过一米六，这是这儿的平均身高。由于营养摄入有限，加上大多数时间都不得不无精打采地缩成一团，博托看上去简直就像只面色苍白的红脑袋竹节虫。

我在床上坐起，一只手向后捋了捋头发，把那只扭伤的手藏在毯子底下。“我似乎还好。”

“刚从再生舱出来就有这么好的状态，”他说，“想必你已经洗过澡了吧？”

我点点头。他盯了我一会儿，又将目光转开。

“那么，”我说，“这次发生了什么？ 7 号是怎么死的？”

博托摇了摇头。“兄弟，你不会想知道的。”

“哈。6 号死的时候，你好像也这么说？”

他又看向我。“或许吧。我不知道。有所谓吗？”

“当然，”我说，“有所谓。你是个飞行员，对吧？如果你要死了，那死前最后一项，也是最重要的一项任务，会是什么？”

他皱了皱眉。“确保他们了解我的死因。”

“没错。消耗体也是这样。因此每次马歇尔在杀我之前，都会让我在死前最后一刻进行上传。我想知道 7 号身上发生了什么，这样我才能确保自己不会重蹈覆辙。既然我们都聊到这儿了，不如你也给我讲讲 6 号是怎么死的。不管他因何而死，我相信，以我如今的体格，都应付得来。”

博托低头瞪着我，耸了耸肩，看向别处。我在心里记了一笔，以后一定要请他一起玩扑克，而且赌注得是食物配给。因为他实在太不会撒谎了。

“6 号和 7 号的死法相同，”他说，“都是被一大堆爬行者淹没了。”

“好吧。在哪儿？当时我又在做什么？”

他叹了口气。“你当时正在执行马歇尔分配的某个傻到家的巡逻任务。过去几个月，他让你把大部分时间都花在了测绘穹顶附近的裂隙，以及在那些裂隙里侦察爬行者上。老实说，我不明白这样做的意图，可他似乎着迷了，”他犹豫了一下，继续说，“有时候，你似乎也挺着迷的。这项狗屎任务刚开始时，你不停抱怨。可大概一周后，当7号从再生舱出现，你就不再抱怨了。过去几周里，你更是敬个礼就出发。这是为什么呢？”

我摇了摇头。“我已经六周没有更新记忆了。很明显，7号没有按时上传。”

“是啊，”博托说，“昨晚，当他知道自己死期将至的时候，也提到过。”

我用那只没受伤的手挠了挠下巴。“呵。真的吗？他在被爬行者包围，即将被大卸八块之际，想到的竟然是他没上传？”

博托的嘴像是离开水的鱼，两度开合，却没发出一点声音。我咬紧牙关，才不至于笑出声来。他真的太不会撒谎了。

“是在这之前，”他终于张口了，“我想他或许有什么不祥的预感？”

“不祥的预感。”

“是的。我是说，我猜的。”

我本可就此逼问两句，可毕竟我自己也有秘密，所以决定放过他。

“反正，”博托说，“昨天中午，我把7号放在了离穹顶周界大概八千米远的一个裂隙边上。他身上带着一把爆燃枪。他本该像往常一样测绘这片地方，侦察爬行者，可能的话带上一只回来。我也本该在下次巡逻的时候将他带回的。”

“但你没成功。”

“是的，没成功。他降落的那一瞬间，它们便一股脑儿从雪地冒出来，大概有二三十个。我在他正上方盘旋，但还没等吊索降下去，它们就把他撕碎了。”

我理解，他并不想承认他把我扔在了那儿，让我等死。这种事绝对会影响我们之间的友谊。可我现在十分好奇，对于6号的死因，他会对我实话实说吗?

“反正，”他说，“我来就是想来确认一下你是否一切正常。我想我们可以迅速向指挥官打个报告，然后一起去吃点早餐。”

我可不想向指挥官打报告。至少在与8号商议周全之前，不行。

“你知道吗，”我说，“我现在其实还晕晕乎乎的。你先去吃点东西吧。我要打个盹，醒来之后会去安保部登记一下，然后我们再去向指挥官打报告。”

他意味深长地看了我一眼。他清楚，事情有点儿不对劲。通常，我从再生舱出来之后都会径直奔向餐厅。这里没有任何人会主动放弃一顿饭，除此之外，再生过程中，生物打印机不会向你的消化系统注入任何食物。因此醒来的时候，你那饿了七十二小时的胃里基本空空如也。

“好吧，”他说，“但别耽误太久。你也清楚，合成你这家伙可是花了我们不少蛋白质库存呢。指挥官一定想知道到底发生了什么，为何发生，以及我们计划如何填上这笔亏空。这已经是你八周以来第二次再生了，这次我们必须给出个好理由。”

“我们可以实话实说。”

他摇了摇头。“我们还是得有点儿创意。指挥官目前对于热量和蛋白质的流失十分在意，即便派你去执行不靠谱任务的是他，他也不会为此负责。估计他会怪你没有做足防卫，也绝对会怪我没有及时出现回收你的尸体。实话实说，再这样下去，他很可能会终止你的再生。”

我打了个寒战。这算是不祥的预感吗？

“嘿，”他说，“你还好吗？米奇，你脸色不太好。”

我用右手揉了揉眼睛，心里希望他没注意到我的左手自始至终都藏在毯子下面。

“是的，”我说，“我没事，就是需要再睡一会儿，醒醒脑。我一小时后跟你在餐厅会合。”

他上下打量我一番，然后站起，俯过身来拍了拍我的腿。

“好兄弟。到时我给你留点儿循环酱。”

“谢了，博托，真是我的好伙计。”

“对了，”身后的门即将合上时，他说，“我实在很难不注意到，刚才你的手一直都放在裤裆上。你最好小心点儿，纳莎会吃醋的。”

“是啊，博托。我知道。不过还是谢谢你的提醒。”

“没什么，一小时后见。”

我能听到门闩咔嚓关紧前他发出的偷笑声。

✦

过去八年，我死过六次。你一定会以为，现在的我，对于死亡已经习以为常了吧？

细说起来，一次死亡是意外，一次是紧急情况，还有一次，我当时的再生体拒绝在死前进行上传。我能记住的只有上传过的内容，所以关于这几个再生体的死法，我知悉的一切要么来自纳莎和博托，要么是我在监控录像中看到的。另外三次死亡是计划好的，按照标准流程，要尽可能在消耗体接近死亡时进行备份，原因就像我对博托解释的那样，下一任需要了解前任身上都发生了什么，以免同样的情况再次发生。因此，没人比我更熟悉此刻逐渐降落在胃里的这种空虚感。

当然，这次的情况和之前不尽相同。首先，其他几位米奇将死之际便已清楚他们大限将至。除非 8 号想偷袭我之类的，否则这次我真正玩儿完的几率只有百分之五十。

我不太确定这是不是好事。要是你对接下来会发生的一切都明白无误，便能获得某种平静。我在这个早上活下来的可能性，既给了我希望，又让我感到焦虑。

然而与过往相比，这次死亡最大的不同并不在于它的不确定性。最大的不同是，直到这一刻前，每每濒死之际，对于操作员灌输给我的那些我会永生之类的屁话，我至少是相信一半的。我十分清楚，米奇 3 号死后几个小时，再生舱中便会出现米奇 4 号。两者都是我，我可以想象自己合上眼，再把眼睁开。

可是如果我现在死去，就不会有另一个我从再生舱出现了。另一个我已经在这儿了，无论我们外表有多相似，米奇 8 号都绝不是我的延续。

老实说，他长得也不太像我。

✦

循环站位于这座建筑的最底层，从我的床位走过去，要穿过半个穹顶。实际上，这段路并不长，但对于今天早上的我来说，它真的十分漫长。走廊空荡荡的，一路与我相伴的只有自己的脚步声，以及耳内猛烈的血流声。我知道这并不理智，但我能在内心深处感受到，一切并不会按我所想的那样进行。当我迈上通向循环站大门的两级矮台阶时，感觉简直是在登上绞刑架。

对于任何一个滩头殖民地而言，生物循环站都是心腹之地。它回收我们的粪便，我们吃剩的番茄梗、土豆皮、兔子骨头、嚼了一半的软骨。此外还有剪下来的头发、指甲，脱落的痂皮，被揉作一团的纸巾。最终，是我们的尸体。作为回报，它为我们提供蛋白酱、维生素浆和肥料。没人愿意靠吃循环站提供的这些东西活着，但极端情况下，它的确可以让一个绝望的殖民地维持相当长一段时间。

循环站的运作方式如下：它会绞碎你投入尸洞中的一切，将它们拆成原子，再将这些原子按指令组装成你需要的东西。这个过程耗费的能源多得惊人，但我们靠一个反物质驱动的星舰引擎供应能源，因此取之不尽用之不竭。

8 号进来时，我刚向控制台输完访问代码。我掀起安全护罩，按下那个大大的红色按钮，尸洞的入口便在地板中央敞开。

尸洞是我们尽量不去多想的东西。我只有被借调去处理垃圾时，才偶尔见这个洞打开过几次，也从没仔细向洞里瞧过。

我想象不出一张由反物质驱动、能吞噬一切的大嘴是什么样儿的，没准儿是一团熊熊火焰，还带着一股子硫黄味儿？可它运转得极为安静，也没什么气味，甚至有些好看。开始，它只是一张平整的黑色盘子，之后，分解力场开始俘获空气中的微小尘屑颗粒，接下来，它们一个接一个在萤火虫般的小小闪光之中消失。

看起来没那么糟糕。

怎么说都比被爬行者蜂拥而上大卸八块强得多。

“那么，”8 号问，“你准备好了吗？”

我耸耸肩。“差不多吧。实话实说，我现在真有点儿后悔没去找指挥官来审，但是，我们开始吧。”

他笑了，拍了拍我的肩膀。“7 号，你不会有事的。但扔你入洞的我，感觉一定糟透了。”

我的心开始发抖。“什么意思，什么叫扔我入洞？”

他的笑容消失了。“想想看，你真的想意识清醒地进那个洞吗？”

嗯……这是一个好问题。真正的尸体会十分缓慢地沉进洞中。我不知道这种“投喂”的最高速率是多少，但如果不是高到无限，或许不省人事地进入，或者干脆死了之后进入，才是更为聪明的选择。

8 号转过身来，站在我身边，看向那个洞。

“你知道吗，”他说，“此刻你依然可以选择体面地主动去世。”

“当然，”我说，“你也可以。”

他把手放在我的肩膀上。“你不愿这样做，是吗？”

"大概不愿意。"

那盘子再次变得漆黑一片，估计周遭已经一尘不染了。8 号咳出一口再生舱黏液，朝它啐了过去，黏液跃入阈限的那一刻闪烁了一下，滋啦作响几秒，然后消失了。

"似乎没我想得那么无痛。"他说。

"确实，"我说，"这样吧，我先把你掐死，再推你下去。"

他咧嘴笑了。"谢了，7 号。你可真是个人道主义者。"

我们沉默了一会儿。他搭在我肩膀上的那条胳膊变得越来越重。最后，我后退一步躲开了他的胳膊，转身与他面对面。

"喂，我们真的要这么做吗？"我说。

"我想是的。"他说。

他抬起了左手，我抬起右手。我们攥紧拳头，同时数道。

"一……"

"二……"

"三……"

"出招。"

直到出招那刻，我都还在考虑是否要出"石头"。但转念一想，他就是我。他肯定也在想同样的事情。那么该出"布"吗？可万一他也是这么想的，该怎么办？他很可能已经想到我会出"布"，所以他会出"剪刀"。想到这儿，我决定还是要出"石头"。事实证明这是个好主意，因为在完成这一连串的计算之后一切都已太迟，来不及换招了，而我依然攥着拳头。

我低头。

他手掌平摊。

“老兄，对不起。”他说。

是啊，对不起。

混蛋，真是多谢。

004

我跪在平台上，脸离分解力场界面不过六英尺远，眼前不断浮现自己被搅成泥喂给尼福尔海姆星那帮饿鬼殖民者的画面。我又开始沉思那个问题：九年前在格温的办公室里，在指纹读取器上按下拇指的我，是否做了正确的选择。

即便是现在，我也不得不承认，我的确做了正确的选择。真的，毫无疑问。

离开格温的办公室后，我没有立刻回家。我本来有这个打算，因为当时的我又累又饿，而且真的很想洗个澡。可我没回家，没回家的原因，与我无法拒绝格温提供的诱人录用书而成为倒霉的半个永生人的原因完全相同。要知道，我的名字上了达赖厄斯·布朗克那份该死的名单——就我所知，那名单一旦上去，就下不来了。

现在想来，这问题的根源，如同我面临的几乎所有其他问题一样，在于博托。

在我向格温提交DNA，用一纸契约出卖生命之前，博托是我在“德拉卡”号上唯一认识的人。我们是同学，上学时的他，人高马大，头脑灵光，还颇有体育天赋，模样比现在帅十万八千倍。而我……好吧，我跟现在几乎没什么区别，只是体形还要小一些。我们出于对飞行模拟器的共同热爱成了朋友。只是，他在一小时内便操作自如，而我直到毕业都还在东撞西撞。除此之外，让我们成为朋友的，还有对学校行政人员共同的憎恶。他们也憎恶我，因为我本可以学点什么有用的技能，却整天沉迷于历史。但他们像爱一个他们渴望得到却未曾得到的独生子那样爱着博托。从高一开始，博托的微积分导师便劝他，如果想完全发挥自己的潜力，就最好少跟我待在一起。

我觉得博托只是把这当成了又一个挑战。

关于博托这个人，你必须理解一点：他向来都是那个“别人家的小孩”。他无论做什么都天赋异禀，真是令人不快。十五岁时，他的母亲给他买了一套波格球拍，他一节课都没上，也没加入任何业余联盟，只是花了个把月的时间在放学后对着行政大楼的墙打球，以研究它的原理。他在校队打了一季，紧接着便打进了职业选手与业余选手的配对锦标赛。第一场比赛开始时，根本没人知道他是谁，可那场比赛他以极大优势胜出，那周结束时，他已成为同年龄段选手中的第二名。次年，他赢了业余锦标赛。我们毕业后的那个夏天，他开始打奖金赛。两年后，当他放弃打球开始全心全意进行飞行训练的时候，他已经是这个星球上前十名的球员了。

这几件事看似无甚关联，可九年后，当我住在基律纳市极其无趣的一个区中一栋极其无趣的公寓时，博托已被选中成了“德拉卡”号的一员。我们坐在一家名为“摇摆乔伊”的咖啡店，边喝茶边消磨时间，看着吧台对面的屏幕，等待球赛开场。这时他说正考虑复出，要在自己永久消失于未知之前，在春季职业选手与业余选手的配对赛上打最后一场比赛。

“想想看，”他说，“如果过了这么久还能拿到奖杯，那我就是个传奇了。一百年后，他们依然会谈论我。”

我张嘴，想告诉他，他的确会成为传奇，但原因并非他在驶向夕阳前赢了一场环球锦标赛，而会是他觉得自己九年没碰球了依然是个传奇，结果第一盘就输给某个十八岁小孩一百多分。

可我还是没能说出口，因为我忽然意识到，过去九年里，他要么在飞行，要么就是跟我在一起。他把不在空中飞行的每一刻都给了我。能与我长久相处的人，在基律纳，他是唯一一个。人们依然记得，二十岁的博托·戈麦斯如何滴汗未落便打败了当季的专业选手，记得他如何用球拍耍出了前所未有的花样，也记得赛事评论员们称他为史上最有天资的球员。可人们并不清楚，他已经九年没碰球拍了。

“是啊，”我说，“去吧，兄弟。你绝对是个传奇。”

于是，他去了。他报了名，有家新闻报刊发现了这事，对他进行了采访，并在报道里配上他最后一次参加锦标赛的画面。那场比赛他一盘未丢。

与此同时，我用全部积蓄，甚至还各处搜罗借了一些，赌博托第一局会输。

对此我没什么好辩解的，要怪就怪业余历史学者在基律纳的就业行情实在不怎么样，我对于如何找到一份过得去的工作没有一点儿真正的愿景和计划，而余生都靠基础津贴维持生活又实在太令人丧气，我想都不敢去想。

难道还能糟过整个人从脑袋开始溶解吗？或许不能，可当时我考虑的不单单是这个。

你大概能预料事情的走向。

博托赢下那场该死的锦标赛时，我已深陷泥潭，赔了好几番。即便能找到一份有薪资的工作，我也得花半辈子才能把赌债还清。

具体来说，我的债主是达赖厄斯·布朗克。

电影里经常能看到，有人欠了巨额赌债，因无力偿还而被谋杀，但现实并非如此。毕竟，虽然跟活人要钱很难，但跟死人要钱却是难上加难——达赖厄斯·布朗克这样的人在意的是把钱要回来。所以我不担心他会杀了我。我预感到他可能会吞了我的基础津贴，或许还会让我给他当贴身男仆什么的。这令人不快，但我能撑住。

博托用尽心思说服我，我撑不住。这真是值得称赞。

同样值得称赞的还有另一件事，博托为他的胜利给我带来的损失感到十分抱歉。他提出了一个补偿方式，那就是帮我签约进入“德拉卡”号。

他隐约觉得能帮我找到一份去安保部当打手的工作。毕竟他很有名气，而且迄今为止，凡是他想要的东西，他都能得到，因此这件事怎么会办不成呢？

格温·约翰森在面试我的时候回答了这个问题。觊觎安保部位子的有不少人，但名额只有十八个，最后入选的人大多有某种资质——比如曾经在执法部门干过，或是受过武装训练——又有政治人脉。这些我一样都没有。毕竟熟读中途岛战役的历史不算有从军经历，而且显然，博托也没他想象的那么有人脉。

我的确递交了一份安保部岗位的面试申请，申请发出后不到一秒钟便弹出拒信。

第二天下午，我和博托在“摇摆乔伊”见面喝咖啡，给他看了平板电脑上的拒信。

“噢，”他说，“糟透了。”

“是啊，”我说，“反正，这主意不怎么样。我欠了一笔钱，不能就这么逃了。”

博托摇了摇头。“你可欠了不少钱，米奇，达赖厄斯·布朗克这样的人是不会宽宏大量既往不咎的。具体是多少来着？十万？你打算怎么还？”

我耸耸肩。“分期付款？”

“兄弟，你这可不是买了架二手飞掠机啊。”

“是啊，”我说，“我知道。”我低头用手捧住脑袋。“我真是个笨蛋。真是不可思议，我竟然没跟你说让你在那场该死的比赛里打个假球什么的。”

他盯着我看了好一会儿，笑了起来。“你可以开口问我的，”他说，“但我也不会那么做。这场锦标赛，是这个星球上的野蛮人最后一次听到我大名的机会，米奇。我不可能不赢。”

博托就是这样一个人。这便是我们友谊的极限。

从咖啡店回家的路上，我想，或许一切没有那么糟糕。是啊，布朗克会拿走我大部分津贴，但至少会给我留点儿钱，让我活命吧？要是我饿死了，他就再也拿不回他的钱了。或许当他的贴身男仆也没什么大不了？至少，这还能给我个机会离开公寓去外面走走。

到家了。我坐升降管抵达自己住的那层。回到公寓。还没等门合上，我便腿一软，脸朝地，趴了下去。

“你好，米奇。”一个声音如此说。我试着回应，可根本张不开嘴，只能发出一声呻吟。“放轻松，”那个声音说，“很快的。”有什么东西抵住了我的脖子。

接下来的三十秒，犹临地狱。

后来我才知道，刚刚抵在我脖子上的是神经诱导器，可以直击我的痛觉中枢。它没带来任何物理创口，但你若想知道我的感受，可以试试一边让朋友用焊枪烤你，一边活剥自己的皮。

这也只是我感受到的十分之一。

结束时，我甚至惊讶自己还活着。我屁滚尿流，浑身瘫软，还不断抽泣，但我还活着。有只手拍了拍我的肩膀。

“很有趣，”那个声音说，“咱们将携手同行，你和我，直到你与布朗克先生两清。明天见，米奇。”

他门都没关就走了。

过了大概一小时，我才能动。我站起来，蹒跚走进浴室，洗漱了一下。搞定后，我坐下，大哭一场。

那晚，我登录了“德拉卡”号的征募网站，上面列了一大堆部门和岗位，以及目前的录用情况。

所有岗位都满员了。

只有一个还空着。

我给博托发信息。

“嘿，”我说，“消耗体是什么？”

“消耗体，”博托说，“是‘德拉卡’号上唯一你不会想申请的东西。”

“也是唯一还能申请的。我要申请。”

他沉默了一会儿。再开口时，他的声音和语调就像在劝人悬崖勒马。

“听着，”他说，“别误会，我真的很想让你跟我一起走。这趟旅程有去无回，我真的希望有个好朋友一起。但是，米奇……”

“你能帮我疏通一下关系吗？”

“我是说……”

“博托，”我说，“就当我拜托你了。是你把我坑到这田地的。”

“不是我，”他说，“我没让你赌我输。如果你当时问我，我会让你赌我赢。我知道我会赢。”

“你会帮我吗？”

他叹了口气。

“说实话，米奇。我不认为你需要我帮忙。”

接着，他挂断了。我回到征募网站，提交了第二天下午的面试申请。

十二个小时后，格温念完了我在担任消耗体期间可能遇到的一系列糟糕事。我脑海里只有一件事：这听上去其实也不是很糟。他们花了点儿时间对我进行培训，好让我在登上“德拉卡”

号时对死神不再那么恐惧，而且别中途变卦。老实说，我没什么可恐惧的，也不会变卦。那天下午，我就做好了去前线所需的一切准备。

005

我不会就这么被推进循环站的。分解力场也没把我打成糊糊。

我是看你有些紧张，所以解释一下。

我跪着，双手撑地，看着那个大洞。对天发誓，我要去了。我渐渐俯身，将脸贴向界面，能感觉到力场正将我向它拽去，一阵刺痛从双颊穿过鼻梁，一路进入皮肤。正当我盘算着如何才能死得不那么痛苦时，有只手落在了我的肩上。

“等一下！”我大吼，想象着8号将我脸朝下推进大洞的场景。

“不。”8号说。他把我拉了回来，伸出手要拽我起来。“这样不行。我不能站在这儿眼睁睁看你死。”

我任他将我拽起。我抖得厉害，几乎无法站直。

“好吧，”我说，“这一点上我支持你。”

我深呼吸，再深呼吸。不知为何，盯着那个黑色盘子看，比昨晚在隧道中注视怪物的嗓子眼还可怕得多。

“那么，呃，你想怎样？”

“回楼上，”他说，“我可以在厕所把你溺死，先在化学浴室里剁成小块，然后一块一块喂给循环站。”

我对他怒目而视。他咧嘴笑了。

“撑不了多久啊，”我终于开口，“我们俩撑不了多久的。老实说，8 号，咱们这是何苦呢？我们只有一个床位和一张食物配给卡。更重要的是，我们只有一个系统身份，如果有人发现我们俩实际上是多重身……”

他耸耸肩。“这很不寻常，对吗？”

“是啊，或许……但考虑到目前资源紧缺，我可不觉得指挥官会同情我们。要是去找马歇尔的话，我们俩绝对有一个要进那个洞。”

“更大的可能性是，”他说，“如果我们偷偷摸摸隐瞒这件事，大概率都会被打成肉泥。”

我紧紧闭上眼睛，等待我的脉搏从冲击钻一样的速度逐渐放缓到和受惊的雏鸟一样，再慢慢恢复到正常水平。当我睁开眼，8 号正有些忧虑地看着我，很明显，那忧虑已接近警觉。

“你还好吗，7 号？”

“还好，”我说，晃了晃脑袋，然后吸气，呼气，“我没事。人们都说要直面死亡，可是……”

“有些太直面了，对吧？”

“没错，”我说，“如果马歇尔最后真要把我喂给循环站，那我真的真的希望他能体面点，先把我杀了再往里扔。”

8 号一只手搭在我肩上。“兄弟，我们俩都这么想。但同时，我们还是得先有个计划。”

“同意，那你有计划了吗？”

他双手捋了捋头发。“我不知道……不知道……培训时他们没教这个。”

的确。培训时教的百分之百只有死亡。我不记得他们花了哪怕一丁点儿时间教我该如何活下去。

“你看，”他说，“我们的配给卡额度很大，除非你在最后一次上传之后又做了什么傻事，不然的话，我们每天都有两千千卡。”

“没错，”我说，“我想你是对的。”

“平分一下的话，这足够我们撑一段时间了。或许不富裕，但至少能活着。”

我感到自己脸上挤出苦涩的表情。“每人每天一千千卡？这也太残酷了，8 号。我们需要更多。博托呢？这一切几乎都是他的错。如果我们告诉他真相，你觉得他会出于歉疚多给我们搞点儿循环酱吗？”

8 号满脸狐疑。“或许吧。但我宁愿将这当作走投无路时的最终选项。博托可不是尼福尔海姆星上最无私的人，而且在多重身这件事上，我不知道他算不算个基要主义者。”

“是啊，”我说，“你说得很有道理。还有，他昨晚把我丢在洞穴里，让我等死，没准儿这也算他靠不住的证据。”

“没错，”他说，“好吧。那请求马歇尔给我们提高配给额怎么样？”

我翻了个白眼。“挺好。我现在就去。”

“你看，”8 号说，“我下楼来这儿时路过食堂，看见循环酱正在打七五折。这样的话，就算没别的办法，我们每人也能有一千二百五十千卡的热量。这不算高，但是……”

“好啊，”我说，“反正，估计我们也不会马上饿死。可这依然没解决最主要的问题。有两个我们。马歇尔一想到他的殖民地里还有米奇·巴恩斯这么个东西，表情就像踩了屎。要是被他知道有两个，被扔进循环站都要谢天谢地了。”

此处我必须做个解释，我们驶离米德加德星轨道一周后，马歇尔指挥官便发现了我和达赖厄斯·布朗克之间的恩怨，并因此认定我是打进他殖民地内部的犯罪分子。除此之外，他有很强的宗教背景，在他看来，从再生舱里拽出活人这种事就连想想都恶心。在我还差三十秒就要被扔出主气闸时，一位十分友善的女士提醒了他，只有降落在尼福尔海姆星之后，他才会真正成为这次任务的指挥官。这位女士叫玛拉·辛格，如今是工程部主任。

反正，我觉得当下的情景不会让他对我有所改观。

“我懂，”8 号说，“我懂……但除非你改了主意，决心要跳进那个洞，不然的话，我觉得我们别无选择，不是吗？”

“的确，”我说，“我想也是。”

“当然，如果你真的改了主意……”

“别担心，8 号。我要是改了主意会第一个告诉你的。”

他咧嘴笑了。我绝对绝对不改主意。

“谢了，”他说，“对了，纳莎怎样？你觉得我们能跟她坦白吗？”

这得让我想想。我和纳莎从我再生为米奇 3 号时就在一起了，与博托不同的是，昨晚纳莎已经准备冒着丢掉她唯一一条命的风险来救我。如果这里还有人值得信赖，那么她是唯一一个。

可从另一方面来说，如果我们在马歇尔面前暴露了，我真的不想拖累她和我们一起去死。

“我看，”我说，“现在还是先天知地知你知我知吧？”

“好的，”8 号说，“我是说，从着陆后的情况来看，我们俩中的一个很快就会死掉，你不觉得吗？到时就万事大吉。”

呃。他大概是对的。

✦

关于很快就会死这件事，我给你讲个故事：着陆后几个月，我还是米奇 6 号的时候，博托曾带我去兜风。我们开的是一架固定翼单引擎侦察用飞掠机，而不是他通常开的重型举升船。我们在穹顶上边盘旋时，我问他这么一架小飞机里怎么容得下重力发生器。他转头看着我，微妙地笑了。

“重力？你开玩笑吧？”

“没有，”我说，“我没开玩笑。”

他摇了摇头，加油门，我们陡然爬升起来。

“这是空气动力飞行器，米奇。它只靠伯努利原理飞在空中。”

我不知道伯努利是谁，也不清楚他提出过什么原理，但这听起来不太妙。我从未以这种方式离开过地面。以往，每次升到天上，我都十分确定自己被重力场环绕着，它能保证我在任何情况下都不会像个熟透了的西瓜那样以每秒一百五十米的速度砸向地面摔成几瓣。

“博托？”我说，“你是不是应该飞得平稳些？或者干脆回去，换个更稳定的飞机？”

他笑了。“你不会是认真的吧？你知道我费了多少口舌才把它开出来吗？今天把它开出来的全部意义，就在于它能做一些重型举升船做不到的事。”

我张了张嘴，本想说自己并不想尝试举升船做不到的事，但话还没说出口，飞掠机便表演起了桶滚特技，我叫得就像……好吧，就像个，呃，五脏六腑都被吓得抱头鼠窜的恬不知耻的怕死鬼。

那是我第一次意识到，尽管接受过那么多培训辅导，尽管已死过五次，尽管我无可争辩地依然活着，但内心深处，我仍然不相信永生这件事。

✦

“那么，”纳莎说，“你的贫民早餐如何？”

我正狼吞虎咽一碗能为我提供六百千卡的没加糖的循环酱。我必须解释一下，在滩头殖民地，一千卡代表的并不总是真正的一千卡。不同的东西可能有的得大打折扣，有的存在很大溢价，这取决于它与你真正想要放入嘴里的那个东西的相似程度。正像 8 号所说，循环酱正在打七五折，也就是说，就算走投无路，我的体重大概也能至少维持一到两周。纳莎正在吃土豆泥配卡真酱调味的炒蟋蟀，这两道菜今早原价。另外在售卖的，还有一些兔肉和看上去有些恶心的番茄，但这两道菜今早有百分之四十的溢价。我想，只要8号还活着，这些东西就是我无法企及的奢侈品。

“好吧，”我说，“我一直都想给身体塑塑形。没准儿我可以控制摄入，练练肌肉。下次爬行者再想吃我就没那么容易了。”

她咯咯笑。纳莎的笑容是她身上最美好的特质之一。她笑得像个小女孩般柔软，每次轻笑起来，她都会用手捂住嘴巴，看向一旁。这与气势汹汹的战斗飞行员形象大相径庭，以至于每当她笑起来都似乎变成了另一个人。

“你还是这么幽默，我很开心，”她说，“着陆以来，你已经死过好几次了。有些人现在可能已经很不满。”

我往杯子里倒满水。循环酱本就不该单吃，它毫无滋味，又浓稠得很，而且颗粒感十足，得喝大量水才能漱下去。

“好吧，”我说，“我是这么看的。如果7号还健在，我就不会从再生舱里出来了，对吗？”

她的脸瞬间阴云笼罩。“是这样。”她说。

我抬起头，把目光从我那份糟糕的早餐上移开。“怎么了？”

她摇了摇头。“米奇，这让我很难受。你每死一次，都让一切变得更加难受。昨晚我感觉糟透了——比起6号死的时候还糟，或许也糟过5号死的时候。即便你告诉我你要死了，我还停留在信号区等你回心转意。最后我终于放弃，回到了穹顶，我在停机库待了一个小时，坐在驾驶舱里哭得像个小孩儿。可现在，你又重生了，就像你说的那样，如果我救了昨晚的你，今天这个你就不会存在……现在我感觉不知所措。”

“是的，”我说，“永生令人困惑，不是吗？”

“没错。”博托说。我环顾四周，发现他站在我身后，手里端着一盘土豆蟋蟀。

“早安，博托，”纳莎说，“请坐吧。”

他把盘子放在我的旁边，挤进桌边的长椅里。“稀粥喝得怎么样？米奇，你的手又怎么了？”

我低头看。我的手腕紧紧缠着绷带，但依然能看到绷带边缘露出一点肿胀发紫的皮肤。

“起床的时候头晕摔了一跤，”我说，“这是再生舱的特有乐趣，怎么样？”

博托意味深长地看了我一眼，我几乎能看到他的大脑在飞速运转。“好吧，”他终于说，“这是什么时候发生的事？”

“你路过我床位之后，”我说，“你关心这个干什么？”

纳莎抬起头看看他又看看我。“我错过了什么吗？”

“或许吧，”博托说，“我路过后多久？”

“我不知道。就在我下来之前。可能大概半小时前？”

“我在淋浴间见到你的时候，你的手腕还好好的。”纳莎说。

“没错，”我说，“正是在那之后。”

博托的眉头皱了起来，摇了摇头。

“说实话，”纳莎说，“发生了什么？”

“我不确定，”博托说，“米奇？发生了什么？”

我舀起最后一勺循环酱。我想知道博托来这儿的路上有没有碰上8号。如果碰上了，那我现在就要坦白，然后祈祷他别说出去，不然的话……

“没发生什么，”我说，“我只是在吃我的早餐。”

我迅速环顾四周。这个时间吃早餐有些晚，但吃午餐为时尚早。人很少，没有一个人近到能听清我们在说什么。博托依然瞪着我。

“然后呢？”我说，“你有什么想法，博托？”

他吞下一叉子蟋蟀土豆泥，细嚼慢咽着。“不知道，米奇。我最近经常看你从再生舱出来。但这次似乎不太对劲。”

我感觉自己的五官拧成了一团。“要是你能少关注我从再生舱里爬出来是什么样子，多想想怎么让我不被杀、不用回那儿去的话，我们就不用聊这个了。”

“噢，看，”纳莎说，“不满了。”

“无论如何，”博托说，“我来这儿不是要和米奇争论他是怎么弄伤了他的那只手。我来是想问，你们有没有人知道，今早在周界发生了什么？”

纳莎朝自己剩下的早餐咧了咧嘴，心不在焉地戳着一块烤焦的土豆皮。

“我听说一个小时后又要派我去巡逻了，尽管我四个小时前刚回来。我猜一定是出了事，可没有一个人能告诉我发生了什么。”

博托朝桌子对面的她俯过身来，压低了声音。“有人死了。”

“死了？”纳莎说，“怎么死的？”

博托耸耸肩。“似乎没人知道。死者是东门检查站的安保。达尼说是盖布·托里切利。他曾在八点上线，但八点三十就失联了。他们派人去查看的时候，只有一堆堆凌乱的雪。”

我嘴都张开了，本想说今早我见过盖布，却猛然想起，不能让这俩人知道今早我不在穹顶。盖布是我从迷宫归来时对我招手的那个人。那时大概是……

八点十五？

天呐。

难道爬行者一路跟着我回了穹顶？

我的脑海里又闪现出多年前放生的那只蜘蛛。或许这与昨晚发生的一切并不相符？或许我不过是只蚂蚁，而他们是为了找到我的巢穴，才没把我一脚踩死？

“怎么了？”纳莎说。

我的目光从她身上移到博托身上，然后又看向她。他们两个都在瞪着我。

“老实说，”博托说，“你看起来似乎吓尿了，米奇。怎么回事？你跟这人熟吗？”

这真是个蠢问题。毕竟这星球的总人口不超过二百，过去九年来，我们一直都挤在一起。这也侧面说明我们三个和这星球上的其他居民很少互动。不，我跟盖布不熟。实际上，除了样貌以外我对他一无所知。但我觉得他大概不是那帮坏人的一员。显然，他们俩也都不是。

“我知道他是谁，”我说，“我们谈不上是朋友。但又有什么关系呢？我们不过是失去了这星球百分之零点六的人口，博托。”

“是啊，”博托说，“没错。实话说，我也不怎么喜欢老盖布。整个航行旅程中，他总在责怪人们没有多花时间去传送带上锻炼。但你说的有道理。在开始解冻胚胎之前，我们承担不起基因池的任何损失。”

“这我倒不担心，”纳莎说，“我是说，如果我们在基因上需要更多白人男子，那多造两个米奇不就得了？对不对？”

他们俩都笑了。我犹豫了一下，可能犹豫得有点久，也跟着笑起来。

“但说真的，”博托说，“米奇说的有道理。”

我不记得自己说过什么有道理的话，但无所谓了。

“有道理，”纳莎说，“盖布绝不是走失了那么简单。”

“是爬行者。”博托说。

纳莎正要吃光她盘里的土豆，听到这儿，抬起了头。“你确定吗？”

“不太确定，但还有什么其他可能？我们在这地方还没见过其他比变形虫更大的东西吧。”

纳莎摇了摇头。“离穹顶这么近的地方有爬行者出没，可不是好消息。爬行者还干掉了一个全副武装的安保，这就更糟糕了。他穿了铠甲吧？”

他穿了——但这也不是我该知道的事情。

“不知道，”博托说，“大概没有吧。从此刻开始，铠甲才真正有了意义，不是吗？我是说，这是爬行者第一次真的杀人吧。”

“他们杀过我，”我说，“而且杀了两次。”

博托将我揽在怀里，用力捏了捏我的肩。“我知道的，兄弟。”

纳莎窃笑。我瞪了她一眼，可她继续吃着早餐，并没有注意。我以为只有博托才会做这种蠢事，通常来说，纳莎没那么低级。

“不管穿没穿铠甲，”博托说，“盖布都该有支重型爆燃枪，对吧？那东西的火力足以瞬间烧熟一头水牛，有它在手，怎么会被一群虫子干掉呢？”

“爆燃枪对付它们没用。”我说。

他们俩一起看向我。

“什么？”纳莎说。

“是啊，”博托说，“你说什么呢，米奇？”

我张嘴，本想回应，但看到博托睁大的双眼，还是放弃了，任它自己闭上。再说一次，我必须跟他一起玩扑克。

“我绝对是错过了些什么，”纳莎说，“朋友之间没有秘密，米奇。”

“的确，”博托说，“不，其实米奇说得对。昨晚他死之前，身上也有一把爆燃枪。可那并没帮上他什么。我一下子没想起来。”

我递给他我能给出的最为凶狠的目光。“你忘了？”

“是啊，”他说，“忘了。”

“你忘了不到二十四小时之前，是怎么眼睁睁看着自己最好的朋友被撕个粉碎的了？”

“这个嘛，”博托说，“我不确定‘最好的’一词是否准确。”

“撕个粉碎？”纳莎说，“他不是在裂隙底下冻死的吗？”

我再尽自己所能向博托投去一个疑惑而愤怒的眼神。“什么冻死的，博托？”

他十分不快地迅速瞪了纳莎一眼，然后摇了摇头，说：“这不重要。重点在于，你死掉了，当时我们都无能为力。”

“并不是这样，”纳莎说，继续戳弄着她的早餐，“我本可以做些什么。”她抬起头看向我，脸上挂着一个忧伤而勉强的微笑，“可他不让。昨晚你很勇敢，米奇。你不许我冒险救你。无论你掉进那个洞这件事有多愚蠢，你的英勇都无法被抹掉。”她的笑容渐渐消失，取而代之的是一脸苦涩，“不管怎样，事实就是，不管盖布·托里切利经历了什么，他今早不是被杀了，就是被绑架了，或是被吃掉了，因此，我不得不再来一趟该死的空中执勤。”她看向博托，“说到这儿，今早你为什么不用执勤？昨晚你的执勤时间可没比我长到哪儿去。”

博托耸耸肩：“我想马歇尔更喜欢我。”

话正聊到一半时，我的目镜里弹出了一个对话框。

〈指挥官 1〉：十点半前须到马歇尔指挥官办公室报到，否则按违反上级命令处置，减少配给。请确认。

我前脚刚发送已读回执，后脚目镜中就又弹出一个对话框，将我视线中纳莎的脸遮住一半。

〈米奇 8 号〉：你也看到指挥官的召唤了吧？

〈米奇 8 号〉：是的，看到了。

〈米奇 8 号〉：呃。我们俩现在都是米奇 8 号了？

〈米奇 8 号〉：好像是。

〈米奇 8 号〉：好样的。这样会乱啊。

〈米奇 8 号〉：相信我们会有办法的。

〈米奇 8 号〉：你觉得系统会提示已读回执是从两个不同位置发出的吗?

〈米奇 8 号〉：应该不会，除非有人深究。

〈米奇 8 号〉：那样的话，我们就完蛋了。

〈米奇 8 号〉：没错。

〈米奇 8 号〉：不管怎样，我猜马歇尔还是因为我们没保住命然后又浪费了殖民地七十千克蛋白质才召唤我们的。你能应付得了吗？我身上还有好多黏液没弄干净，而且我真的想睡一会儿。

〈米奇 8 号〉：我有的选吗?

〈米奇 8 号〉：Zzzzzz

我眨了眨眼，把两个对话框都关上了。博托和纳莎瞪着我。

"你太无礼了。"纳莎说。

"没错，"博托说，"极度无礼。"他从桌子边朝后挪了挪，然后站起身，拿起自己的餐盘。"说到这儿，我该走了。在外面玩得开心，纳莎。"

纳莎用叉子挑起一块土豆皮，向他远去的背影甩过去。我努力克制着追上去把那块土豆皮抄起来吃掉的冲动。

"反正，"他走后，纳莎说，"上机前，我还有一个小时要打发，要继续我们在浴室的事情吗？"

我花了一两秒才反应过来她指的是什么。又花了两三秒，将她与 8 号在一起的画面从脑海中驱逐出去。毕竟，我不可以嫉妒自己，对吗?

但显然，我可以。

可是这些都不重要了。不论怎么样，我还有别的事要做。

“实际上，”我说，“我刚收到了来自指挥官的消息。我得去拜访一下马歇尔。”

“噢，”她说，“好吧。因为你又浪费了一大堆蛋白质，他生气了吧？”

“是啊，”我说，“大概就是因为这个。”

她半站半趴，越过桌子向我俯身而来，揽着我的后脑勺，将我拉近，吻了我。

“他说什么都别往心里去，”她说，“受冻而死是你工作的一部分，你是接到命令才这么做的。他总不能因为你笨手笨脚就对你发火吧。”她又吻了我的额头，“执勤完我要休息一下，之后再联系你，好吗？”她接着吻我的嘴，“记得一定要刷刷牙，循环酱太恶心了。”

她拍拍我的脸颊，拿起餐盘，离开了。

006

我不该为见马歇尔而感到紧张。他又不可能今天就杀了我。以后不好说，但起码最近不能。

虽然他是我们的最高指挥官，可在这尼福尔海姆星上，除博托以外，他是我第一个认识的人。我坐的穿梭机在轨道集结场着陆时，他是第一个与我打招呼的人，当时他们正在给“德拉卡”号做最后的整备。那是我与格温·约翰森进行面试后的第三天，也是达赖厄斯·布朗克的狗腿子让我不得不度过人生中最漫长的三十秒之后的第四天。

好吧，说他跟我“打招呼”，或许有点儿夸张了。可他当时绝对在场。

平心而论，我给他留下的第一印象大概并不好。穿梭机接近空间站时，重力突然消失，这是我第一次体会到自由落体的感觉。当然，我看过一些在轨道拍摄的视频。娱乐节目每隔五分钟便会播上一段轨道度假的广告，广告中，游客们会穿着翼装飞行服玩零重力球之类的傻瓜游戏。我一直以为那就像漂在海上一样轻松愉快，还不用担心被海怪吃掉。

可问题是，这不是自由漂浮，而是自由落体！

重力场停止运行的那一刻，我的胃便提到了嗓子眼儿，我的心脏狂跳，跳动之猛连指尖都能感受到。我的脑子里掌管原始本能的那块地方明白无误地告诉我，抛开视觉不谈，我们正像雨滴从湛蓝天空中坠落那样往下掉，我们绝对绝对是要没命了。

我没像同行的其他几位乘客那样失控，没有惊慌失措地尖叫，也不必像那几个把午饭唠出来的家伙那样戴上后座的吸力面罩。我还行，虽然绝对谈不上好。当我们降落并穿过主气闸走向抵达大厅的时候，我已被汗水浸透，止不住地颤抖。

那时的我，看起来大概就像个刚开始戒毒的瘾君子——这就是我给马歇尔指挥官留下的第一印象。

马歇尔在大厅等着我们，他飘浮在气闸对面的舷窗旁，紧盯着位于我们下方五百千米外米德加德星的夜半球。一直等到十几个未来殖民地居民中的最后一人从穿梭机飘入大厅，气闸的内门“咔嗒”合上之后，他才来迎接我们。我立刻感觉到，他是那种觉得自己大权在握的人。从那乌漆墨黑一丝不苟的发型，到那总是紧咬的牙关，再到那即使在自由落体状态也依然如铁棍般挺拔的脊梁，他看上去眉目冷峻，久经沙场，简直就是米德加德星从未拥有过也未曾需要过的那种军人形象。

我花了三年时间，再生了两次，才搞懂他的心理机制。百分之十是纯粹的自负，百分之十是安全感匮乏。作为被指派的地面指挥官，在整个星际航行过程中，他也不过是货物之一罢了，因此，剩下百分之八十，便是他对这一事实的过度心理代偿。

“那么……”马歇尔说，往地上一蹬，向我们飘过来。他抓住天花板上的抓手，然后下落，大致正好停在了我的面前。“欢迎来到‘苍穹’空间站。在‘德拉卡’号做完登舰整备之前，这里就是各位的家。我叫耶罗尼米斯·马歇尔，是本次小小远征任务的负责人。你们之中，有人离开过自己的星球吗？”六七个人举了手。马歇尔点了点头。“不错。那剩下的人中，又有多少人此刻正竭尽全力不让自己吐出来？”有三个人举了手，然后有人犹犹豫豫地举起了第四只手。马歇尔又点头。“好的，不错。你们终究会挺过去的。也可能挺不过去。不管怎样，在这儿就要忍耐，就像人们常说的那样。”

“长官？”

说话的是呕吐者之一。马歇尔转过身看向他。

“怎么？”

“我叫杜甘，指挥官，生物部的。什么时候——”他打了个嗝，随后一脸苦涩地把什么东西咽了下去，“呃……什么时候我们的个人物品才能运来？他们不让我们随身带上穿梭机。”

指挥官冲他僵硬地笑了笑。“很不幸，没有这个安排。或许你能想象，对于这样一趟旅程来说，载重是个不小的问题。因此，我们决定，个人物品一律不予运送。”人群中一阵窃窃私语，但马歇尔挥了挥手，示意大家收声，“请大家别抱怨。我向大家保证，你们会得到一切必需品，相信你们会发现，在滩头殖民地，根本用不上那些乱七八糟的小玩意儿。”他的目光扫视过我们，

“还有其他问题吗？”

我举起手。这是我在刚成为殖民地居民时犯下的头几个错误之一。

“讲，”马歇尔说，“你是？”

“米奇·巴恩斯，”我说，“他们告诉过我们，每人有三十千克的个人行李重量额度。”

他的微笑略微变得更僵硬了一些，明显已经不再像个微笑。

“我说过了，巴恩斯先生，额度被撤回了。”

“没人通知我们，”我说，“我需要我留在包里的东西。”

指挥官脸上的微笑彻底消失了。“巴恩斯先生，”他说，“满员的情况下，将殖民地居民与机组成员相加，‘德拉卡’号将共载运一百九十八个人。如果每人都带上三十千克护手霜之类的小玩意儿，那么飞船的总重量将增加六吨。”

“我知道，”我说，“我懂数学。我就是——”

“你知道将六吨重的东西加速到零点九倍光速，要耗费多少能量吗？”

“呃……”我说。

那微笑又回来了。“看来你数学还是不够好嘛。”

“这不重要，”我说，“对于如此体量的飞船来说，六吨不过是个小数点罢了。”

“这十分重要，”马歇尔说，“你要是好奇原因的话，答案是这样的：加速至零点九倍光速，需要的能量是四乘以十的二十三次方焦耳多一点。另外，在旅程终点，要减速至静止也将需要同样多的能量。物理学是残酷的，巴恩斯先生，星际飞船所需的反物质燃料可是贵到可恨。‘德拉卡’号的重量已经被削减到能维持你九年性命、使我们得以抵达目的地的最低值。这笔天文数字的费用都是米德加德星政府买单的。我想你大概也注意到了，你的同行者百分之九十都是冷冻胚胎，对吗？”

“是的，可是……”

“那你觉得为何如此呢，巴恩斯先生？在你看来，这是因为我们都渴望在晚年给一大堆孩子当保姆吗？”他顿了顿，看着我，似乎在等待回答。当他逐渐意识到我无意回答这问题后，便继续说了下去：“不，并非如此。这是因为胚胎很轻，而成年人很重。重的还有什么东西呢？食物，巴恩斯先生。等看到供你余生所用的卡路里配给，你会巴不得我们把那六吨重量全都用来装载农产品。从我个人角度来说，如果我们容量有富余的话，我更愿意多载上七八十个殖民地居民。但无论如何，我很确定，比起装你的行李，我们有千百个地方更需要用到那些富余的配重。”

我张嘴，想要指出，跟增加七十个殖民地居民不同的是，我的行李并不需要食物、水、氧气，也不需要增加百分之四十的居住空间。更重要的是，如果有人提前告诉我行李不能带上来，我本可以在登机前将平板电脑和两块记忆芯片扔进口袋。我就只需要这些。

可我还没那么傻。马歇尔的脸色告诉我，无声的抗议或许是更好的选择。

“顺便一问，”马歇尔说，“刚刚我没听清，你的职能是什么，巴恩斯先生？”

“我的什么？”

“你的职能，孩子。杜甘先生是位生物学家。那你是？”

我错上加错。我咧嘴笑了。“长官，我是您的消耗体。”

马歇尔并没有回我以微笑。他的脸扭曲起来，人们通常在吃到什么烂东西，或是赤脚踩到狗屎时，才会露出这种表情。

“我早该料到。”他说。他再次跃起，抓住把手，向大厅远处的出口飘去。他在空中利落地翻了个跟头，落地时，他再次蹬地，如游泳健将般在空中平缓滑翔起来。

“显然，空间站里并没有足够的舱位去容纳所有的殖民地居民和机组成员，”出口的门滑开时，他回头说道，“但公共区域有不少吊兜。去找一个，在我们登上‘德拉卡’号前，那便是你们的家了。”

他穿门而出，门在他身后合上。

“天呐，”杜甘在他走后说，“这是要怎样？”

“指挥官马歇尔是个身心一元论者。”一个挂在后边气闸边上的高挑黑发女子说。

杜甘发出一声短促而尖锐的笑声。“认真的吗？”他转向我，“你完蛋了，朋友。”

我的目光从杜甘转到后方那位女士身上。“我没听懂，”我说，“身心一元论是什么？”

“一种邪教。”杜甘说。

“不是邪教。”那女人说。她和马歇尔一样敏捷地蹬墙而起，抓稳把手后，忽地降落在我面前。“这是一种严肃的宗教，指挥官马歇尔是虔诚信徒。我查过他的电子档案。加入这里之前，我调看了管理层所有人的档案，难道你没有这么做吗？”

过去几天我都在忙着躲避用酷刑机器追杀我的黑社会，哪儿有时间当什么社交网络侦探。可我想，此刻并非解释的最佳时机。所以我只是摇了摇头。

她笑了。“你开玩笑吧？你知道这些人基本算是捏着我们的命门吧？你都没花点时间了解一下他们是谁吗？”

“没有，”我说，“我没有。”

杜甘又笑了。那时我已非常确定，我不喜欢他的笑声。

“他本来就不需要那么做。”他说，“你是被强行征召的吧？你是什么身份？犯人还是什么？”

“什么？不，我不是犯人，也不是征召来的。我像你一样，是被选拔来的。”

“好吧，”杜甘说，“管它是选拔还是征召……关键在于，你没的可选。”

我摇了摇头。“你没认真听我说话。我有的选。我在两天前自愿走进招聘办公室。一位叫格温的女士对我进行了面试。她说我是个十分优秀的候选人，他们很开心有我加入。”

他们不约而同地看着我，眼神就像我长了两个脑袋。

“你开玩笑吧？”杜甘终于开口。

“没有，”我说，“我没开玩笑。”

“如果你不介意的话，”那女人说，“我想问问，你脑子里在想什么？”

我考虑了一下是否该将达赖厄斯·布朗克的事情和盘托出，可理智在最后一秒阻止了我。我可不想让这些将与我共度余生的人觉得我是犯罪分子。

“无所谓，”我说，“重点在于，我是自愿的。我没进过监狱，加入之前，我也没在社交网络上搜索过任何人。”

“我也没有，”杜甘说，“这是米德加德星的第一个殖民远征队，对吗？我想，加入这里的每个人应该都是最棒、最聪明的吧。真是难以置信，他们竟然找了个身心一元论者掌管全局。”

“没什么大不了的，”那女人说完便看向我，“好吧，对别人来说没什么大不了的，但对他来说就不一样了。”她悲伤地看了我一眼，将手伸向杜甘。“顺带一提，我是布里。农业部的。我们大概有机会共事。”

那时，抵达大队中的大部分人都已四散，去寻找能占为己有的吊兜了。在布里和杜甘又说笑又握手时，我起了疑虑，心想这个逃离星球的计划或许并非我想象中那么靠谱。

“你看，”我说，“我不想让你们觉得我是傻子。但你们俩谁能帮我解释一下，马歇尔的宗教信仰跟我有什么关系吗？”

布里转头回看我。她的表情告诉我，在她眼里还是杜甘要有趣一些，或许这是因为她心里早有定论，觉得我这人脑子有什么大病，而且我开始让她感到烦了。

“身心一元论教会的首要教旨之一，”她说，“就是灵魂的完整性不可侵犯。”

“呃……”

“他们不喜欢人格备份这个概念，”杜甘说，“他们相信，每副身躯只有一个灵魂，一旦你的原身死了，你的灵魂也就灭亡了。”

“没错，”布里说，“也就是说，在他们看来，生物打印的身体配以备份人格，只能算是一种没有灵魂的怪物。”

“是的，”杜甘说，“一个孽畜，你明白吗？”

“不完全是个人。”

杜甘点头：“应该说，完全不是个人。”

“呃，”我说，“这可真是……”

“我明白，”布里说，“不幸。”

“可是，”杜甘说，“你能再生，并不代表你已经再生过，对吗？我是说，此刻的你依然是原始版本的你，不是吗？”

“对，是的，”我说，“我两天前才报名成为消耗体。我甚至都不知道备份什么的该怎么做。至少现在，我的身体还是出生时的那个。”

“太好了，”杜甘说着，拍了拍我的肩膀，“为了讨马歇尔欢心，你要做的就是努力保住现在这个身体。”

这建议可真不赖，兄弟。

我想不通自己为什么没有听从这建议。

007

我通常都会尽量准时，尤其在迟到会威胁食物供给的情况下更是如此。但我也不愿意到得太早，如果早到要面对耶罗尼米斯·马歇尔的一通呵斥，我就更不愿意了。我不慌不忙地走过长廊，路上还停下了一两次和别人聊天。我在指挥官办公室门外的走廊上游荡了一会儿，直到余光看见表盘指针指向十点二十九分，才终于敲了门。

“进。”

门开了。马歇尔坐在一张由金属和塑料合制的矮桌后面。他在椅子上向前俯身，手肘撑着椅子扶手，双手交叠放在肚子上。博托坐在他对面，半转过身子看向我。

“关上门，”马歇尔说，“坐。”

我拉出博托身边的椅子坐下。马歇尔一言不发地瞪着我们俩，时间过了很久，久到令人无法忍受。

“所以说……”博托终于开口，马歇尔瞪了他一眼打断了他。

“你，”他说，“巴恩斯。你是第几代？”

“呃，”我说，“八？”

他挑起眉毛，似乎在质问。“你听着好像不太确定。”

“这并没有烙在我后颈上，长官，大多数的死亡我都记不得。我知道自己是第八代，是因为你们这么告诉我的。”

“你记得自己是怎么从再生舱里出来的，对吗？”

我扫了博托一眼。他紧盯着前方。

“不太记得了，长官。我的意识通常在醒来几小时后才会恢复。我只记得自己带着强烈的宿醉感在床上醒来。”

指挥官的脸色沉了下去，可表情没变。

“考虑到你在尼福尔海姆星接触不到任何酒精制品，巴恩斯先生，我想，我们可以断定，你所描述的体验是重启，而非饮酒作乐三天后的感受，你同意吗？”

对于这个问题，我想到了个十分机灵的回答，但我想现在或许不是抖机灵的好时机。

“是的，长官，”我说，“我想这是个很合理的假设。”

“那么，这种情况发生过几次呢？巴恩斯先生。”

“七次，长官。”

“所以，实际上，你是第八代米奇·巴恩斯。”

“没错，长官，”我说，“我是第八代。”

马歇尔又瞪了我一会儿，然后目光转向博托。“戈麦斯，为何这个人是第八代巴恩斯先生？”

“这个嘛，先生，”他说，“因为殖民地协议规定，我们必须时刻拥有一个运行中的消耗体。”

“所以呢？”

“昨晚，第七代不再运行了。因此，根据规定，我提交了第八代的生成申请。”

“谢谢，”马歇尔说，“你管得真是不少，戈麦斯。这话说得好像你很在意协议似的，可你真的在乎过哪怕一秒吗？”

“长官……”博托开口，但马歇尔摇了摇头。

“省省吧，孩子。简单明了地给我讲讲，昨晚你是如何把七十五千克蛋白质和钙冲进下水道的。说人话，我可不想听官腔。”

其实我只有七十一千克重，而且这重量大部分是水，而且外头水多的是。可这时候提这一点似乎不怎么合适。

“好吧，”博托说，“是这样的，长官……”

马歇尔身体前倾，手肘撑在桌子上，一只手撑着下巴，眉毛一路向发际线挑去。博托清了清嗓子。我从未见他这么紧张过。

“我写重启申请的时候，米奇大概已经死了。”

“你是说第七代巴恩斯先生。”

“是的，先生，米奇 7 号。他大约消失于昨晚二十五点三十分，当时，他正在探索主穹顶西南方向八千米左右处的裂隙。您之前命令对殖民地周遭进行侦察并调查本土动物群系，这次探索是依据这个命令进行的。我在确认他的尸体已无法寻回后——”

“你是如何确认的？”

我看了博托一眼。他目光坚定。事情就要变得有趣起来了。

“长官？”

“我想我问得很清楚，”马歇尔说，“你是如何确认那具尸体已经无法寻回的？”

“这个嘛……”博托边说边迅速瞥了我一眼。

“别看我，”我说，“你忘了吗，我就是那具尸体。”

“如果这个问题让你感到不适，巴恩斯，”马歇尔说，“你可以去门外，等我先结束这部分问询。”

我摇了摇头。“噢，不。我跟您一样感兴趣。”

指挥官的视线回到博托身上。“所以呢？”

“好吧，”博托说，“他掉进了一个洞。”

指挥官向后仰，靠在了椅子上，两条胳膊盘在胸前。“他怎么了？”

“他掉进了一个大洞，”博托说，“一个特别深的洞。等到他掉到底不再动的时候，我已经几乎收不到他的信号了。”

“几乎？所以你本可以找到他的位置。”

“我是说……”

“你本可以找到他的位置，”马歇尔说，“也就是说，你本可以带他回来。我说得对吗？”

“呃，”我说，“我听着十分合理。”

指挥官和博托同时瞪了我一眼。博托清了清嗓子，继续做着努力。

“长官，据我判断，要尝试在米奇掉落的地方降落，实在不够安全。”

“我懂了，”马歇尔说，“可当你决定将他空投在那儿的时候，并没有觉得那里不安全。对吗？”

“是啊，”我说，“为什么呢？”

马歇尔指了指我。“安静，巴恩斯。等我处理完戈麦斯，再回头收拾你。”他回头看向博托，“听着，孩子，你的任务是去探寻穹顶附近的环境，谨慎选择合适的时间地点，观察那些你们称之为爬行者的东西。即便如此，我还是期望，你们在执行任务的过程中，能调动一些该死的判断力。如果你预感消耗体执行任务的过程中有可能被杀害，那么我希望你能寻回他的尸体进行循环利用。我说清楚了吗？”

结论很明显，问题并不在于博托导致了我的死亡，而在于他没有付出足够努力把我的尸体拽上来。要是在九年前，我可能会对此很生气，可现在，要是马歇尔不这么说我反而会有些意外。

博托张了张嘴，想回应些什么，可马歇尔眼睛一眯，我想博托是识相的，因为他当即合上嘴，沉默地点了点头。

马歇尔于是转向我。“那，巴恩斯。对此，你有什么想说的？”

“我？长官，我对此恐怕完全没什么看法。您想，我刚从再生舱出来，显然7号死前已经有好几周没上传过记忆了。我完全不清楚你们在聊些什么。”

“嗯，”马歇尔说，“我看也是。有时我会忘了你不过是个人造构装体。”

通常我会对此进行反驳——可显然，我再次意识到这不是反驳的最佳时机。

“无论如何，”马歇尔说，“我想你们俩都清楚，我们的农业部遇到了极大的困难，在这样的环境下，几乎种什么都颗粒无收，因此，我们以最低标准的卡路里维系着生存。过去几周里，你的所作所为让我们永久失去了将近三十万千卡能量。除非我们有法子将农产品的产量提到最高，否则这次损失必然会进一步造成卡路里分配的削减。”这时，他停顿了一下，身子再次前倾，手肘撑着桌子，“我想请你们两位承担这次削减的后果，这要求不过分吧？”

“长官……”博托刚要说话，马歇尔便摇了摇头。

“不，戈麦斯。我不想听。你们两位的配给将被永久削减百分之二十。”

“可是——”

“我说完了，”马歇尔不耐烦地一字一句说道，“我，不，想，听。”他瞪了博托一眼，然后转向我。“你还有其他事吗，巴恩斯？”

“这……”我说，“实话实说，长官，我不明白我为什么要为自己的尸体没被寻回受到惩罚。”

马歇尔死死盯了我足足五秒，眨了眨眼，然后说：“让我重新组织一下我的问题。除了你那点儿无聊的自作聪明，你还有其他问题吗？”

我有。但很明显，这没有意义。所以我摇了摇头，说：“没有了，长官。”

“很好，”马歇尔说，“也许你咕咕乱叫的肚子会提醒你，未来要更为用心地保护殖民地财产。去吧。”

✦

“所以，”我们离开指挥官听力所及的范围后，博托说，“作为殖民地财产的感觉怎么样？”

“好问题，”我说，“我也有问题要问你：作为谎话精感觉怎么样？”

他停了下来。我转过身，与他面对面。他看起来竟然真的有点儿受伤。

“拜托，米奇，这不公平。”

“博托，你告诉我说，我被爬行者吃了。”

他看向别处。“是。但不完全是。”

“不完全？这跟事实差了十万八千里。你把我扔在那儿自生自灭了，是吧？”

一个生物部的女人在走廊撞见我们，迅速跑开了，显然在努力忽略她看到的发生在我们之间的一切。如果你也曾与一群人像挤在兔笼里一般挤在一艘方舟上长达九年，那么也能学会一件事：尽你所能为别人创造哪怕一丁点儿私密空间。

“拜托，”博托说，“你小点儿声，行吗？”

“好吧。”

我转身继续前行。他犹豫了一会儿，然后小跑着追了上来。

“你看，”他说，“我很抱歉。真的。我本该告诉你真相的。”

“没错，”我说，“你确实应该告诉我。”

“是的，”他说，“这责任在我——但我并没有把你扔在那儿等死，米奇。你那一掉，至少有一百米深。掉到底的时候你已经死了。我不可能为了马歇尔的七十五千克蛋白质搭上自己的性命，但如果当时我有一丝机会能救你活着出来，我都会去试一试的。这你是知道的，对吗？”

苍天啊，这一刻，我真想打他。昨晚我坠落后，纳莎说她还能联系到我的时候他可就坐在自己的举升船里。他似乎觉得屁话只要说得足够真诚，谎言就能成真。要不是因为我不能让他知道我对他的所作所为一清二楚，还有他长得比我高、比我壮，跑得比我快，估计能像捏死小鸡崽一样折断我的脖子的话，我可能真的会打他。

“是啊，”我说，“我知道。你永远不会眼睁睁看着最好的朋友送死，博托。我的意思是，你只会放任一个再生体、一个殖民地财产等死。毕竟，这有什么损失？但要是朋友有难，你绝对会拼尽全力。”

他擒住我的肩膀，干脆地将我举起转了一圈，直到看见我的表情才放开我，然后举起两手表示投降，向后退了一步。

“天呐，”他说，“我不知道这到底是怎么了，米奇。但你要想清楚，你昨晚死得的确很糟，但拜托……这是你工作的一部分，不是吗？我是说，马歇尔已经故意杀了你至少三次了。我怎么不见你对那几次的死有什么意见。为什么你这次激动成这样？”

我合上眼，深吸一口气，又缓慢吐出。“我很愤怒，博托。因为我正过着一种糟糕透顶的生活。每过一段时间，我都会在床上浑身裹满黏液宿醉般醒来。我知道一定发生了什么糟糕的事，却从未记起到底发生了什么，不知道一切为何发生，也不知道将来该怎样防止它再次发生。每当这时，我只能选择信任你和纳莎，相信你们会为我填补记忆空缺，告诉我到底发生了什么。我不得不信任你，因为自己是绝对没法想起来的。而现在，我清清楚楚，你对我撒谎了，至少这次撒谎了，这让我不得不去想，你过去是否也同样骗过我。你能明白吗？”

或许这段话说得他心里发虚，他开始躲避我的视线。

“是的，”他轻声说，“我明白。对不起，米奇。真的。我从来都没想过这一点。”

他看上去很真诚。或许他打起牌来并不会那么差。

“是啊，好吧，”我说，“或许你应该这么想想。”

“或许吧，”他抬起头，咧嘴笑了，“你知道吗，下次我应该试试看能否把你没命的过程拍下来。要是可以，9 号一从再生舱出来我就要给他看看。”

我不想就这样放过他。可不管他是不是个谎话精，他都或多或少算是我最好的朋友。

“这可真是贴心，你个混蛋。”

他张开双手，用两条猴子臂膀般的瘦长胳膊给了我一个熊抱。

“说真的，”他说，“我很抱歉对你撒谎了，米奇。下不为例。”

“是啊，”我在他怀里咕哝道，“赌你也不敢再对我撒谎了。”

✦

直到此刻，我才意识到，在我的叙述中博托的形象似乎不怎么正面。或许你会好奇，他要真这么糟糕，我为什么还要跟他当朋友？简单来说，我一直坚信一点，那就是对于你生命中遇到的人，要接受他们原本的样子。世上没有完美的朋友，世上任何东西都不是完美的。如果对于生命中遇到的每个人，你都纠结于他们身上各式各样的失败之处，就会错过欣赏他们带来的美好。

举个例子，毕业前两年，我有个朋友叫本·阿斯兰。本是个好人。他很聪明，聪明到能帮助在数学方面真的没什么天赋的我平安挺过两个学期的天体物理课；他也很搞笑，搞笑到让我在副校长的葬礼上忍不住笑出声而被停课；他又很忠诚，忠诚到我们毕业后的夏天去“金手套”演唱会时，我无意间惹了一帮酩酊大醉的老家伙，他不但没逃跑，还跟我共同挨了一顿老拳。

但是，本这个人同样很小气，小气到不可思议、近乎病态。

阿斯兰家族拥有一家公司，掌管着整个星球上全部的城际运输专营权。他的父亲时不时跻身米德加德星富豪排行榜前二十五。本自己有一架飞掠机，一辆陆行车，一座沙滩别墅，以及一个为他打扫宿舍的男仆。可尽管如此，自我与他相识以来，从未见他主动付过账单。他从未植入视控芯片，因为他说，害怕有人会为了得到他的信托基金而割开他的眼球。我们一起出去时，他也从来不带电话，因为何必呢？他若需要找谁，便会有人替他传达。因此，每当要结账时，他就笑笑，耸耸肩，保证说，下次他请。

就这么过了好多年。

为什么我能忍受呢？我，一个账户余额从未超过二十块的小孩，为什么要为我见过最有钱的人买成山似海的食物和啤酒呢？答案真的很简单。我了解本，而且接受他。我将与他做朋友的所有快乐相加，与不管跟他一起去哪儿都要付钱的烦恼相减，结果依然是正的。我从下定这决心开始，便不再去担心钞票方面的事了。不值得。

我对博托的态度也是如此。虽然他不会让我付一大堆饭店账单，却偶尔会把我留在某个山洞里冻死，然后还对我撒谎。他就是这么个人。只要你接受了这一点，朝前看，一切就会更简单。

✦

回到床位时，我看见 8 号正蜷在我的床上，听声音像是睡着了。我本想让他就那么睡下去，毕竟刚从再生舱里出来晕乎乎的。但我也很累，而且我们有事要谈。我把门锁上，拽起他身上的床单。他一丝不挂。

得换床单，我在心里牢牢记下。

8 号抬起头，冲我眨了眨眼，试图抢回床单盖回自己身上。这时我才意识到他的左手手腕也绑了绷带。

“喂，”我说，“你的手怎么了？”

他看了我一眼，眼神略带讽刺。“没什么，笨蛋。我们的外表需要保持一致，不是吗？你手腕上的绷带解不下来，所以我也需要往我的手腕上绑一个。”

“可你没发紫。”

他低头看了看自己的手，又抬头看我。“什么？”

“你的手，”我说，“缠着绷带，但没发紫。只要仔细看，任何人都能看出你根本没受伤。”

“要是有人仔细看，”他说，“那咱俩可就完蛋了。”

他一头倒在枕头上，将床单一路拉回到下巴。我叹了口气，将它再次掀开。

“对不起，”我说，“该醒醒了。我们有一大堆事要处理。”

他坐起身，用指节揉了揉眼睛，将床单拉回到腰部。

“你说真的？你知道我刚从再生舱出来吧？我们通常不是有一天的恢复时间吗？”

我在床沿上坐了下来。“是啊，今天我们不会收到任务指令，这是件好事，因为接下来我们正好要想想以后如何应对工作安排。只要不想被马歇尔推进尸洞，那么我们俩每次只能出现一个。”

8号打了个哈欠，又揉了揉眼睛，然后看向我。微笑在他脸上慢慢绽开。“嘿，有道理。这么干可太好了呀，是吧？工作量减半的感觉应该很爽。”

“是啊，”我说，“只要不是被借调到农业部或工程部，我们都可以一起分担。可万一下次马歇尔想找人清理反物质反应间，该怎么办？”

他的笑容消失了。“这一天迟早会来，对吗？”

“没错。或许我们该早做打算。是吧？”

他耸了耸肩。“解决方案在我看来显而易见。我本就不该在你消失前出现在再生舱。因此，如果我们想让一切回到正轨，那么该去完成下一个自杀式任务的人，就是你。”

对我来说可不怎么显而易见。我正打算对他解释，为何这是一派胡言，可是……

我实在找不到正当理由来反驳他。

“好吧，”我说，“如果马歇尔真交给我们自杀任务——我是说像他交给3号的那种任务——那我去就义。但我可不会接下所有的致命任务。如果他又派我们去侦察，或是把我们送到周界去站岗，或者再让我们坐博托开的飞掠机，那我们就撒手不干了。”

他斜了我一眼，头侧向一旁，有那么一刻我以为他要反驳。可最后，他只是耸了耸肩，对我说：“好啊，很合理。”

“很好，”我说，“那我看，下次任务到来时我们就随机应变吧。”

“可不管怎样，”他说，“除非我们中的一个送了命，不然在那之前我们都要靠半额配给过活，真是糟透了。”

“是啊，”我说，“差不多吧，大概。”

“大概什么？配给？还是工作？”

“配给，”我说，“跟指挥官会面的结果与我期待的有偏差。”

他脸色沉了下去。“讲讲。”

“他把我们的配给削减了百分之二十。”

8号发出一声呻吟。

“我明白，”我说，“即便我们只有一个人这也够糟的。依目前的情况来看，我们不知要苦到什么时候。”

他身体向后抵着墙，头也向后仰，合上了眼睛。

“你明白？这是个灾难，7号。我刚从再生舱出来。现在真的快要饿死了。要是我一直没的吃，趁你睡觉的时候把你胳膊啃了可概不负责。”

我双手捋了捋头发，手上泛起一丝油光，这丝油光提醒我自己已经快一周没洗澡了。

“你今早吃东西了吗？”

他睁开眼，一脸痛苦地看向别处。“我路过餐厅的时候吃了一份浆液奶昔，如果这也叫吃的话。”

“不错。你用了多少千卡？”

“估计有六百。”

“我也是。”我说，“也就是说我们今天总共还剩四百千卡。”

“我的天呐，”他吼道，“每人两百？”

我深吸一口气，憋了一会儿，然后吐出。“你拿去吧。”

他睁大眼睛。“你说真的吗？”

“我说送给你我那两百千卡循环酱，”我说，“别大惊小怪的。”

“那明天呢？”

“别得寸进尺，明天我们对半分。”

他叹了口气。“是的，很公平。实际上，这样已经超越公平。谢了，7 号。”

我用一只手拍了拍他的膝盖。“没什么。这大概是对你今早的不杀之恩能给出的最低回报了。”

“的确如此。”他说，“老实说，我可真是宽宏大量。你确定不想把明天的整个份额都给我吗？”

我狠狠在他腿上掐了一把才松手。“我说了，”我说，“别得寸进尺。我非常确定，接下来我们中的任何一个要是能获得全额配给，肯定是因为另一个已经死了。”

他躺下去，双手交叉在脑后。“可有的盼了。”

“是啊。”我本想接着说好像有时清理反应间也并非坏事，可这时我记起了早前在餐厅的对话，“喂，我忽然想到，你回来的时候有没有碰上博托？”

“没有。为什么这么问？”

“我今早在餐厅碰到他了。他似乎在暗示我他见到你了。我觉得他似乎对我们有所怀疑。”

他耸耸肩。“这个嘛，如果我们不得不告诉他，那就告诉他。或许会吓他一大跳，但他大概不会跑去指挥官那儿哭诉。毕竟他也有不小的责任。”

“的确。”我本想多说两句，却被哈欠打断了。8 号的眼睛已经合上了。

我戳了戳他。“往那边点儿，行吗？”

他挪了挪位置。我脱下靴子躺在他身边。和自己共用一张床感觉有些奇怪，但我想我必须习惯。

我正睡意蒙眬时，目镜闪烁了起来。

〈指挥官 1〉：马上到大厅来。巴恩斯。我们遇上问题了。

我的心猛地沉了一下。难道博托偷偷溜回马歇尔的办公室出卖了我们吗？

不。如果指挥官知道了真相，不会只找我一个人，他会让安保带着捆绳和爆燃枪一起上来。我转过头，看了看 8 号，他依然合着眼。

“我觉得他们是想找你，朋友。”他说。

我坐起身。“这是任务召唤，8 号。”

“是啊，”他说，“如果是自杀性任务，就你来，不是吗？如果只是普通的巡逻任务，今天也算你的，因为我刚从再生舱出来。”

“如果是介于这两者之间的呢？我们就不干了吗？”

“呃，”他说，“我觉得你欠我个人情。”

他翻了个身，滚向他那边，将床单拉到肩部。我盯着他的后脑勺看了几秒，然后将腿荡到床边。我坐起，穿上靴子。我把门带上的时候他已经打起阵阵呼噜。

008

在穹顶，我有很多事情做。我不属于任何一个特定的部门，哪里需要人干体力活时都会找我，因此通常每隔一两天我就会被调到一个新岗位。我为农业部照看过兔笼，帮安保部站过岗，甚至还给请病假的马歇尔办公室行政人员替过班，可我后来才发现，他请假是因为喝了自己勾兑的非常不对劲的酒。但这些工作都是殖民地的半自动人力管理系统随机分配的。要是指挥官直接召唤我，必定不是因为搬箱子需要帮手，而是需要我去做真正的本职工作。

自进入“苍穹”空间站开始我的第一个日周期起，我的本职工作就给我留下了极深的印象。那会儿我已经找到洗手间，在进行一番痛苦而凌乱的试错之后，多多少少搞懂了如何在失重环境中尿尿。我找到了发放食物包的房间，甚至找到了能够独占的吊兜，与四十多人一起悬挂在会议室一般的房间中。那房间的气味有些难以忍受，但我逐渐习惯了。总而言之，对于新生活，我觉得自己适应得还不错。

我裹在吊兜里打盹，过了许久，才好不容易发挥想象力说服自己，我是在飘浮，而不是下坠。就在这时，有什么又尖又硬的东西戳了戳我的肋骨。我伸手拍那个东西，这使得我的吊兜沿着长轴转了起来。我睁开眼，先看到地板，然后是墙，接着是天花板，最后，戳我的人映入眼帘。她个子高挑，光头，深色皮肤，身着空间站常驻工作人员都配有的松垮灰色连体衣。她将双脚用力抵住地面，伸手抓我，让我停了下来。

“你是巴恩斯吧？”

我对她眨了眨眼。“没准儿是。你是？”

她笑了。“我是耶玛。快起来。该干活了。”

✦

我在“苍穹”空间站的大部分时间都很喜欢耶玛。她是个很棒的老师，风趣，善良，又有种莫名的体贴。上早课时，她总会为我带包热茶。每当我有什么听不懂的地方，她总会慢下来，帮我回顾，反反复复，直到确认我听懂为止。她似乎也默默下了决心，即便我在上课时偶尔表现得像个笨蛋，她也绝不会表现出来。

第一天的课程始于“德拉卡”号引擎系统原理图。我学习了反物质的存放之处和保存方式，反应物存放处，如何把这两种东西放在一起，以及（耶玛着重强调了这一点）其中任何一个出了问题会发生什么。

“反物质容器单元故障那部分我们就跳过不讲了，”她说，“它会自己解决的。”

我们面对面坐在一张牌桌的两侧，这屋子看着像个废弃的储物间。耶玛看着我，似笑非笑地等着什么。五秒钟后，她脸色沉了下来。

“你难道不问问我怎么解决吗？”

我翻了个白眼。“因为出了那种事我们就全死光了？”

“没错，”她说，“但我本想说得更搞笑一点儿。”

我叹了口气。“我为什么要知道这些？这儿不是有工程师吗？我觉得，他们要是都死了，就算我埋头苦学两周，也起不了多大作用。我喜欢历史，能给你讲导弹之父沃纳·冯·布劳恩的故事，但推进技术就是我的弱项了。很久之前，我还在读书的时候，高能物理这一门就差点不及格。”

“我不是想把你变成工程师，”她说，“‘德拉卡’号已经载了不少飞船推进技术专家。有需求的话，他们会给你明确指示。但出现这种情况时，通常时间都会很紧，因此，你要是了解一些基本知识，会大大提升解决问题的速度。”

“为什么万一出了什么问题，他们会需要我的帮助呢？”

她脸上的微笑消失了。“因为系统崩溃一小时后，即便身着全套作战防护铠甲，动力燃烧室里的中子射流也足以在六十秒内置你于死地。如果事情真的发展到这个地步，相信我，你是没有全套作战防护铠甲可穿的。那玩意儿太贵了。”

“好吧，”我说，“我不是说要他们爬进引擎内部。谁会那么做呢？我的意思是，他们难道不会用无人机吗？”

她摇了摇头。“无人机会被高能粒子破坏，跟你一样。实际上，人对重粒子流的承受力远远大于机器，而且大到令你惊讶的地步。你在里面待六十秒，事实上已经死了，但你的身体却要过一个小时甚至更久才会发现自己死了，这段时间里你依然可以做些什么。可在这种环境里，无人机撑不过一分钟，而且，离开米德加德星的工业基地后，替换一个损坏的无人机的难度要远远大过替换一个你。你的官方全称是任务型消耗体，米奇。接下来的十二天，我的工作之一便是让你理解这名称的真正含义。”

我想，我就是从这时开始没那么喜欢她了。

✦

耶玛和我不单聊了原理图和辐射中毒。在我脑袋明显要被技术数据撑爆炸的时候，我们还换了话题聊了哲学，这个领域我更熟一点。

事实证明，对于后来成为我人生核心的那个问题，人们在很久以前就已经开始探索了。相处的第一天，在说完我在辐射中的一万种死法后，耶玛给我讲起了忒修斯之船的故事。

“想象一下，”她说，“有一天，忒修斯启航了，去环游世界。”

“好吧，”我说，“我知道忒修斯应该是个家喻户晓的人物，但他是谁呢？”

“很久以前旧地球上的一位英雄，”她说，“这故事真的有些年头了，可能比大离散时代还要早三千多年。”

“哈。他环游了世界？”

“没错，”她说，“他坐着一艘木船周游了世界。船逐渐破损到老旧不堪，他不得不对船上的零部件进行替换。多年后，他终于回到家，这时，船上的每一块木材底板都已被替换过一番。那么，它是否还是他启航时驾驶的那艘船？”

“太蠢了，”我说，“当然是了。”

“好吧，”她说，“要是船被暴风雨冲毁了，他不得不在重新启航前重建呢？这是否仍是同一艘船？”

“不是，”我说，“这是另一回事。如果他要重建整艘船，那这艘船就是忒修斯之船二世，一部续集。”

她探身向前，手肘架在桌子上。“真的吗？为什么？他把木板一块一块地换掉，跟同时换掉所有木板，两者之间有什么区别？”

我张嘴想回答，却发现根本不知道该说什么。

“米奇，要接受这份工作，这是关键问题。你就是那艘忒修斯之船。我们都是。此刻我身体里的活细胞，没有一个与十年前相同，你也一样。我们时时刻刻都在被重建，我们的木板一块块地被替换。要是真接受了这份工作，你就可能会在某个时间点被从头到脚一起重构，但最终，结果并无不同。不是吗？经历再生舱之旅的消耗体，只是将身体本就会花费许久进行的自然代谢集中在短时间内发生而已。只要记忆还在，他就还在。不过是经历了一番快到不寻常的重塑罢了。”

✦

我不想让你们觉得我受训的内容就只有引擎原理图和忒修斯之船。其实还有不少有趣的东西。比方说，耶玛教了我线性加速枪的基本操作方式。当然，我不可能真的在空间站开火，但她带我进行了一番十分逼真的模拟，主要是打太空僵尸。几年后，当我有机会用真家伙时，发现与她当时教我的没什么不同。她还为我演示了如何穿脱真空服，如何组装整套作战防护铠甲。培训第六天，她真的带我出了空间站，沿着空间站外壳爬了一个小时，然后练习了如何用无后坐力的扳手松螺丝和紧螺丝。我永远都不会忘记，与她一起站在空间站下方抬头看米德加德星的夜半球在眼前转动时的感觉。

“我懂，”耶玛说，“不可思议，对吗？”

“发亮的那一片，”我说，“是基律纳，对吧？”

“没错，”她说，“那是你的家乡吗？”

我点了点头。她没法透过反光面罩看到我的动作，可她似乎懂我。

“现在你永远离开那儿了。”她说。我们在寂静之中悬浮片刻，看着米德加德星旋转，直到基律纳消失在地平线下。然后她说，“我很钦佩你们这些人，我是说殖民地居民。我不理解你们，但很钦佩你们。我能体会你们身上的浪漫，我也明白，大离散的全部意义就在于将人类文明散播到尽可能远的地方，使我们能抵抗更多灾难。但我却无法轻易动身离开。”

我耸耸肩。“是啊，我想有些人就是为探索而生。”

耶玛怀疑地哼了一声。我转身看着她,却根本看不见她的脸,就像她也看不见我的脸。

“我以前也给消耗体做过培训,”她说,“空间站时常会需要他们。跟他们打交道总是很麻烦。你也挺麻烦,但通常来说我要是像这样带他们出来,就会担心他们割断我的安全绳把我推向虚空。知道为什么吗?”

我叹了口气。“我知道,大部分消耗体都是犯人,”我说,“可申请成为‘苍穹’空间站的消耗体是不一样的。这么做几乎等于允许别人隔三差五就毫无理由地杀自己一次,每次都不是为了什么正经原因。我的合约是要成为殖民地任务的一分子。就像你说的那样,这很浪漫,对不对?”

耶玛笑了。“噢,拜托,”她说,“我跟你朋友聊过,他叫什么来着?戈麦斯?那个飞行员?我知道你为什么报名参加这项任务。”

“噢,”我说,“呃……”

她又笑了。“别担心。我不会透露给什么重要的人。你来这儿的原因可能至少和他,和指挥官,和任何人一样合理。可我希望你明白,你遇到的问题是暂时的,可你选择的解决方案却是永久的。”

“他们不就是这么描述自杀的吗?”

她一只手放在我的肩头。“来吧,米奇。我们回去吧。我要给你讲讲约翰·洛克的故事。”

✦

抵达“苍穹”空间站的第十二个清晨，我进行了第一次上传。它的物理原理十分简单易懂。他们采集了我的血样，从腹部取了一小块皮肤，抽了一点脑脊液，然后把我推进一台扫描仪，用了三个小时扫描我浑身上下所有的细胞分布和化学构成。结束时，耶玛正在等我。

“希望你喜欢今天的发型，”她说，“你此刻的样子，就是你余生每次从再生舱出来时的样子。”

“呃，”我说，“只能选一次吗？”

“恐怕如此，”她说，“这台扫描仪的用电量大得惊人，扫描软件也要运行整整一周去分析收集到的信息。还有，你刚才吸收了大量的辐射，正常情况下这么多的辐射本来是很成问题的。”

“噢。”

她握住一个把手，猛地一蹬，向大厅深处飘去。我紧跟其后。

“等等，”抵达下一个目的地前，我说，“你刚才说，这么多的辐射很成问题，那‘本来’是什么意思？”

她略带悲伤地冲我笑了笑。“你会明白的。”

✦

从那之后，我便定期进行人格备份。这比身体备份来得更简单，也更奇怪。我会坐在椅子上，技师会为我戴上一顶头盔。头盔的外表是光滑的金属材质，内里则布满钝刺，它们戳在我的头皮和额头上。

“这个叫鱿鱼阵列，”技师说，“可能有点不舒服，但不会伤到你。”

后来我才知道，所谓鱿鱼，除了是旧地球上一种聪明到令人惊讶的无脊椎海洋生物以外，还是一种超导量子干涉仪(superconducting quantum interference device，缩写是 SQUID，“鱿鱼”)。希望你比我更明白这是什么意思。

技师说得不错，备份的过程的确不怎么痛苦，却感觉十分怪异。后续的定期备份只是更新，基本只需要一小时左右。可首次备份却花了十八个小时，而且感受上这段时间还更为漫长。备份的过程就像在高烧中做梦。过往的点滴逐一浮现，音容笑貌，气味感觉，一切都发生得很快，让你没法控制，来不及反应。首次上传中，令我记忆最深刻的画面是我母亲的面容特写。她是在开飞掠机兜风时去世的，那时我八岁，几乎不记得她的容貌。可这幅图像里的她是那么年轻、生动而美丽。他们将头盔从我脑袋上摘下时，我已泣不成声。

结束后，耶玛带我去了行政餐厅，找了张桌子，让我随意点餐。我问她发生了什么，她再次向我投来那个略带悲伤的微笑，说道：“我们要庆祝，米奇。今天你毕业了。”

“真的吗？”我说，“什么时候开毕业典礼啊？”

她看向别处。“吃完就去。慢慢来。”

那是我人生中最奇怪的一个小时，我对此印象深刻。考虑到这些食材基本都是速生培育并在无重力条件下烹饪出来的，味道已经算是不错了。我们的对话十分尴尬，并且我完全误会了它为什么会尴尬。说来你或许不信，我知道“德拉卡”号的登船整备就要结束了，本以为耶玛难过是舍不得我离开。

晚餐过后，耶玛结了账，我本想回吊兜补个觉。其实上传时我也多少睡了一会儿，但完全没有得到一点儿休息。我并不是累，而是感觉自己被抻长了、磨薄了，那是一种与现实世界失联的感觉。然而就在我已经走进走廊时，耶玛拉住我的胳膊。

“别走，”她说，“还有毕业典礼呢，忘了吗？”

“噢，”我说，“我以为你是开玩笑的。”

她盯着我看了一会儿，摇了摇头，推墙借力沿着走廊飘向我们上课用的储物间。我耸耸肩，跟了上去。

✦

“那么，”她关上门时，我开口问，“有为我准备的学士帽和长袍吗？”

我向她靠近。

以为我们要亲热一番。

没错，我就是那么蠢。

耶玛面无表情，将手伸入连体服的口袋，然后扯出了一个闪亮的黑色……物件，那东西比她的手要大一点。

“这是什么？”我问。

她将那东西举起。那东西有一个手枪般的手柄，头部向上翘，末端是白色的晶体。我又一次感觉自己像两周前一样自由落体起来。

“这是爆燃枪，”她说，“功率不大，所以在空间站用也很安全。它切不开金属，但对任何有机物都颇有效果。”

她捏着那东西的枪管递给我。我犹豫一下，接了过来。

“看到手柄侧面的红色开关了吗？那是保险栓，”她说，“往前推一下。”

我照做了。枪头发出暗黄色的光。

“不错，”她说，“上膛了。食指旁的那个凸起就是扳机，小心。”

我把它拿在手里转了一圈。“我没懂。”我说。

她又悲伤地看了我一眼，我懂了。

“这就是你的毕业典礼，米奇。如果你真的懂得成为消耗体意味着什么，那就是时候证明自己了。”

我看了她一眼，她也看着我。

“你不会是认真的吧？”我说。

“越干脆越好，拖拖拉拉的话，你会后悔的，”她说，“尽力将头转向一边，用枪头对准耳后那个柔软的地方。将枪头略微向上挑。它发出的是扇形粒子束。动作到位的话，一枪便能摧毁你的整个延髓和大部分小脑。我保证你会毫无感觉。但如果你打不准，我就不得不为你善后了。这于你于我都不好。”

“耶玛……”

“这其实算不上毕业典礼，”她说，“而是期末考试。你要是不照做的话，明天一早就要坐上飞船回到米德加德星，而我则需要从头来过，培训下一个强制征召的候选者。这是我们都不想要的结果。对不起，米奇，但你的任务就是如此。永生是有代价的。”

我想了想。难道要回到米德加德星，回到我那间糟糕公寓，继续靠基础津贴过活，告诉我的朋友们，我终究还是上不了“德拉卡”号吗？

我想到了达赖厄斯·布朗克的酷刑机器。

“那感觉跟睡着了一样，对吗？”我说，“如果照做，我就能在吊兜上完整如新地醒过来吗？”

“没错，”她说，“可能会有点儿宿醉的感觉，但是，基本如此。”

她笑了。我叹了口气，将视线移开，把爆燃枪对准脑袋。

“像这样吗？”

“是的，”她说，“差不多。”

我合上眼，深吸一口气，然后吐出。

我扣下扳机。

什么都没有发生。

我站在那儿，浑身冰凉，直发抖。终于，耶玛伸出手，将爆燃枪从我手里轻柔地抠出来。

“恭喜，”她轻声说，“今天起，你正式成为米奇1号了。”

009

主气闸那里有不少人正在等我。比如马歇尔、生物部的杜甘以及一群安保部的人。博托和纳莎站在一侧，博托缩成一团，脸距纳莎只有几英寸远。他用尖锐的嗓音十分短促地说了句什么。她看向别处，摇了摇头。

“嘿，”我说，“怎么了？”

马歇尔招了招手，示意我过去。“看看。”他用手指了指气闸上方的监视器。我抬起头，外门是封着的。角落里有一团黑糊糊的大致是人形的东西。

“天哪。”我凑近了看，本以为是发黑金属的部分其实是个近两米深的大洞，直穿气闸室地板，“地板呢？”

“没了，”杜甘说，“加拉赫等待闸门开启的时候，有什么东西冲进来，把地板扯走了。”

“角落里蜷着的就是加拉赫？”

“没错，”马歇尔说，“就是他。我们不得不启用了谋杀洞。”

我感觉自己的下巴都要掉了。“你往主气闸里灌等离子了？里面不是还有我们的人吗？”

“没错，”马歇尔说，“加拉赫伤势严重，血都快流干了。那个撕裂了第一段地板的东西也扯走了他的一大截左腿。通知我们这消息的是控制周界安保的人工智能。我不能犹豫不决。我们不能冒险让穹顶遭受入侵。”

我不知该说什么。

“它们是爬行者，”博托说，“至少有两三个。”

我摇摇头。“怎么能……”

“显然，它们的大颚比看上去要锋利得多，”他说，“我是说，我目睹过它们是怎么把东西咬个粉碎的……”

“东西？”我说，“你是说我的头盖骨吗？”

这句话换来了五秒钟尴尬的沉默。

“不管怎样，”杜甘说，“资料库对这些毫无记载，这让我很惊讶。我们从戈麦斯和阿贾亚[①]的巡察报告里找到了一两句描述，但也仅此而已。因此，我们把你给叫来了。”

我看了博托一眼，又将目光转回杜甘身上。

“戈麦斯说你曾亲身面对它们，”他说，“还说你事实上对它们有点儿着迷，马歇尔指挥官告诉我，他已经派你对它们观察了几周。这远远不够。我们需要清清楚楚地了解自己面对着什么。等它们在穹顶钻起洞来，我们就完了。”

我又看了博托一眼。他躲避着我的眼神。

“亲身面对？”

① 即纳莎，全名纳莎·阿贾亚。

“没错，”马歇尔说，“因为你曾被它们吃掉过。”

“没错，”博托说，“米奇在被爬行者吃掉这方面可是个专家。”

博托和纳莎一起看着我。我翻了个白眼。

“我们已经聊过这件事了。我完全不记得6号和7号经历过什么。如果博托没告诉我，我甚至都不知道那曾经发生过。”

“你确定吗，米奇？”博托说，“这很重要。你不记得昨晚发生什么了吗？”

博托居高临下地瞪着我。纳莎移开了目光。

“我今早才从再生舱里出来。你知道的，博托。”

马歇尔眯起了眼睛。“发生过什么本应该让我知道的事吗？”

博托迟疑地看了我一眼，摇了摇头。

“没有，长官。毫无问题。米奇说得对。就像今早我们讨论过的那样，直到昨晚死去前，他已经有段时间没上传过了。”

马歇尔并不傻，但我想，他思忖后决定先不去追究，是因为他有大事要办。他狠狠瞪了博托一会儿，然后说：“无所谓了。所有人都做好准备。戈麦斯和阿贾亚，你们俩提供空中掩护。我要用探地雷达，在穹顶方圆两千米的范围内进行地毯式搜索。我需要知道这些东西的确切数量及具体位置。我还要你们出发之前装满弹药。任务完成，我方人员撤离之后，我不想在方圆至少一千米内见到任何生物。”他停了下来，环视四周，“剩下的人，在十五分钟内准备就绪，从辅助气闸口出发。杜甘，带个样本回实验室，我们要搞清楚那些东西是什么，能干什么。”他笑了，可那表情不但说不上高兴，反而令人毛骨悚然。“先生们，准备打猎吧。”

✦

“你知道吗，”我说，“我有经验。”

“嗯？”

杜甘抬起头看着我。抵达“苍穹”空间站的第一天后，我们便不再有什么互动。我不常被分配到生物部，即便去了，做的也是清扫实验室之类的工作。他正将自己塞进一套作战防护铠甲，如果不是危急关头，穿这么套衣服只会让人显得好笑。对气质好的人来说，铠甲穿到一半的样子会像古老故事中的战神。可惜杜甘没那种气质，看起来像只准备参加化装舞会的秃毛鸡。

“我说过了，我有经验。穿铠甲没用。”

他环顾四周。安保们都已全副武装。过去的十分钟里，我一直在试图回想他们的姓名。那个面容扭曲的秃头男好像叫罗伯什么的——反正千万别叫他鲍伯。那个矮一些的女人叫陈小猫。第三个人大概是叫吉莉恩，但我不敢打保票。他们叮叮当当地鼓捣着铠甲，检查伺服系统是否正常运作。这是登陆以来我们首次武装出击。

“看来这是少数人的想法。”他说。

我耸耸肩。“他们是安保。如果可以的话，他们恨不得睡觉都穿着铠甲。虽然铠甲会让你觉得自己所向披靡，可它们足有一百公斤重。穿成这样，再穿雪鞋就太沉了，可在雪地行走需要雪鞋。要在松散的雪末里走上一米都十分不容易。”

他上上下下地打量着我。我也裹得很严实，但穿的都是御寒的衣物。他腰间的枪套里放了两把爆燃枪。我带了一挺线性加速枪。和他带的东西相比，我的这个又重，功能又少。而且我相信真要开火的话，它只会让我扭伤的手腕雪上加霜。可这是我唯一真正受训使用过的武器，而且不管怎么说，“苍穹”空间站的那一晚过后，我对爆燃枪就有些厌恶。

“我很感激你的建议，”他说，“但我在大厅里看见那些家伙对加拉赫的所作所为了。我希望在我和它们之间，除了防雪衣外还有点硬实的东西。”

“你看到它们对加拉赫的所作所为了。那你看到它们对地板的所作所为了吗？”

他怒目而视，看看我，又看看右手的手甲。那手甲与他的袖子似乎不怎么贴合。

“我来看看。”我说。他举起胳膊。我拧了手甲一下，连接处扣上了。

“谢了。”他说，转了转手腕，检查是否一切完好，然后将手伸向胸甲。“我懂了，”他将它卡到位，然后说，“这对你来说或许没什么大不了。但你要明白，巴恩斯，除你之外，其他人没命了可没法一键重启。对我来说死了就是死了。所以，没错，我要穿铠甲。”

我笑了。“一键重启？你觉得回到再生舱那么简单吗？”

“听着，”他说，“我不想吵架，但事实是，你是消耗体，而我不是。我们目标不同。我只想出去，收集样本，然后完好如初地回来。”

我将加速枪的挂带举过头顶。我需要它足够松弛，这样我才能迅速将枪举起来，可它又要足够紧，这样枪才不会在我行走时一直磕我的后背。

“在这一点上我真的不想争论，”我说，“一键重启什么的真的没你想象中那么有趣。”

我的目镜闪烁起来。

〈指挥官 1〉：阿贾亚和戈麦斯已经开始巡逻。该出发了。

我环视四周。安保们正向气闸口聚集。我将呼吸面罩密封好。杜甘也把头塞进了头盔，然后我们便出发了。

✦

上次遭到当地生物猛烈围攻的登陆行动，还是发生在将近两百年前，距此绕银心逆时针方向五十光年外的星球。那里的滩头指挥官或许给那地方取过名字，但即便真取过也没人知道是什么。不过现在，这星球名为罗阿诺克①。

罗阿诺克星并不是理想的栖息地。它的恒星是颗红矮星，而行星本身已经被潮汐锁定②，几乎没有转轴倾角可言，也没什么水，轨道周期三十一天。这颗行星有冷暖两极，暖极的环境温度很少低于八十摄氏度，而另一头的冷极则飘着干冰形成的

① 地球上的罗阿诺克位于美国弗吉尼亚州。据称，16 世纪末第一批欧洲殖民者来到此地，数年后第二批殖民者来时发现这里一切建筑完好，但人全部不知去向，好像一夜之间蒸发掉了一样，这就是著名的罗阿诺克失踪之谜。

② 指始终以同一个面朝向公转对象。月球就已被地球潮汐锁定。

雪，行星中间环绕着一条还算宜居的永久黄昏带，宽度大概在一千千米左右。罗阿诺克星是颗古老的星球，有人猜测，生命已经在此存在了约七十亿年。这颗星球上演化出的一切生命，都在这一千千米宽的劲风吹拂的干燥地带奋力生存着。

显然，即便有法子运来几百万升的水，对于这么个地方也不过是杯水车薪。殖民地居民们登陆后一周不到，一切便急转直下。风中裹挟的某种小东西会叮咬并钻进人们暴露在外的每一寸皮肤，造成皮肤瘙痒，然后是脓包，然后是败血症，然后是死亡。这里有长得像带獠牙的钻沙海星一样的东西，它们的牙能穿透盔甲，注入能在几分钟内置人于死地的毒液。还有半人大的昆虫类生物，脑袋里的腺体会喷出浓硫酸。这星球的大多数造物似乎都为打败殖民地的防御而存在，尽管现在我们已经很清楚发生了什么，但从他们指挥部在一切崩溃前传送的记录能看出，他们自己从来没弄清楚过。

几乎从一开始，罗阿诺克的指挥官便已发现，他的人几乎不能在主穹顶以外的任何地方活过一个小时。他们逐个死去，时间流逝，直到有一天，禁忌不再，为了维持人口，他们不得不制造出额外的消耗体。

终于，他们将整个地区封锁了起来，躲进地堡，同时进行一番调查，试图挖掘出一切背后的原因。可惜那时某种生物已经开始在穹顶内部繁殖。指挥官尝试了六七种不同的灭菌方式，但无论如何都无法将它们斩草除根。最终，整个殖民地只剩下消耗体还活着了。中央处理器不断制造新的消耗体，直到氨基酸消耗殆尽。

活到最后的消耗体之一，死前终于得窥真相。生物部设计并投放了一种噬菌体，它能对付一直以来蚕食他们的那种微生物种群。然而六小时后，耐药菌株便出现了。他在五脏六腑化为液体从七窍中涌出之际，在个人日志中写道：不是我偏执，是真的有人要杀我。

✦

出发踏入雪地时，我满脑子都是那个人，他的名字叫杰罗二百多少号之类的。罗阿诺克星存在本土生物，这件事一开始并没让殖民者们心中敲响警钟，因为这些生物不是经典意义上会使用工具的生物，它们没有制造出任何电磁辐射，没建发电厂，无路无车，更无城市可言。据我们所知，甚至也没有农业。但事实证明，它们有极为优秀的基因工程师，再加上极端的领地意识和仇外心理，罗阿诺克滩头殖民地的下场可想而知。这并不令人意外，毕竟这整颗星球的进化史，便是在勉强可居住的一条领地上无休止地争斗。

我心里想着杰罗，还有昨晚遇到的那位会挖隧道的巨型朋友。罗阿诺克星殖民者全军覆没是因为无人察觉本土智慧生物的存在，当殖民地居民终于发现它们的时候，一切为时已晚。我很好奇，罗阿诺克星是否有人曾像我这样，与本土智慧生物相遇，并将它识别为智慧生物，却没向指挥官报告。

过往的滩头殖民地大都因各式各样的原因消失不见了，我不想这个殖民地因我而亡。

✦

最后一抹夕阳消失在了地平线以下，东方已繁星点点。出发十分钟后，我们越过周界走了约五百米，杜甘与博托和纳莎商议着，如何才能找到一个爬行者又不引来一堆爬行者。这时，小猫步伐沉重地向我走来。在装备室时我们身高相仿，但此刻我脚下有将近一米厚的雪，因此，她不得不伸长了脖子抬头看我。

“喂，”她说，“为什么是线性加速枪啊？我以为咱们带的都是爆燃枪呢。”

几秒钟后，我才反应过来她是在说我的武器。我并不想展开讲述耶玛如何激发了我对爆燃枪的厌恶。我和小猫根本不熟，况且，即便已经过了九年，那段经历仍然让我心惊肉跳。

“不为什么，”我说，“凭感觉，就是这么简单。”

“呵，凭感觉？这适合用来决定第一次约会的穿搭，用来选武器就有点奇怪了。你不觉得吗？”

好吧。显然，她不想让我轻松蒙混过关。

“具体来说，我的感觉就是，用爆燃枪对付爬行者没什么用。”

“噢，这是你的亲身经验吗？”

我耸耸肩。我无法看到她反光面罩后的脸，可显然，我听出她的语气里有一丝忧虑。

“不算是。但我在装备室时就问过自己，遇上这种情况我通常会如何选择。”

她将头转向一边。“那结果是？”

“爆燃枪。绝对是爆燃枪。我现在带的这东西，最快射速只有每秒一发,还沉得要死。虽然它的重量比不上那个愚蠢的盔甲，但还是很沉。”

“我不懂。”

我笑了，尽管她根本看不到呼吸面罩后的微笑。“从前的选择已经让我死在这些家伙手里两轮了。所以这次，我要选个截然不同的做法。”

她点了点头。“我懂了。这是一种禅思，巴恩斯。”

“反正我还会不停转世的。”

“没错，”她说，“直到涅槃，对吧？”

这似乎不是个开玩笑的好时机，但，好吧。我摇摇头。“我不这么觉得。我一直期待着有一天能再生成一条绦虫之类的。”

“可每次醒来，你还是你。从业力的角度来说，或许成为米奇·巴恩斯就是你的下限。”

我环顾四周，似乎无事发生。

“没错，”我说，“可能就是如此。”

二十多米之外，杜甘依然在齐腰深的雪中与博托论辩。我大可告诉他在哪儿能找到一大群爬行者，或者至少能找到一只巨大无比的——但我想这对谁都没好处。我看向天，夜色很美，至少用尼福尔海姆星的标准来看很美。天空漆黑，清澈而深邃。有光从穹顶漾出，光线强到让人只能看到不多的几颗星星，而这几颗星星却在这漆黑的夜空中耀眼如银。

“你说，”小猫说道，“我们是不是从来没有好好聊过天？”

我低头看她的脸。她一只手放在爆燃枪上，正看着杜甘。

“没有，”我说，“反正我不记得。”

“这难道不是很奇怪？你是在躲我吗？”

我本想告诉她，不，就算我们从来没有说过话，也没什么好奇怪的，因为“德拉卡”号上有一半的人觉得我是某种孽畜，剩下的一半中绝大多数觉得我是个怪胎。所以九年以来我从未真正主动跟谁说过话，除非别人先来找我。可显然，她从未主动找过我。话没出口，我就听到重力引擎逼近又消失的声音，是纳莎，她正从我们上空大概六十米处经过。

“拜托，”杜甘在对讲机里说，“我们该走了。”

我们步履蹒跚地向北方跋涉，离穹顶越来越远，却逐渐接近今早我从隧道里逃出生天的地方。如果我那巨型朋友此刻突然从雪中出现，不知杜甘会作何反应？

“有什么好玩的事吗？”小猫问。

“没什么，”我说，“我只是突然想到某件事。”

“给我讲讲，”她说，“我好无聊。”

我当然不能告诉她，并且“不能告诉她”这件事，也不能让她知道，因为一旦让她知道，我便不得不告诉她我为何不能告诉她。此刻，杜甘忽然尖叫起来，边叫边跳。于是我不用费心思去想怎么应付她了。

“喂，”小猫说，“你这是在……”

这时，杜甘将右脚从雪地中拔出，我看到他腿上缠着爬行者。他的铠甲上有凹痕，是它尖尖的腿戳出来的，它的大颚正使劲啃着他膝盖后侧铠甲接缝的地方。

一切都发生得太快。过去十分钟里一直在杜甘左右的两个安保此时将爆燃枪对准了杜甘腿部。杜甘起初似乎在叫他们扣动扳机，可随后，铠甲燃烧了起来，爬行者却依然在啃噬他的腿，而且随着铠甲变软，爬行者的腿更深地戳进了铠甲里，一股蒸汽从雪中腾起，遮住了他们，杜甘的喊叫声变成尖叫声，又变成纯粹的哀号。我半转过身。在大概三十米远的地方，雪里有一块灰黑色的花岗岩支出来。我跑了起来。

穿雪鞋根本跑不快，这一点都不好玩。没三步我就一个踉跄脸朝地倒在了雪地中。我手脚乱舞，每分每秒都感到爬行者的大颚即将咬进我的后颈。这时，一只机动手甲拽住了我的胳膊，将我从地面拔起。

“快，”小猫说，“走！”

她从背后推了我一把，我还没等向前迈，又差点摔在地上。我能听到小猫在我身后艰难前行着，还能听到另外两个安保在更远的地方边叫边骂。我冒险回头看了一眼。一阵北风呼啸而过，吹散了蒸汽。杜甘不见了，我想他是被拽到雪底了。另外两个安保还站着，但每人身上都缠着两个爬行者，我猜这战斗不会持续太久。

我好不容易爬到了巨石上，伸手够向肩上背着的加速枪，瞄准，弹夹的重量落在左手上，疼得我龇牙咧嘴，不一会儿，小猫也爬了上来，与我并肩。我们所在的花岗岩“小岛”大概三米宽，高出雪面半米。一个爬行者从雪里露了头，近到我几乎能伸手够到它。我瞄准，开火。加速枪的后坐力使我倒在了小猫身上，与此同时，那爬行者的前三个体节碎成了一场弹片雨。

“嚯，”小猫说，“禅修的胜利，啊？”

现在另外两个安保都倒下了，但我似乎仍然能看到雪下打斗的痕迹。我张嘴想说话，这时却传来一阵高昂的重力引擎声，博托驾到。一对大灯先是照亮了我们，紧接着，光线落在杜甘和另外几个人消失的地方。

“有样本了吗？”博托通过对讲机问。

“一部分。”

我从岩石上跳下，捡起爬行者的残骸。博托的吊索正向我们降落而来，我又爬回去，将爬行者交给小猫，然后将吊索扣在她的铠甲上。她一只胳膊搂在我胸前，我们升了上去。几秒钟后，我再次向下看时，岩石表面已满是爬行者。纳莎呼啸而来的时候我们刚刚钻进博托的货舱，她飞得又快又低，还投了两枚导弹。货舱大门“砰”地合上后，我们乘着逐渐扩散的第一波等离子体上升离开了。

010

对于现在的我来说，被马歇尔派去当狙击猎手，执行几乎是自杀式的任务，已是家常便饭。危急关头，要是有人来救我，反倒有点儿稀奇了，会让我有些迷惑。尽管耶玛一手设计了我的处决演练，可她还是费尽心思地让我对自己要死的情景有了个清晰认识。在这认识之中，并不包括博托会化作我的守护天使护送我离开。

我有时候会想，耶玛当时可能并没给我讲清楚，成为消耗体到底意味着什么。“德拉卡”号从停泊处滑出，加速离开米德加德星轨道后的头几周里，我都满怀恐惧地在走廊里漫无目的地游荡，愁眉苦脸地等待她说过的事情发生，等待有人叫我爬到引擎上，或者走出主气闸，或者把头伸进搅拌机里看看刀片是否足够锋利。

可是过了很长一段时间，什么都没发生。米德加德星积累的相当大一部分财富都倾注在这艘飞船里了，系统设计者们也尽其所能地保证它顺利航行而不爆炸。尽管我十分悲观，但似乎并没有人热衷于为了取乐而置我于死地。

风平浪静的日子过得越久，我便越来越多地思考起我们到底在做什么，也越来越盼着自己不必经历再生舱之劫便完好无损地抵达尼福尔海姆星。大家都知道，星际旅行是很无聊的，不是吗？在加速阶段，引擎努力转动，飞船的外壳承受高压，这时你会觉得一切能分崩离析的东西都真的要分崩离析了，其实这还真有可能发生。但加速阶段后的航行阶段，事实证明简直穷极无聊。

直到事情起了变化。

我从胎里带来的那个原装身体中最后的记忆是，有位技师将我的脑袋塞进了上传头盔，当时我四肢抽搐，鲜血从口鼻涌出来，在我长满水疱的皮肤上汇成小河。那时我们驶离米德加德星已约有一年时间。第一阶段加速已经完成，我们正以亚相对论速度穿越日球层顶①，重新启动引擎进行二次助推，终于，速度稳定在了零点九倍光速，向着尼福尔海姆星开始了漫长的滑翔。

“德拉卡”号上大部分的日子都十分轻松。在真正的机组成员看来，飞船上的殖民地居民不过是他们运送的行李。我不属于任何一个部门，因此在他们眼中更是如此。我本该每天进行两小时培训，在各部门间流转，这么一来任何一方有需要时我都可以搭把手。可那些本该培训我的人大都觉得我是个怪

---

① 恒星风遇到星际介质而停下的边界，相当于一个恒星系的边界。太阳的日球层顶就是太阳系的边界。

胎，而剩下的人，比方说工程师，都忙着自己的事情，根本没工夫去培训一个毫无技术背景的家伙。因此，我真正的受训频率，大概只有每周两小时而已。此外的时间，我就吃喝，打盹，和博托在公共休息区用平板电脑玩解谜游戏。除了失重的环境，一切都与我在米德加德星的生活差不了多少。

可很快便有件事提醒了我，这里并不是米德加德。那时我们正以每秒两亿七千万米的速度在星际穿梭，如此高速之下，牛顿先生的定律已被高能物理所取代，一切都变得奇怪起来。

就像耶玛曾对我仔细解释过的那样，太空并非你想象中那么空空荡荡。每立方米我们以为的真空环境中，其实都有十万个氢原子。氢原子在静止状态下是温和无害的，可零点九倍光速下，它们就变成危险的小炮弹了。“德拉卡”号的头部装有一个力场发生器，会将氢原子分流至飞船两侧，在我们从星际介质中犁出一条路的同时，将它们转化为沿飞船表面持续不断流走的宇宙射线。因此，只要你安稳待在飞船里面，这就不成问题。而飞船上大部分人，大概除了我，都绝对不会跑到飞船外去。

星际空间中偶尔还有尘粒，分布密度大概是每百万立方米中有一粒，可飞行中，飞船表面平均每平方米每秒都会穿过二点七亿立方米的星际空间，因此，我们会常常与这些尘粒相撞。这些尘粒中的绝大多数都载有足够的净电荷，因此力场发生器会让它们沿着船体飞走。可有些颗粒并非如此，它们会撞击飞船头部，不断造成小小的爆炸。飞船的设计足以承受这种爆炸。飞船的头锥由烧蚀性护甲制成，足够厚实，能承受二十多年的正常磨损。

然而这种护甲扛不住任何比尘粒大的东西。

公道地说，从“德拉卡”号设计师的角度考虑，一旦飞过日球层顶，就很难再遇上比尘粒更大的东西了，而且不管什么样的护甲也扛不住真正的大型物体冲撞的伤害。在“德拉卡”号的巡航速度下，一块跟我脑袋一样大的石头撞上来产生的能量会比氢弹还强一百倍。

幸运的是，撞击我们的东西没那么大。

很显然，我们并不知道那东西到底是什么。撞上的一瞬间，它便分解成了夸克和胶子。可我们知道它的质量在十五到二十克之间，一位工程师根据撞击之际护甲的汽化程度以及飞船损失的动能推断出了它的质量。

顺带一说，它造成了不小的颠簸。当时我们处于失重状态，因此可想而知，大部分东西都是牢牢固定着的，可所有没固定的人和物，包括好几位机组人员，都飞撞到了前方隔板上。有几个人摔断了胳膊，还有一个摔出了严重的脑震荡。我则在摔倒时磕到了桌子的一角，扭伤了脚踝。

可这一切都不重要了。飞船的头锥被撞出了一个洞，一个力场发生器模块失灵。飞船内百分之二十的部分突然暴露在了强辐射的猛烈洪流之下。

该我闪亮登场了。

给我下达指令的是凌麦琪。她是星际航行期间系统工程部的头儿。我们在金工车间会面，那是离头锥入口最近的安全舱。她的两个手下将我塞进一套真空服里，与此同时，她向我解释着，我该做些什么。

“我们认为是电力耦合器被击穿了，”她说，“虽然不确定，可没时间左顾右盼了，所以我们决定派你去更换整个单元。”另一名工程师刚从储物箱里拆包出一个银色立方体，大概半米见方。这东西的一侧飘着两条连接线，另一侧则有两个操控杆。“新的装好后，尽量把旧的带回来。”

“尽量？”

“是的，”她说，“在你死前，尽量。那隔间暴露在太空中。修好那个单元之前，你在三点五秒内就会受到足以致死的全身性辐射。”

我的脸色一定很难看，因为她翻了个白眼。

“别担心。这不代表你踏出舱门的那一刻就立即会死。人体的死亡过程事实上漫长得惊人，即便你身体吸收的辐射已是致死剂量的很多倍，只要没受到尘粒的直接撞击，就有充分的时间在死前进行上传，其实此刻，你的下一代再生体已经在制作中了。”

这一小段陈述中，就有无数我想反驳的点。首先，比起什么时候死，我更关心死的过程，以及我能否在死前进行上传。除此之外，没人问过我的感受，她却已经假设我一定会按她说的去做。

可事实证明……她是对的。我的确会按她说的做。耶玛已经为我解释过力场发生器的重要性，详细程度令人发指。在新的发生器单元替换好之前，我们的处境如履薄冰，我对此一清二楚。

他们为我戴好头盔之后，我极其小心地拿起发生器，将它带向他们在舱口处临时安装的便携气闸门。

“我跟你提过吗？这事有点儿急。”麦琪在对讲机里问。我嘟囔着回答了两句，但并没有加快速度。失重环境中的重物并没有重量，却仍有质量，动得太快很容易把事情搞砸。我一走进气闸，他们就把我身后的门封上了。他们从那间小屋撤退，我的真空服开始绷紧。当口哨般嗞嗞响的排气声彻底消失时，舱门开了。

力场发生器是由六个东西组成的阵列，其中每一个都与我手中的那个长得一模一样。我立刻就能看出哪个出了问题。进入小屋后，离我最近的那个单元上有一个边缘发黑的小洞，洞是从顶部豁开的，大概两三厘米宽。我向上看，屋顶有一个更大的洞。一束蓝光从中穿过，如聚光灯般从上至下照亮了那个破损的元件。

就在这时，我的皮肤开始感到灼痛。

开始，那感觉并不强烈。就像麦琪和耶玛说的，人体对急性放射中毒的反应极为缓慢。我将旧单元的电线拔出，打开固定锁扣，轻而易举便将它取了出来。可是在试图放置新元件的时候，我的脑袋一定是经过了那束蓝光。

大概十秒钟后，我看不见了。

这时，我双手的皮肤已经肿了起来，几乎没什么触觉了。固定好那个单元后，我想方设法插好了第一根连接线，但当我打算去插第二根时却找不到插口在哪儿了。我拿着线四处摸索了几秒，逐渐恐慌了起来。这时麦琪的声音传至耳畔。

“巴恩斯，你还好吗？”

我想说不好，但舌头已经肿得说不出话了，只能发出一声呻吟。

“停，”她说，“别把线扯掉了。”

我停下，或者说，试着停下。我的身体猛烈地抖动着，停不下来。

“你头盔上的摄像机目前还在运行。试着给它换个位置，让我看到你在做什么。”

我触到了元件的边缘，然后低下头，将头伸向我觉得插头应该去的方向。

“好吧，”麦琪说，“稳住摄像机。现在将插头向左移动。大概十厘米。”

我手拿插头，划过地板。

“好的，”麦琪说，“现在向前三厘米。”

“向右一厘米。

“往回一厘米。

“按下去。”

插头插入的时候，我听到“咔嗒”一声。

“完美，”麦琪说，“力场重启了。干得好，巴恩斯。试着放松一下吧。我们会派人回收你的。”

身体从里到外都在灼烧的时候，人是很难放松下来的。那时我本可拔掉头盔上的呼吸阀，就此减压。我本可这么做，可我的双手不听使唤，手指也肿得弯不下去。所以我就那么飘着，一边颤抖，一边咬牙切齿地呻吟，等着有人能把我拉回人世。

我明白他们为何要在我死前逼我上传。耶玛讲过。紧要关头获取的知识和经验至关宝贵，不能随着某个分身消逝。

可是有些东西，真的就该被忘记。

我作为米奇2号从再生舱出来时，情况已稍微没那么危急了。力场发生器重新运作了起来，除了有三十四个人因在力场消失时所处位置不佳而遭受了不同程度的辐射中毒，“德拉卡”号内部已基本恢复正常。但飞船的护甲上依然有个洞，只要有一粒尘埃正中靶心，便能立马将我们打回惊涛骇浪之中。因此，我的意识刚苏醒，大脑一开始运作，麦琪和她的团队便将我塞进另一套真空服送去飞船外面了。他们给了我满满一箱高密度应急补丁纳米机器人，并花了五分钟为我讲解这东西该如何使用。

船体周遭质子流强度最高的地方，是距表面约两米处。麦琪告诉我，如果我贴近船壳，并且足够幸运不被尘粒撞到的话，或许能将受到的辐射控制在最低范围内，从而活下来。于是我照做了。与耶玛和我在米德加德星上空散步时不同，麦琪并没有在我靴子上设置力锁，而是在我的手掌和膝盖上装了小型吸引器。我穿过主气闸，爬了几百米，来到撞击点。

起初我以为自己没事。可离头锥越近，质子流便越近。到了离目的地还有二十米远的地方，我开始看到阵阵闪光。抵达那个洞时，我已视线模糊，嘴里也是一股铁味儿。我从背后抽出装着纳米机器人的箱子，将补丁敷料装置准备就绪，按下开关。

纳米机器人形成一股又稠又黏的液体流出来，黏在凹凸不平的洞壁上。没等我倒完，它们便自动组成了与周围的护甲一样的超高密度材料。

我花了大概二十分钟，才把箱子倒空。倒完后，洞所在的地方堆起一座黏液小山。小山在接下来的几分钟里逐渐自动变得光滑平整，最终，得用电子显微镜才能将补丁与原始护甲分辨开来。

直到次日清晨，我作为米奇3号走出再生舱时才得知了这些。再生后他们让我做的第一件事，就是观看我身上的摄像机传回的录像，听我自己当时一直进行的叙述。录像和录音的内容持续到我回气闸的半路为止。那时，我停了下来，突然拔出领子上的密封阀，将我的脸赤裸地展露在宇宙面前。

011

“呃，”博托在驾驶舱里说，“这次本该更顺利点的。”

小猫瞥了他一眼，眼神几乎能杀人。可博托从来不懂得察言观色。

“刚刚死了三个人。”我说。

“是啊，”博托说，“我看见了。下面到底发生了什么？安保似乎把爆燃枪指向了杜甘？”

“他们是想救他。”小猫说。

“这可真他妈是个好法子。”博托说，这时我们正在穹顶上空缓慢盘旋，即将在着陆场降落，“就算是穿着作战防护铠甲，也扛不了火力全开的爆燃枪多久啊。他们想什么呢？”

我瞄了小猫一眼。她攥起了拳头。

“他们想的是，杜甘腿上缠着两个爬行者，”她说，“这么做不是没有原因的，混蛋，下面那两个是我的朋友。还有，当时你要是能提醒一下，我们下面有这么一窝破玩意儿的话，整个情况也许会好一点？嗯？”

降落的时候，博托从驾驶舱回看了一眼，表情竟然有些尴尬，这让我有点惊讶。

“对不起，”他说，“无意冒犯。”

“是啊，好吧，”小猫说，“的确很冒犯。”

博托调低举升船的功率，开始进行熄火前的事项检查。重力场逐渐减弱，我感觉到自己的重量更实实在在地落在了活动折椅上。

“我对外面发生的一切真的感到十分遗憾，”博托说，“如果可以，我当时一定会提醒你们。我不知道它们是从哪儿冒出来的，可它们不是单纯在雪下活动。最后一次飞过你们头上的时候，我的雷达里没有任何信号，之后一分钟不到它们就发起攻击了。”

“无所谓了。”小猫说。我没法透过面罩看清她的表情，但能从她的语气里听出愤怒。

“反正，”博托说，“任务完成了，对吧？”我和小猫正解着安全带，他从座位爬了出来，绕到举升船后面站在我们面前。货舱地板上是爬行者的肢体残骸。博托用脚踢了踢，它两条腿抽搐起来，他立马缩回脚，还差点儿把自己绊倒。“我靠！”他找回平衡，面容扭曲，然后又向前迈去，蹲在我们之间。那尸体正在颤抖。他用一根手指戳了戳那东西的外壳，这次它毫无反应。“呵，”他说，“我希望这么做是值得的。”

✦

“劳您大驾，”马歇尔说，“我不太明白，我们为什么会在过去的两个小时里失去三个人。如果算上加拉赫，就是四个，再算上托里切利，就是五个。然而你还活着。”

坐在我身边的小猫不自在地挪了挪。马歇尔倾身向前，将手肘架在桌子上。他看起来不像在思考是否要杀了我，更像在思考要如何杀了我。

“您说得没错，长官，”我说，“很抱歉，我活了下来。下次不会了。”

这句话让他直接站了起来。“别跟我来这套，巴恩斯！你是个消耗体！能否活下来不是你该操心的事！”

他缓缓坐回去，我擦了擦他喷在我额头上的唾沫星。

“现在，”他说，“我希望你能简洁明了地解释一下，为什么你选择救自己，而不是为杜甘先生提供援助？好好想一下，巴恩斯，因为如果你不能说服我，那我将亲自把你推下尸洞。裆部冲下。”

“长官……”小猫说。

“闭嘴，小陈。我收拾完他，再来跟你算账。”

他们两个一起看着我，小猫眼含一丝同情和担忧，而马歇尔的表情则与看到田鼠的鹰没什么两样。

“好吧……”我刚开口，就犹豫起来。我本想说，他毫发无损地待在原装的身体里，这话说得倒是轻巧。可我呢？我可是每六周就要被吃掉、溶解掉或是辐射致死一次。可我看了一眼他的表情，忽然意识到，他似乎是在认真考虑要把我推下尸洞。于是我重新组织了一下语言。

“是这样的，长官。我们被派到那儿是有原因的。您要求我们回收一个爬行者。从托里切利和加拉赫的经历已不难看出，那是一种极其危险的生物，但您还是希望我们去试一试。因此我想，完成这件事才是我们的首要任务。当我们发现杜甘先生遭遇不测，是我下了判断，认为已经救不了他了。因此，我决定将全部精力集中到完成任务上。而且我认为，我成功完成了这项任务。”

马歇尔盯着我看，感觉好像看了很久很久。“所以你的意思是，”他终于开口，“我在戈麦斯的录像中看到的你，并不是在抱头鼠窜，而是在冷静地推进任务，以保障殖民地的安全。我这么说对吗？”

我看了小猫一眼。她耸耸肩。

“呃……没错？”

寂静弥漫了漫长的五秒。小猫刚要说些什么，便被马歇尔的眼神吓退了。

“你是否在离开穹顶前就知道，我们的爆燃枪对那些玩意儿不起作用？”

“不，”我说，“我并不清楚。”

“那你为什么选择带上加速枪？”

“这主要是因为，比起爆燃枪，我在加速枪方面受过更多训练，用得也更熟，长官。还有，我之前与爬行者对峙过两次，那两次，爆燃枪都没能让我活下来。因此我想，这次或许该换个策略。”

马歇尔的眉毛在鼻梁处挤成一团，嘴紧紧抿成一条窄而冷硬的线。我冒险看了小猫一眼。她依然目视前方。马歇尔将注意力转移到她身上。

“那你呢，小陈？能否解释一下你的行为？你难道不是被派去保护杜甘先生的吗？”

“是的，长官，”她说，“的确如此。”

“那你扔下他的原因是……”

“我扔下他，是因为我看出了将会发生什么，长官。另外两个安保员都是我的朋友。如果当时我能做些什么帮到他们，我一定会去做的。可事实是，我们的武器没有用，我觉得放弃自己的性命，和杜甘先生一起成为那些东西的盘中餐没有任何意义。”

“巴恩斯的武器有用。你本可征用他的武器。”

“我可以，”她说，“但它帮不了什么忙。线性加速枪不是一种精准的武器，长官。我也许能用它炸飞杜甘先生的腿，但我救不了他。”

马歇尔向后靠在椅子上，用双手捋了捋他那灰白的寸头。

“听着，”他说，“这次远征开始的时候，我们有一百九十八个人。着陆时，有一百八十个人。可现在已经降到一百七十五个人。从人口数量的角度来说，我们正接近滩头殖民地的人口底线。因此，很不幸，这次我无法将你们俩中的任何一个推下尸洞，甚至不能对你们进行任何实质性的惩罚，尽管我很想这么做。

“巴恩斯，我强烈怀疑，你对那些东西的了解要远远超过你分享给我们的。要是果真如此，那我只能请你再好好考虑考虑你的所作所为，因为如果殖民地完蛋了，你就只能像罗阿诺克星上那个可怜的混蛋一样安度晚年了，陪伴你的会是一大群该死的米奇·巴恩斯。我告诉你，从我的经验来看，即便只有一个你，也绝对让人无法忍受。

“小陈，我真的不懂你现在是怎么了。我甚至开始怀疑你是不是早就和巴恩斯有染？如果真是如此，那么行动前你就该主动报告。请你记住，如果未来的行动中有任何个人事务可能影响你的表现，都需要提前向指挥官汇报。”

小猫刚想张嘴，马歇尔就抬起一只手阻止了她。

“我不想听，”他说，“我只是希望你好好想想，未来该跟谁走得更近。”

他看看我，又看看小猫，目光又回到我身上。“就这样吧，”他说，“走吧。有需要再找你们。”

✦

“呃，”小猫说，“还挺有趣。”

我们在餐厅吃晚班宵夜。这里至少有三十个人，三五成群，各自趴在桌子上，凑在一起交头接耳。一天死了五个人，这对滩头殖民地来说是件十分恐怖的事。我们大多数人又恢复了古人的习惯，互相传着消息说刚去世的几个人有多蠢，以此来说服自己，发生在他们身上的大概不会发生在我们自己身上。

“没错，”我说，“他没杀我们。我觉得这是种胜利。”

这句话换来一个微笑。小猫穿连体服比穿作战服要漂亮得多。她长着一张线条柔和的瓜子脸，一头浓密的黑发在脑后梳成长度齐肩的马尾。她在一盘烤番茄和看起来老得很的兔腿肉里挑来挑去，而我吃着半马克杯一百千卡的循环酱。我记得承诺过8号要把今天剩下的配给都给他，但我在他睡觉的时候可是差点儿送了命。这得记上一笔吧？

“所以，”我说，“马歇尔觉得我们俩睡在一起了？”

小猫脸一沉，满面怒容。“去他妈的马歇尔。”

“哎哟，”我说，“骂得挺狠。你不想让任何人觉得自己和消耗体有什么关系，是吧？”

她摇摇头。“不会。我又不是身心一元论者之类的。依我看，你跟报名参加这趟旅程的其他怪人也没什么不同。我讨厌的是，他旁敲侧击地暗示我是因为荷尔蒙上头才干不好活的。我是说，怎么没听他说你精虫上脑什么的，是吧？”

“我没……”我把话咽回去了，因为我本来想说我没觉得他是那个意思，但突然觉得，好吧，他可能真是那个意思。

“你没怎么着？”

“没什么，”我说，“你百分之百正确。去他妈的马歇尔。”

“阿门，”她说，还朝我举起水杯，“去他妈的。”

我用我的马克杯和她干杯。趁她分心的时候，我从她的托盘里抄起一块番茄，在她反应过来之前塞进嘴里。

“喂，”她低吼一声，伸手越过桌面，冲着我的肩膀狠狠揍了一拳，力气大到足以留下瘀青，“别乱来，巴恩斯。再敢动我吃的，扭断你胳膊。”

“对不起，”我边说边将我那杯循环酱向她推过去，“你要是愿意的话，可以来点儿我的。”

她又是满面怒容，将杯子推了回来。“谢了，不用了。你要想吃番茄，为什么不自己去拿？你不会是在出发前把今天一整天的配给都吃完了吧？”

“是的，”我说，“基本上吃完了。我这几天过得很惨。”

“噢，”她说，“好吧。我都忘了，你昨晚刚死过一次。你刚从再生舱里出来对吧？”她咬了一口食物，咀嚼，吞咽，“那是种什么感觉？”

“什么，从再生舱里出来吗？”

她点点头，拿起一根兔骨，从关节处啃下一小块残余的肉。“是啊。我一直都很好奇，一觉醒来，发现自己刚死过一次，而几小时前你的身体还是生物循环机里的一摊蛋白质糊糊，那会是怎样一种感觉？”

“这个嘛，”我说，“在再生舱里是没有知觉的。你会在床上醒来。有点晕头转向，更像是宿醉，根本不记得自己是怎么到这儿的。那感觉就像是前一晚在外面喝多了，只是连这个你也不记得。你最后一点记忆，就是插线上传记忆……”

她向后仰，点了点头。“好吧。这时你才会清醒。”

“是的，没错。我经历过七次了，每次都像被人一脚踹在胯下。”

她向我投来一个同情的微笑。可随后，她的目光落在我的左肩上方，笑容消失了。我转过头，发现纳莎站在我的身后，双手叠在胸口。

“嘿，”她说，“和指挥官聊得怎么样？”

我向一旁移了移，给她空出个地方。她跨过长椅，坐了下来。

“挺好，”我说，“呃，更应该说是勉勉强强吧，我觉得。马歇尔威胁要把我塞进尸洞，但终究没那么做。”

纳莎做了个鬼脸。“这对你来说还算是威胁吗？想想刚着陆的时候那个该死的混蛋对你做的事，他觉得这还能吓倒你吗？”

小猫看了看纳莎，又看看我。“呃，”她说，“他的确威胁要把他送进尸洞，裆朝下。”

纳莎摇了摇头，将手滑向我的后腰。“妹妹，你根本不知道他经历过什么。”

“你是说那个医学事件吗？”

“没错，”纳莎说，“就是那个。”

小猫看向别处，然后继续鼓捣她的兔骨。我捅了捅纳莎。小猫刚刚也受了罪，不该再看人脸色。纳莎叹了口气。

“不管怎么说，”她说，“我对吉莉恩和罗伯的事感到很遗憾，我知道你们关系很好。”

“谢谢，”小猫说，“我已经问过戈麦斯了，但是……你们在那些东西攻击我们之前没有收到任何信号吗？我是说，它们总不能是凭空出现的，对吧？”

纳莎摇摇头。“没。什么都没。当时我把可见光、红外、探地雷达都打开了，但我发誓我最后一次从他们头顶上经过的时候，百分之百什么都没有。”

“好吧，”小猫说，“戈麦斯也是这么说的。你们俩从我们头顶经过的间隔最多不超过三十秒。这不合理啊，是不是？”

“我不知道，”纳莎说，“它们是从地底下来到主气闸的，对不对？探地雷达没法穿透花岗岩。没准儿它们是一群矿工什么的。该死，没准儿这会儿它们就挖好了隧道从我们正下方穿过去。”

小猫低头看脚面。“谢谢，纳莎。你可别再说了。”

纳莎咧嘴笑了。“往好里想，我们现在都有单间了，是吧？”

“是啊，”小猫说，“挺好。”她心不在焉地戳着托盘里最后几片番茄皮，然后看向我，“所以你们俩一直是一对儿吧？从米德加德星开始？”

我看向纳莎，她耸了耸肩。

“差不多。在他不被吃掉，或者被火烧，或者被从天而降的杂物箱砸成肉饼的时候，是。怎么了？你对他有意思吗？”

“不好说，”小猫说，“你觉得冒这个险值吗？”

纳莎看了我一眼。“不一定。这取决于你的兴趣在哪儿。”

她们俩一起大笑了起来，我感觉到自己脸红了。

“开个玩笑，”纳莎说着，用一只胳膊围上我的肩膀，“这家伙是我的。你要是敢动他，我会让你开膛破肚的。”

小猫举起双手投降。“别担心，”她说，“这个番茄小偷留给你了。其实，我正打算走呢。”

她从桌前朝后挪了挪，起身收拾自己的东西。她走后，纳莎将额头靠上我的额头，一手捧着我的脸颊。

“先告诉你一声，”她说，“她可不是唯一一个会被我开膛破肚的人。”

她迅速亲了我一下，起身走了。

✦

回到床位后，我发现 8 号正坐在我的桌前，用我的平板电脑读着些什么。听到我进来，他关了页面。在他那只完好无损的手腕上，绷带已无影踪。

“嗨，”他头都不抬地说，“怎么样？”

“不错，”我说，“离你拥有属于自己的床位又近了五步。”

“哈，”他把平板电脑放回书桌的抽屉里，站起来，伸了个懒腰，“咱俩一向都这么反社会吗？还是说，这是你备份后的一项创新突破？”

“说真的吗？咱俩？”

他笑了。“不好意思，这种情况人称代词好乱，是吧？”

“没错，”我说，“乱。回答一下你的提问，不，咱俩不是反社会。咱俩只是真的，真的，很饿。”

8 号干笑了两声。“噢，不，”他说，“我不想听你抱怨饿。我可是刚从再生舱出来啊，你还记得吧？空着肚子，就靠一点循环酱支撑，没准儿你也可以试试。”

“说到这儿，”我说，“我刚用掉了一百千卡。所以你只剩两百千卡了。对不起。”

他的表情僵硬了。“你可真是个好人啊。”

我摇了摇头。“别这样，8 号。你睡觉的时候，我可差点儿死了。没有功劳，也有苦劳吧。”

“我可能没跟你提过，”他说，“我真的快要饿死了，7 号。”

当然，他说得没错。6 号和我刚从再生舱出来的时候，都在不断抱怨配给太少，但和 8 号相比，我们简直是享受了皇室般的待遇。我把衬衫扒下来扔在地板上,然后坐在床边开始解鞋带。8 号坐在了我身边。

“不管怎么样，”他说，“外面发生了什么？推送显示穹顶外有四个人意外身亡，还有一个失踪了。这是怎么回事？”

鞋带已经解开，我把鞋子拽下来，然后躺在床上。“是这样的，”我说，“首先，严格来说，他们不都是死在穹顶外。有一个是在主气闸里死的，哦对了，主气闸废了，他们启用了谋杀洞。”

他很久没接茬，久到令人感到尴尬。

“谋杀洞，”8 号终于开口，“他们用它杀谁了？”

我两手交叠放在脑后，合上了眼睛。“爬行者。”

8 号笑了,这次他的笑容终于带了一丝暖意。“好吧。我懂了。你在跟我开玩笑。说真的，到底发生什么了？”

“真的，他们为了杀掉搞穿地板的爬行者，将等离子灌入了主气闸，还在这个过程中烤死了一个本来也快死了的安保，那人叫加拉赫。”

“爬行者是动物，7 号。我们犯不着用等离子对付动物。”

“我觉得你好像没听懂我的话，”我说，“它们搞穿了地板。”

“‘搞穿’是什么意思？”

“我的意思是，它们直接切开了地板，将它剥离了。”

“剥离？你是说……它们把它带走了？”

我耸耸肩。“似乎是这样的。这个星球金属匮乏，你知道的。或许它们需要用它做些什么。”

“噢，”他挠了挠头顶，“往那边靠靠。”

我向旁边滚了滚，给他腾出些空间，他躺在我身边。这感觉依然很奇怪，但由于过去二十四小时中我经历了太多奇怪的事，这已经不算什么了。

“倒是没人觉得它们人畜无害，”8号说，“但是要让我接受一只动物能够撕穿穹顶地板这件事，还是有些困难啊，不是吗？”

“不无道理，”我本想说下去，但不得不停下来打哈欠，我从前天晚上开始只睡了两个小时，“说实话我没看到前前后后发生了什么，但我看见主气闸地板上的洞了，还看到一堆爬行者如何放倒了两个全副武装的安保，外加一个吓坏了的生物学家。那场面可不怎么好看。”

“你是说你看到爬行者咬穿十毫米纤维铠甲了吗？”

“呃，”我说，“看得不是很清楚。我看见它们爬在十毫米纤维铠甲上，然后穿铠甲的人被拖倒了。很明显铠甲必然是被咬穿了。”

8号用一只手肘撑着身体，向我靠过来。“这说不通啊。通常来说，物种不会进化出对它们的生存环境而言毫无用处的能力。为什么一种冰虫要进化出咬穿铠甲的能力呢？况且这铠甲可是为了抵挡十克重的线性加速枪弹丸设计的。”

“这是一个极好的问题，”我说着，又打了个哈欠，“等我睡醒，绝对能给你奉上一个精彩回答。”

8号继续说着些什么，可他的话语逐渐变成了嗡鸣的背景音。我只记得他起身时床微微晃了一下，然后便失去了意识。

✦

过去几周，几乎每晚我都会经历同样的……呃，梦境？不，我想那更像是一种幻觉。它总出现在我意识刚开始蒙眬，或是即将苏醒的时候。这是我没有进行记忆上传的原因之一。我有些担心，这可能是因为再生过程中出现了什么小闪失。要是果真如此，我可不想让它成为我人格记录的一部分。

更重要的是，我不想让心理分析部的任何人发现这梦境，否则他们可能会认为有必要将我打散重组。

在那个“梦境”里，我回到了米德加德星，在乌勒尔山脉顶峰的树林里奔跑着。那里有一条山径，长达八百千米，四周都是未经开垦的荒野，有瀑布，有几百千米的美景。那里还有三百年前最初的地球化改造机种下的树木，它们生长至今。我来来回回走了四次。米德加德星有不少地方都是空荡荡的，而那些山脉，可谓这空荡星球上最为空荡的地方。生活在那儿的岁月里，我见过的所有人加起来，恐怕也就两三个。

到了晚上，我便扎营过夜，点起小小的篝火，坐在原木上，看火焰升腾。至此，一切都好，对不对？或许我只是有点儿想家了。可接下来，我听到了某种声音，好像是有人在清嗓子。我抬起头，一只巨大的毛虫坐在火堆对面。

我知道，此刻我应该被吓疯了才是，可我没有。这便是这体验之中最像梦境的地方。

毛虫与我对话，或者说，我们尝试对话。它的嘴一动一动的，发出类似人类语言的声音，但我一句都听不懂。我打断它，让它慢慢说，如果它能说得清晰一些，我或许就能听懂它在说什么。可它没有停下，而是一路讲了下去，听得我头疼。我看向篝火。一切都在倒退。树枝堆的火焰逐渐变小，烟从空气中被吸回去。我再抬起头的时候，毛虫开始消失，变得越来越虚幻，只留一抹微笑。

最后，那抹微笑也消失了，我也随着微笑从半梦半醒间滑向了真正的梦世界，而那个真正的梦我已断断续续做了很久。身为米奇 2 号的我，再次站在“德拉卡”号的船体外，正在爬回前部气闸。我的皮肤逐渐脱落，破裂的血管中血液渗出，如同高烧时的汗水一样流遍全身，流进我的嘴巴，我的喉咙，我的肺。我停了下来，手伸向脖子上的锁扣。手指像香肠一样，又肿又痛，可我还是想方设法，笨拙地打开了一个锁扣，又打开另一个。我的头盔飞走了，真空将一切从我身上吸走。

空气。

血液。

粪便。

一切。

我早该死去，但我没有，我不明白这是为什么。

我张开皲裂的嘴，向肺里猛吸一口，可什么都没吸到。还没来得及尖叫，我便猛然醒了过来，睁大了双眼，在伸手不见五指的黑暗中汗流浃背。

012

米奇 2 号是我活得最短的一个分身。

米奇 3 号活得最长。

我花了好一阵子，才终于对米奇 1 号的经历感到释怀。初吻总是难以忘怀，对不对？同理，初次死亡也令人难忘，而且我的本体死得十分痛苦。2 号的死本不该给人留下创伤，主要是因为，我其实并不记得作为他的那段时间都发生了些什么。我只知道他的经历实在糟糕透了，以至于他宁可在爆炸性减压中瞬间死去。成为 3 号后的最初几周，大部分时间，我都在四处游荡，听见稍大一点的声音就会惊跳起来，等待厄运降临。

可时间飞逝，周周月月如流水，一年就那么过了大半，无大事发生，也无坏事发生。好笑的是，事实证明，即便是在等待暴烈的死亡随时突然降临，时间久了，也会感到无聊的。

也就是从那时起，我对历史泛泛的兴趣，转变成了对那些失败殖民地历史的病态狂热。你根本想不到，飞船图书馆里竟有这方面的文献。这有伤士气，可它的确存在。在学校时，老师们并不会提及那些失败。我不想把他们灌输给我们的知识称作“政治理念宣传”，但无论是在生物课、历史课，还是物理课上，授课内容都紧紧围绕着“大离散的重要性和崇高性”，认为人类文明在整个银河系旋臂中的扩散是一连串的成功，就算没有明说，至少也强烈暗示了这一点。因此，当我了解到，过去一千年里有过多少次成功就有过多少次失败时，感到十分震惊。

当殖民地居民们坐着类似“德拉卡”号这样的飞船踏上征途时，并不清楚旅程尽头等待着他们的到底是什么。制造反物质十分困难也十分昂贵，而且反物质推进技术的物理特性决定了它只适用于规模较大的东西。所以某个星球若是决定发射一艘殖民飞船，不可能先同时向一大堆可能适合栖息的星球发射探测器。因此，作为妥协，他们会首先将那些能观察到的星球作为目标。举个例子，离开米德加德星时，我们便知道目的地是一颗 G 型主序星。我们知道，它有至少三颗小小的岩石行星，其中一颗位于恒星宜居带的外缘。我们知道，目的地行星上有水蒸气，大气层里还有一定量的游离氧。因此我们推论，它极有可能已经孕育了某种生命形态。

不过老实说，仅此而已。米德加德星和尼福尔海姆星相隔并不远，除此之外，随着时间推移，我们的观测能力提升迅猛，因此，与大部分殖民飞船相比，我们掌握了更多信息。我查到的时长最短的远征行动，是一百多年前从亚设星出发的。亚设星几乎处在我们探索范围的最边缘，那里恒星寥落。他们的目的地在二十多光年之外，这距离几乎是殖民飞船能抵达的最远范围，或许甚至超出了一些。减速完成时，飞船所载的殖民地居民们又老又疲惫，那艘船也快散架了。

不幸的是，他们的目的地星球并不处在他们之前以为的轨道上。那颗星球距恒星有点过近，他们被自己在大气中看到的氧气吸收光谱蒙骗了。那里确实有一些氧气，却没有液态水，因为星球表面温度过高。从理论角度来看不该如此，可宇宙就是这么好笑，它自行其是。他们最合理的猜测是，这颗行星过去可能宜居，或许曾有某种能从二氧化碳中分离出碳并制造游离氧的生命在此栖息。可就在最近，失控的温室效应支配了这个地方，就像大离散前旧地球上的一些地方一样，宜居度下降到极限，整个星球变得荒芜。如果他们猜对了，那么他们探测到的氧气就是还没来得及从大气中逃逸的残余部分。

要是可以花上一百年对这颗星球进行地球化改造，说不定能行。可他们并没有一百年时间。以他们飞船的状态来说，可能连十年都没有。因此，他们将自己的发现传回母星，将飞船切换到稳定环绕轨道，给每个想吃麻醉药的人吃了药，然后打开了气闸。米奇 2 号会告诉你，爆炸性减压虽不好玩，至少来得快。

读这段历史时，我想到了 2 号。这使我陷入持续了大半个月的思虑旋涡。

是纳莎将我从中拖出来的。

显然，我在“苍穹”空间站就见过纳莎。住在一个容纳了不到两百人的大圆筒里，你迟早会与所有人都打个照面。可我从来没跟她说过话，原因与我从未跟“德拉卡”号上的大部分人说过话大致相同。大部分人都不想跟我扯上任何关系，所以作为一种心理代偿，我也不想跟他们扯上任何关系。

我们真正相遇是一年后，在那场让 1 号和 2 号丧生的碰撞之后。那时我们的旅程已经顺利进入滑翔阶段，以略低于零点九倍光速的速度畅游在失重的真空之中，食物配给紧张，精神生活萧索。指挥官下令，所有机组人员每天都要在传送带上锻炼至少两小时，名义上是为了保证在我们最终着陆时都还筋骨健全，但实际上，我觉得这样做的目的是避免我们因无聊而厮杀。

传送带，顾名思义，就是环绕飞船腰部的一条转动带，约一百二十米长，有扁平的橡胶质内表面，约六米宽。他们为传送带设定的速率是每分钟三转，这速度快到足以让我们达到标准重力加速度的一半，却也慢到让你能站直，不至于被科里奥利效应[①]搞到头晕目眩。

我们待在传送带上时本该在锻炼，可似乎只要在规定时间内出现在那儿，就没人在意我们到底做了什么。有那么几个跑步的人，总爱在经过时煞有介事地看你一眼，如果你不是在做深蹲、练瑜伽或者近身格斗，就不得不接受他们自命不凡的眼神。但据我所知，没人真的会给自己找麻烦，举报其他人“玩忽职守”。

我一开始很听话，每天都会绕着传送带跑上几圈，这习惯一直持续到 1 号和 2 号死去为止。自那以后，我便忽然失去了动力。要是你的肌肉和骨骼都像货架上一盒开了盖的酸奶，保质期压根儿没几天的话，就没必要再担心什么骨密度和肌张力

① 科里奥利效应指在旋转坐标系中移动的物体发生偏转的现象。

了，不是吗？于是后来再去传送带时，我都会带上平板电脑，离那些做深蹲的人远远的，找个墙靠着，阅读关于其他滩头殖民地的记载。我对于亚设星、罗阿诺克星，还有一大堆近年发生的其他灾难事件的了解，都来自那段日子。

不消说，读这些东西，自然更不会增加我锻炼的动力了。

有一天，我在传送带上蹲着读了一份材料，它以第一人称写成，记载了大概一千年前一次近乎失败的经历，文中的星球如今已是联盟中人口最为密集的地方。他们遇到的问题是持续不断的农业歉收，于是进行了一番调查，发现问题根源在于土壤中特有的一种病原。那时他们并没有生物循环站，从叙述来看，在问题被攻克之前，他们已经饥饿难当。

材料中写道，这个殖民地的生物部部长，也就是这个故事的讲述人，为这片土地量身定做了一种噬菌体，替那些对人类有用的植物扫清了生长之路，成了大英雄。可与此同时，这种噬菌体也意外地扫除了那些能使当地原生植物得以生长的微生物体系，导致整个当地生态系统彻底崩溃。读到这儿，有一只靴子踹了踹我的肩膀，差点儿将我踹倒。我抬起头，面前站了一个穿着黑色安保制服的女人，双臂交叠在胸前。

“喂，”她说，“你现在不是该做俯卧撑吗？”

我抬眼瞪着她。她笑了出来，蹲在我身边。

“我跟你开玩笑的。你是那个消耗体，对吧？”

“我是米奇·巴恩斯，”我说，“你是谁？”

“米奇·巴恩斯？嗯？你现在不是叫米奇 3 号吗？”

哎哟。

“没错，”我说，“正是。”

她又靠在了墙上。我叹了口气，坐直，将平板电脑塞回胸前的口袋里。

“我是纳莎·阿贾亚，”她说，“战斗飞行员。”

我看了她一眼。她的辫子垂下来挡住了脸，但我依然能看到她的笑容。

“战斗飞行员？你一定是博托的朋友吧。”

“戈麦斯？是啊，他这人还行，波格球打得比开飞机好。但我们关系还不错。”

我笑了。“你说得没错。我很好奇，我们要去的地方是更需要飞机还是波格球。”

她靠向我。“你该不会对战斗飞行员在这趟任务里的重要地位有所质疑吧？”

“没错，”我说，“有点儿。滩头殖民地需要很多战斗飞行员吗？我是说，我们要降落的星球已经有空军在等着我们了吗？”

她笑得更灿烂了。“我想你也无从得知，对吧？从前没发生，不代表未来也不会发生。”

“希望他们的空军队伍别太庞大，”我说，“毕竟我们这边只有你们两个人。”

她笑了。“无所谓的，朋友。我可是个高手。”

“是啊，”我说，“我毫不怀疑。”

接下来我们安静地坐着。正当我开始考虑是不是该把平板电脑从口袋里再掏出来，或者干脆起身离开时，她转身看向我，我回看。她的笑容不见了，眉头皱了起来。她的虹膜颜色很深，几乎是黑色的。

“那么，”她说，“死是怎样一种感觉？”

我耸耸肩。“就像是出生那样，只不过过程相反。”

“哈！我喜欢，”她笑了，“你知道吗，作为僵尸来说，你挺可爱。”

“谢了，”我说，“我抹了不少润肤霜。”

她碰了碰我的手，用一根手指划过我的小臂。“我看得出。”她说。

她的笑容变得妩媚起来。

“我真的……看得出。”

✦

晚些时候，我们在我的床位上，于黑暗中半裸地缠绕在一起。这时她说：“你要知道，我不是个幽灵猎人。”

那是我第一次听到这个词，但绝对不是最后一次。

“幽灵猎人？”我说。

“是啊，”她说，“你明白的。”

我等她继续说下去。可她一只手在我的背上向上游走，狠狠捏了我的耳朵，力气大到让我龇牙咧嘴。

“不，”我说，“我不明白。”

“噢，”她说，“你知道这艘船上有一大堆的身心一元论者吧？”

我皱眉。“是啊，我感觉得到。这也是我总是自己待着的原因之一。”

“好吧，”她说，“不是所有人都想让你自己待着。”

我慢慢拧过身子，直到我们的额头碰在了一起。“什么？”

她吻了我。“你在这趟旅程里和多少女人在一起过？”

“我不知道，”我说，“有那么几个？”

她又吻我。“都是在那次撞击之后吧？都是在你开始再生之后？”

我没回答。显然，她知道答案。

“她们是所谓的幽灵猎人，”她说，“对身心一元论者来说，你可是个特别有吸引力的禁果。我听到过他们谈论。”

“但你不是这么想的。”

“不，”她耳语道，“我不是。”

✦

在殖民飞船上约会有些困难，因为没多少事能做。你们可以一起吃饭，可那不过是在一片杂乱之中，双双被系绳固定着，从塑料泡里吸食。用系绳固定，是为了避免你们飘到其他正从塑料泡里吸食的人身上。这听上去已经相当不浪漫了，而现实比听上去还要糟。你们可以一起散步，但传送带是唯一能散步的地方，而且你得花比约会更多的时间去避开那些正在做深蹲的人，而且之前你大部分时间就是在那儿度过的，早就腻了。你们也可以一起在飞船前端的观察窗看星星，但我做不到，因为我总会忍不住去想飞速掠过的高能质子流，以及万一力场发生器再有什么闪失我会怎样。创伤后应激障碍引起的焦虑也不怎么浪漫。

所以大多数时候，我们都在做爱。

不做爱的时候，我们会花很多时间交谈。纳莎是个有故事的人。她的父母是移民。由于在联盟中的任何两个星球之间来往都要花费大量的金钱和时间，因此除了滩头殖民，几乎没人能移民。他们是三十年前乘“失落希望”号来到米德加德星的，这是一艘从新希望星出发的难民飞船。那颗星球的居民开始自相残杀之前，它一直都是距离米德加德星最近的有人居住的邻居。

没人料到，移民在米德加德星竟会难以生存。倒不是我们的资源和空间匮乏到没法收留那几百个无助的灵魂。不是这么回事。人天生就爱拉帮结派。难民们的口音与我们十分不同，这一点就足以给他们贴上外来者的标签。而且更不用说他们大部分人的肤色要比米德加德星本土居民深几个色号了。他们抵达米德加德星后不到一个月，便有匿名爆料称他们身上携带着一种精神疾病的病原之类的东西，正是这种精神疾病导致了新希望星的覆灭，若是允许他们融入我们的社交和政治生活，那米德加德星也很有可能被拖向同样万劫不复的境地。政府为他们安排了基本津贴和住所，可从一开始，他们便注定不可能找到什么正经工作。抵达两年后，他们中一部分人组织了一次静坐活动，那活动由示威演变成了一场小型暴乱。从此之后，他们就连让孩子入读普通学校也变得十分艰难。

纳莎差不多就是在那时出生的。

纳莎没怎么给我讲过她的童年，可只言片语间，我还是能感觉到她的童年肯定不好过。她十分坦率地解释过自己学习飞行的原因。她从小就知道有这项任务，并且想要参与。她没法走上学术道路，成为外太空生物学博士，也没有人脉能给她安排一个安保部或是指挥部的职位。但她可以学飞行驾驶，成为一名战斗飞掠机飞行员。毕竟新希望星的居民十分擅长厮杀，不是吗？

“米德加德星从来不是我的家，”有天晚上，我们两个缩在她的睡袋里时，她这么对我说，“它永远都不会是我的家。可我们要去的这个地方……”

“会是个不错的地方，”我说，“有和煦的风和白色沙滩，也不用担心被吃掉。”

听着像句著名的遗言吧？

✦

当我们终于关闭主驱动器，转而使用离子推进器，切入尼福尔海姆星附近的环形轨道时，我和纳莎以及其余二三十人正聚在飞船前舱的公共休息室里。满目尽是飞船排出的等离子体的闪光，根本看不见我们未来的家园，可每个人都十分激动，等不及要看到目的地。目镜之中弹出一条即将开始自由落体运动的警告，三十秒后，我们的重量逐渐变轻，在甲板上飘了起来。大概过了一分钟，我们为之穿越了八个光年的殖民地出现在主幕墙显示屏上。

前排有人欢呼了起来。可这欢呼声几乎立刻就蔫了下去。

我不知道等待我们的是什么。碧绿大洲，蔚蓝大洋？还是城市灯火？

我们眼前的是一片雪白。我们距它尚有几百万千米，可从这儿看过去，那个星球像是一个波格球——平滑，洁白，没有任何地貌。

“那是……”有人说，“是……云彩吗？”

飞船进行机动飞行时，我们屏息观看那颗星球缓慢自转。可一切并没有什么变化。感觉过了几个小时可实际上大概只过了十分钟之后，纳莎说：“那不是云。是冰。这星球是个大雪球。”

那时我们手牵着手，但这么做主要是为了不飘开。我捏了捏她的手指，她也回捏一下。我想起读过的故事里出于各种各样原因而失败的殖民地。这似乎不是那种对我们张开怀抱热情欢迎的地方，但或许……

我将她拉近，把嘴凑到她耳边。

“这是可行的，”我说，“生命出现前的旧地球也是这样。有足够的水，有氧和氮组成的大气层，这就是我们真正需要的一切了。”

她叹口气，转过头来吻了我的脸颊。

“希望如此。我不想远道而来只为死在这儿。”

这句话余音未落，我的目镜亮了。

〈指挥官 1〉：马上到生物部报到。准备执行任务。

013

做完那个诡异的船外之梦，很难再睡个好觉。8 号跟我挤在一张床上，嘴里嘟嘟囔囔说着梦话，还扭来扭去，让我根本没法入睡。我努力了半个多小时后，终于放弃，起身从桌子上拿起平板电脑，去餐厅阅读。这个时间走廊空空荡荡的，只是偶尔有一两个安保。到餐厅时，那里只有我自己。我在远离入口的角落找了张桌子坐下，以防有人会在我看书时从旁边经过，我想自己一个人待会儿。

一落座，我的胃便开始叽里咕噜地叫。显然，它很清楚这是吃饭的地方。我很想成全它，可配给卡里的余额已经清空了，要到早上八点才会重置，也就是说，还有一两个小时。坏的一面？那时我可能已经开始消化自己的肝了。好的一面？我有充足的时间去了解自己其实不怎么想要了解的东西而不被打扰。比如说，过去那些殖民地是如何以有趣的方式被砸个稀巴烂或者一把火烧个精光的。

我没有任何正读到一半的文章，所以花了几分钟的时间在资料档案中检索，可是没有什么特别吸引我的东西。最后，我出于好奇调出了新希望星的档案。自我踏上对暗影笼罩的大离散历史的探索之旅后，还没有专门去了解过这段故事。主要是因为，就像过去三十年间居住在米德加德星上的所有人那样，我已经大概知道发生了什么。

首个滩头殖民地建立二十五年后，新希望星殖民计划宣告失败，失败的原因大体要归咎于一场短暂而野蛮的内战。交战的一方是还健在的最初那些殖民者，另一方是新希望星的第一代新生儿。内战毁掉了他们在这个凶险星球上赖以生存的大部分基础设施。一帮属于年轻一方的难民用尽千方百计，发动了那艘带他们来到这儿的殖民飞船。那艘飞船就像我们现在在尼福尔海姆星的“德拉卡”号那样，大部分时间都静静停留在行星轨道上。不过他们化繁为简，只留下了能勉强维持五年生活的最低限度必需品。没有胚胎、地球化改造设备，也没有农业部。只有生命支持系统、一个循环站，以及最低限度的食物，仅此而已。他们甚至连多余的居住空间都砍掉了。

一番大刀阔斧后，飞船的重量已不及“德拉卡”号出发时的百分之十。飞船剩余的燃料，加上他们从殖民地被破坏的能量站里拼命搜刮出的反物质，刚刚足够支撑他们一路蹒跚地飞向米德加德星。可他们的到来，似乎并没有受到热烈欢迎。

读了一会儿后，我开始缓缓意识到，通过文章中的细节拼凑出的故事面貌，与我在学校里了解到的截然不同。我先前所知的那个故事美化了发动战争的原因，我一直以为这场战争的起因与一般的内战没什么不同，不过是宗教、人种、资源、政治哲学，诸如此类。可这篇文章表明，开战的原因竟是一场争论，争论的中心在于，本地某种长得像乌鸦的飞行物种是值得被保护和尊重的智慧生物，还是值得用香料腌制再慢烤上一个小时的美食。

我想我能明白这场大战为何没有得到广泛关注。如果这种事都能使一个殖民地走向没落，那么恐怕我们距离尸洞也就只有一步之遥了。可我依然拿不准该从这故事中吸取怎样的经验教训……只有一点，那就是事情一旦开始恶化，便很难挽回。

还有十分钟，我就能将目镜对准扫描仪，领取一杯循环酱了，我既期待，又恶心。我开始倒数。这时，我收到了人力部的信息。是每日执勤分配，我被分配到了安保部。需要在八点半前到二号气闸，穿戴整齐，在周界进行配枪巡逻。

这听起来像是8号该干的事情。

我刚要告诉他，便收到了他的消息。

〈米奇8号〉：嗨，7号。你已经在去往气闸的路上了吗?

〈米奇8号〉：实际上，我在想，或许该去执勤的是你。你昨天睡觉的时候我可是差点儿被吃掉。你好好想想。

〈米奇8号〉：我，呃，我可以去，但是……

〈米奇8号〉：快点，8号，你欠我个人情。

〈米奇8号〉：反对，朋友。你回想一下，昨天的剪刀石头布，我可是赢得公平合理，只不过我宽宏大量，没把你脸朝下推进尸洞。似乎你欠我才是。还有，我还没来得及吃早饭呢。

这次任务你去。明天不管什么任务都交给我。

我构思着该怎么回答。不管怎么答，第一句话肯定是“听着，你这个混蛋”。这时第二个窗口弹了出来。

〈CChen0197〉：嗨，米奇。我在今早的执勤表上看到你了。他们也派我去周界。要做个伴儿吗？我觉得我们俩昨天配合得很不错，你说呢？

我正想着该作何回答，8 号又发来了信息。

〈米奇 8 号〉：就这么定了吧？我完全不知道你和小陈昨天搞了什么事情。她跟我聊上五分钟咱们就露馅儿了，对吧？对。那我继续睡了，好吗？记得跟我分享外面发生的事。

他关了对话框。我想重开，还想冲过去把他从被窝里拽出来，拽着他的脚踝一路把他拖到气闸，但是……

但是事实上，他说得对。

〈CChen0197〉：你在吗？

〈米奇 8 号〉：嗨，小猫。是的，我在。正赶在出发前吃两口早餐。二十分钟后见。

✦

“所以，”小猫说，“铠甲没用，但加速枪有用，对吧？”

正在穿雪鞋的我向上看了一下，摇了摇头，继续系我的鞋带。

“我不是要教你怎么做事，小猫。杜甘昨天说得对。你们的激励结构跟我不同。”

“激励结构？”小猫说，“你是说不被外面那些东西撕成肉条的激励结构吗？”

“是的，”我说，“就是这个。”

我从长椅上站了起来，在地上跺跺脚，确认鞋子是否穿牢了。小猫也穿得和我一样，三层白色保温衣，雪鞋。呼吸面罩被她推高架在脑门上。我们的武器依然在架子上放着，可她说得没错，有了昨天的前车之鉴，我的选择绝对是加速枪。

“我不怎么信你的话，”她说，“我看到你昨天的反应了。你一点都不想被那些玩意儿拽走，跟我们一样。我知道你有永生的本事，但你好像自己也不信这一套。”

我看了她一会儿，耸了耸肩，没精打采地走向武器架。“你把手放进过搅拌机里吗？”

她笑了。“什么？没有。”

我从墙上取下一挺加速枪，确认是否充满了电，检查了一下弹药。“为什么不试试？又不会死。他们给你装的假肢会比你的真手更强壮。在医疗部待上几个小时，你就焕然一新了。”

“噢，”她说，“我懂你的意思了。”

“明白了吧，”我说，“即便我知道自己能永生，也不想没完没了找死。死亡是痛苦的，”我把加速枪扛在肩上，戴上手套，“基于此，我自有一套应对爬行者的理论。我觉得它们的目标并不是我们，而是我们的金属，就像罗阿诺克星原住民的目标是水一样。如果我猜得没错，穿着作战铠甲走在外面就是羊入虎口，自己送上门。”

“金属？”小猫说，“它们是动物，米奇。要金属做什么？”

我耸耸肩。“谁知道呢？没准儿它们并不是动物。”

小猫给自己拿了个武器。“我不喜欢这个话题。还是聊聊永生吧。你信吗？”

我看向她。“信什么？”

她翻了个白眼。“信你自己是永生的，米奇。”

我叹了口气。“你听过忒修斯之船吗？”

她停下，思考了起来。“没准儿听过。是用来建立伊甸星定居点的那条船吗？”

“不是，”我说，“不是那条船。忒修斯之船是一条旧地球的木质帆船。它因为中途遇到海难，要被重建……或者可能并没有遇到海难，反正，它需要修理。”

“等等，”小猫说，“帆船？在水上的那种船吗？”

“是的。忒修斯坐着这艘船环绕地球，它可能遇到了海难，也可能没有，但无论如何，它需要一些修缮。”

“我不太明白。是薛定谔的小猫那类的事吗？”

“陈什么小猫？”

“薛定谔的小猫，”她说，“就是那个盒子和毒气？量子叠加什么的？”

“什么？不，我说了，是条船，不是小猫。”

“我听见了，”她说，“我没说你的船是只猫。我是说，这两件事同一个道理，对吧？”

我不得不停下来思考一番。有那么一刻，她的话似乎确实有点儿道理。

可只有一刻而已。

“不，”我说，“不一样。你为什么会这样觉得？”

小猫张嘴想要回答，可话还没到嘴边，通往气闸的内门就开启了，安保百无聊赖地坐在门边，招手示意我们过去。

“小陈，巴恩斯。该你们上了。”

“我们一会儿再聊。”小猫说。

我们把呼吸面罩拉下来。小猫帮我检查了密封阀，我也检查了她的。

“这玩意儿可不等人，十秒钟后就要启动了。”安保说。

小猫扛起她的武器，我们出发了。

✦

“都是扯淡。”小猫说。

我回头看了看她。她并不是在对通信系统说话，在呼吸面罩和尼福尔海姆星大气的共同作用下，她的声线听起来尖而利，音调也比平常高得多。我们正绕着周界行走，穿着雪鞋艰难跋涉，从一座信号塔走向另一座信号塔，等待捕捉入侵信号。外面还有另外两支队伍，均匀分散在这个宽约一千米的环形地带内，而正是这个环形地带界定了人类在这个星球上的存在。我们本应匀速前进，每队人马每六小时绕周界两次。每当我们经过信号塔，它便会对我们进行标记，并将其他队伍的位置更新到我们的目镜里。

“什么是扯淡？”我说，“是我们俩在冰天雪地里绕着穹顶转一天圈？还是我们随时可能无缘无故被爬行者撕个粉碎？”

“都不是，”小猫说，“走走路对你身体有好处，而且我觉得被撕个粉碎本来就是安保部的工作职责。扯淡的是这些，”她挥舞着手臂，幅度之大，似乎能将我们之间的一切都容纳在其中——穹顶，雪地，远山，“这地方本该能住的，记得吗？宜居带，氧氮大气，这个那个的，”她把一大坨雪踹到空中，看着它们碎散开来化作雪云，落在地面之前，在昏黄的阳光下闪烁着光芒，“可这破地方住不了人，米奇。这就是扯淡。”

我张嘴想给她讲讲亚设星将她的故乡子民送到了何处。至少，这个星球没在我们降落之际便将我们置于死地。可她转身走了，所以我想还是算了。我并不是多敏感的人，但我活得够久了，明白如果一个人本就活得苦不堪言，最好别再去给她讲更糟糕的事了。

信号塔环绕周界，间隔百米。当我们漫步到下一个信号塔的时候，我的目镜闪了闪，提示我们的步伐快过了另外两支队伍，需要降速百分之十。

“呃，”小猫说，“我们还得走多慢？”

“他们可能穿了全套铠甲，”我说，“没穿雪鞋。还记得昨天的精彩盛况吗？”

“但是，好吧。”

我的目镜又亮了。指挥官想让我们停下等十二分钟。小猫叹了口气，倚在信号塔上，低头从头到尾打量她的加速枪，然后瞄准了距离我们五十多米外雪地里凸起的一块石头。

“自从在米德加德星学了这玩意儿的操作原理，还没正式用过呢，”她说，“希望我还记得它的用法。”

“瞄准，射击，”我说，“瞄准软件会为你分担大部分的工作，其余就看贯通伤的伤口有多大了。”

她的武器发出“嗡”的一声，又后坐回她肩膀上，刹那间，那块石头的顶部化作了一缕花岗岩烟云。

“耶，”她说，“行得通。”

我本想说，或许应该省省弹药留到关键时刻再用，这时，那块石头边尘埃落地。

那儿蜷着一个爬行者，脑袋从小猫打中的地方露出，后面的几个体节拖在雪中。它的大颚大敞，口须正朝我们挥来挥去。

“小猫？”我说。

“嘘，”她说，“我看见了。”

她小心翼翼地瞄准，加速枪再次“嗡”的一声发射。爬行者的前部体节在弹片雨中消失了，身体也落回雪地里。

“耶，”她说，“这绝对行得通。”

石头四周的雪地开始翻腾。

雪地如同浪花涌动，一浪接一浪，起起伏伏。

它向我们涌来。

“米奇？”小猫说。

大概三十米外，有一只爬行者破雪而出。小猫对准它开火，可那一枪打得十分匆忙，只激起一阵蒸汽和雪雾。爬行者完好无损。我们头顶信号塔的爆燃枪焕发出了生机。它的射线扫过那块石头四周的雪地，瞬间，左右两侧的信号塔也纷纷加入了扫射队伍。蒸汽腾腾，云气翻滚，模糊了我的视线，使我看不清涌来的雪浪。此时，我的武器已准备就绪，但在我开火前，我的左右眼出现了不同的景象。我的右眼看到的是加速枪的方向，加速枪正指向我觉得爬行者的先头部队会奔涌而来的位置。而我的左眼看到的却是身后远方的穹顶。我看到了小猫炸毁的那块石头，爆燃枪将雪化作了蒸汽，升起汹涌澎湃的巨浪。画面扭曲，褪色，了无生机。

云气升腾间，有个画面一闪而过，我看到有两个简笔画一样的人正回瞪着我。

我用力闭上眼，但这时我只能透过目镜看到那幅高度简化的景象。我看到的肯定是某座信号塔发来的，大概如此？我摇了摇头，后退半步。左脚的雪鞋绊到了什么，我感觉自己向后倒下去。在我目镜中的景象里，一个简笔画小人扔下了他手中的卡通步枪，向后踉跄，另一个转动着气球般的脑袋看着我。我现在晃晃悠悠，颠三倒四，可视角并没有改变，那丢了武器的简笔画小人消失在了像素化的雪中。另一个火柴人举起武器，一次又一次地开火，每一枪都在我们的中间地带引起一次小小的爆炸。

我能听到声音，但无法将通信系统里小猫撕心裂肺的怒吼声与另外一个更为冷静柔和却难以理解的声音剥离开来。简笔画小人的瞄准点逐渐提高，那线描的步枪缩成了一个点……

✦

“他醒了。”

那声音很陌生。我花了好久才反应过来，这句话中的“他”指的是我。

“你能听到我们说话吗？”

是小猫。我睁开眼睛，发觉自己正躺在医疗部的检查间里。小猫向我俯身，似乎很担心的样子。

“嘿，”她说，“你听得见吗？”

我花了老半天才攒出一点儿口水，张嘴说话。

“能，”我终于开口，“听得见。发生了什么？”

小猫直起身子，我也试着坐起。可有只手从后面抓住我的肩膀，轻柔地又将我按回床上。

“小心，巴恩斯。移动之前，先让我们确认一下你是否一切都好。”

我回头看，发现眼前是中年秃顶医生长满白色鼻毛的鼻孔。他名叫伯克。

他的出现可并不怎么令人感到安心。因为他杀过我好几回了。

“抱歉，”我说，“我有什么问题吗？”

“不知道，”伯克说，“我在你身上找不到任何物理创伤，你的脑电波目前也十分正常。可从小陈的讲述来看，你就像一袋子面粉那样莫名其妙栽倒了。从医学角度来看，这可不是好事。”

“我们怎么没死？那些爬行者冲我们来了，不是吗？”

“是的，”小猫说，“可不知道为什么它们停了下来。”

“信号塔，”我说，“信号塔在开火，对吗？”

“是的，”小猫说，“信号塔上的爆燃枪比手持式爆燃枪威力大得多。烟气消散之后，周围并没有爬行者的尸体，但或许它们被迫回到地底下了？”

“或许。”我说。但出于某种原因，我并不这么认为。

“或者，”小猫说，“或者是因为我干掉了爬行者的老大。”

我耸耸肩甩开伯克的手，然后坐了起来。“什么？”

“信号塔加入战斗之后，我就看不清前面发生什么了。太多雾气了，你知道吧？所以我抬起头朝上看，看见小坡再上去一点有一个巨大的爬行者从雪地里站了起来。”

这句话吸引了我的注意。“多巨大？”

她耸耸肩。“难说。它至少离我一百米远。可能有其他爬行者两倍大？或者更大？不管怎么说，那是当时我能瞄准的唯一目标，所以我把它崩了。几秒钟后，信号塔停了，爬行者也不见了。”

我将腿挪向桌子的一侧。“它有几副大颚？”

小猫眉头紧皱。“我把它崩了之后，一副都没有了。那之前呢？我没空数。”

我站了起来。那一刻，世界恍惚了一下，随即又重新聚焦。

“你应该在这儿待上一会儿，”伯克说，“这种神经系统问题可不是闹着玩的，巴恩斯。我需要拍片子看看。你脑子里可能有肿瘤。”

我看了他一眼，然后摇摇头，从转椅上拿起衣服。将我带进来的人把我的衣服扔在了那儿。

“我没肿瘤。”我小声咕哝道。

“你知道？”伯克说。

“我们之前聊过这个，”我说，“你不记得了吗？肿瘤的生长需要很长时间，而我只活了一天半。”

他脸上的肌肉抽搐了一下。我想他这下记得了。

“好吧，”他说，“不是肿瘤。但再让我做个检查。”

他在抽屉里翻找一番，然后拿出一根细棍，它一端看起来像个吸盘，另一端则像个读数器。我正把T恤衫从脑袋上往下套，他走了过来，一只手放在我的肩上。

“别动，”他说，“看天花板。”

我无奈地叹了口气，将白眼翻到翻不上去为止。伯克用一只手托住我的后脑勺，将棍子的一头按在我的左眼上。

“哎呀。”

“噢，你又不是小孩。一秒钟就好了。”

小棍“哔”了一声，他将它拿开。“哈。”他说。

小猫向前一步，越过他的肩膀去看读数器。“这是什么意思？”

他转过身看向她。“看起来他的目镜在过去的一小时里曾有过电涌。你该去检查一下了，巴恩斯。这东西直接和你的大脑相连，你知道的。目镜坏了可是很危险的。”

“好吧，”我说，“你能帮我检查一下吗？”

他摇了摇头。“我只管得了湿件[①]。这种事需要生物电子学家。”

当然。

“谢了，”我说，“我一定会把它搞定的。”

✦

“那么，”小猫说，“你在外面到底怎么了，米奇？”

我们位于第二层主回廊，靠近循环站的地方。我明白为何它和医疗部挨在一起，可走向大门的时候，还是感到毛骨悚然。

“不知道，”我说，“我断片了。”

果真如此么？我记忆中那卡通版的自己和卡通版的小猫，感觉越来越像是大脑电休克断片前的画面，可是……

“我觉得你该看医生了，”小猫说，“可我猜你刚看过，不是吗？你会听伯克的话，找人看看你的目镜怎么了吗？”

“或许吧，”我说，“我下午有事要办，但有机会的话会看看明天能否找人预约一下。”

“这情况好像越早处理越好，但你自己说了算。”

“谢了，”我说，“我会考虑考虑的。”

这是谎话。关于这件事，我能想到的都想过了。就像伯克说的那样，植入式目镜与我们的视觉神经紧密缠绕，连接着大脑的七八个部位。你根本无法简简单单地取出来然后放个新的进去。目镜失灵的话，只能做一台漫长而棘手的显微外科手术，

① 人机交互中指人脑。

装个替代品。

不知为何，我觉得没人会为我费那个劲，与其这么做，还不如干脆让我来个再生舱之旅。

我们走到了中央楼梯。我向前一步，然后回头，发现小猫并没有跟上来。

“我还要执三个小时勤，”她说，“阿蒙森说我可以来确认一下你的情况，但我现在要回去了。”

“噢，”我说，“他们需要我吗？”

小猫勉强笑笑。“你忘记刚刚发生过什么了吗？不，现在不需要，短时间内大概也不需要。安保部对会在打仗时吓晕过去的人不是特别有兴趣。”

呃呦。

“我不是吓晕过去，”我说，“是我的目镜坏了。我眼前出现了一些奇怪的画面……”

她挑起一侧眉毛。“一些画面？”

“是啊，”我说，“我当时……”

我忽然意识到，或许不该告诉小猫自己看到了什么。我不想让她觉得我疯了。

我不想去思考，如果我没疯的话这一切意味着什么。

“我不知道，”我说，“反正是一些奇怪的东西，可我绝对没吓晕。”

小猫现在看起来很不舒服。“没关系的，米奇。你不是第一个在枪下感到恐慌的人。”

“你这么想吗？”

她看向别处。“我怎么想不重要，不是吗？一会儿见，米奇。”

✦

与小猫分别之后，我路过餐厅，又吃了一份循环酱，然后回我的床位去。我还能做什么？到那儿的时候，我发现 8 号正坐在床上，膝盖上放着我们的平板电脑。

“嘿，”他说，“你回来得挺早。”

我一屁股坐在椅子上，开始解鞋带。“又被攻击了。又差点儿死了。这次受伤去了医疗部。他们建议我回来告诉你，从现在开始，我们的任务应该平分了。”

8 号把平板电脑放在一边，伸了个懒腰，站了起来。“啊哈。好吧，既然你回来了，那我就去给自己弄点儿东西吃。你给我留了多少配给？”

“说不好，”我说，“可能还有九百千卡？”

“不错，”他说，“我会统统吃掉。”

还没等我抗议，他已经出门了。

“别，”他头都不回地说，“我可刚从再生舱里出来。”

“嘿，”我对着他离开的背影说，“把绷带绑回去，好吧？”

他挽起袖子给我看。绷带还在，可是歪歪扭扭的。我又张嘴想说点什么，可他白了我一眼。

“别担心，”他说，“如果有人问，我就说我恢复得快。”

他走后，我爬到床上拿起平板电脑。他在阅读关于亚设星的文章。我花了五秒钟的时间思考，为何他会沉迷于跟我同样的东西？可我马上记起，不这样才怪，他本来就是我。

好吧，其实他是六周前的我。出于某些原因，这六周似乎让一切天翻地覆了。

关于这个问题，我已经思考了一阵子。亚设星的远征有个值得注意的特点：他们面对的情况与我们并没有很大差别。他们的目标星球过分炎热，生命无法在此繁衍。而我们这个星球虽然没有冷到活不下去，也差不了多少。如果能更好地读取大气中的氧气含量，米德加德星的任务规划者们或许能认识到，尼福尔海姆星的生物环境不过是能勉强维持而已，但我想，隔了七光年也只能如此了。

我克制不住地去想，如果这个地方再糟糕一点，比如再冷几度？氧气再少一些？或者大气中有真正的有毒物质，我们会怎样？我们带了许多地球化改造装备，可地球化改造的进程实在是慢到令人发疯。我读到过,不少殖民地都曾面临同样的窘境。有些殖民地会选择重组，补充燃料，寻找另一个目标。有些选择在轨道上等待，把地球化改造设备空投下去，让它们自己慢慢把活干完。

有些则干脆放弃，到此为止。就像亚设星那样。

在那些选择坚持下去的殖民地中，最后成功的一只手就数得过来。在适宜生存的星球上建设一个殖民地已然不易，在条件恶劣的星球上更是几近无望。

那尼福尔海姆星情况如何呢？我想时间会证明。

我正思考着，假如形势江河日下，对我来说意味着什么，这时我的目镜亮了。

〈红鹰〉：嗨，小米。听说你今天不大顺利。我四点下班，想一起吃晚饭吗？我请你。

答案当然是太他妈想了，可此时却又有另一个念头与它拉扯着，那就是，你怎么请得起？还没等我想好要怎么回答，另一条信息跳了出来。

〈米奇 8 号〉：当然。一会儿见，兄弟。

噢，去你的。我打开一个私人对话框。

〈米奇 8 号〉：不，你不能，8 号，这顿饭是我的。

〈米奇 8 号〉：再生不容易啊，7 号。我需要真正的食物。今天你卡上还有三百千卡呢。我都还给你。

〈米奇 8 号〉：听着，朋友。过去二十四小时，我差点儿死了两次，而你呢，一直都在睡觉。你再逼我，咱们就二十分钟后在循环站见，这次动真格的。

〈米奇 8 号〉：喔唷，你也太激动了。

〈米奇 8 号〉：不开玩笑，8 号。如果你三点四十五之前不回来，咱们走着瞧。

〈米奇 8 号〉：……

〈米奇 8 号〉：所以呢？

〈米奇8号〉：好吧。好吧。你去吃你的大餐，你可真是个巨婴。天哪，我等不及看你被怪物吃掉了。

014

“随便挑吧，”博托说，“想吃什么都行，兄弟。”

我的眼神飘向兔肉。

“在合理范围之内选择，”他补充道，“你知道的，我的配给也不是无穷无尽的。”

我环顾餐厅。现在吃晚餐还为时尚早，因此餐厅并不拥挤。但大门附近坐了一桌人，似乎都是安保部的。其中一人与我对上了眼，然后对着朋友们说了些什么，整桌人都笑了起来。

不错。现在大家都觉得我是个怕死的消耗体。我已沉在了社交食物链的最底层，我对此深信不疑。

“喂，”博托说，“你在听我说话吗？”

我转向服务台。“给我个上限，”我说，“说实在的，他们有什么，我就能吃掉什么。”

博托低头看向柜台，挠了挠后脑勺。“这样吧。一千千卡以内，好吗？”

我瞪着他。“一千？你不是认真的吧？”

“是啊，”他说，“就像之前说的，兄弟。你是我最好的朋友。我不该对你撒谎。这就是我道歉的方式。”

他依然在骗我，但这一刻，我一点儿都不在乎了。我点了土豆、炸蟋蟀，还有一小碗生菜碎和番茄。这加在一起只有七百千卡，所以我又浇上了一份循环酱。勤俭节约不浪费，对吧？我的托盘从分配机中滑出来的时候，我看到博托也在点菜。

他点了兔肉。

“博托？”我说，“伙计，你他妈什么意思？”

他笑了。“你不会真觉得我会为了你饿死自己吧？拜托，米奇。我是很内疚，但没那么内疚。我不是要给自己上刑，而是想跟你共富贵。”

我们总共花了两千四百千卡。博托将目镜对准扫描器。绿灯亮起。

“老实说，”我说，“这，他，妈，到，底，怎，么，回，事？”

博托笑了，嘴咧得很大。“记得我上次开飞掠机带你兜风吗？”

噢，天哪，我当然记得。

“嗯，”我说，“我记得。”

他的托盘弹了出来。我们拿上各自的食物，向餐厅后方的一张桌子走去。走的时候我能感觉到安保部那个家伙落在我后背上的目光。

“那时我们飞过了山脊线，你记得吗？大概在穹顶以南二十千米的地方？”

其实，那趟旅程在我脑海中一片模糊。我完全不知道他在说什么，但为了让对话继续下去，我点了点头。我们坐下来，他立刻狼吞虎咽地吃起了兔肉。

“山脊顶端有一块岩石，”他用塞满了肉的嘴巴说，“我们飞了过去。你记得吗？”

此刻我觉得一切荒唐至极。“不，”我说，“我真的不记得了。”

他耸耸肩。“无所谓。想象一下，有这么一块尖锐的花岗岩巨石，大概三十米高，旁边还有一块稍矮些的石头朝它斜过去。它们的底部相距约十米，向上越靠越近，在最顶上贴在一起。”

“好吧，”我说，“我大概能想象出来了。”实际上，形容到这儿，我确实记起了他描述的地方。当时我觉得那个地方很适合进行抱石攀岩。

但显然，说这话的时候爬行者尚未出现。

“没错，”博托说，“过去几周，我见谁就跟谁说，我觉得我能开飞掠机穿过那个缝。这听上去有些疯狂，对吧？我的意思是，即便是让飞掠机转上九十度，机翼与上下边缘之间的距离都不会超过半米，除此之外，这转弯还要在十分之一秒内完成。”

“是啊，”我说，“这听起来的确很疯狂。所以呢？”

“所以，”博托说，“所有人都觉得这是疯了。我让大家打赌。”

他停下来，咬了一口食物，但我已经不用听下去，就知道他想说的是什么。

“你成功了？”

“是的，”他边说边笑，自那场该死的锦标赛后，我就再也没见过这种笑，“我的确成功了。我总共弄到了三千千卡。还不赖吧？”

“你……”我开了口，又不得不停下来整理思路，“你可能会死的，博托。”

“有这个可能，”他说，“但我没死。”

我把叉子放在托盘旁，手攥成了拳头。“你这是冒了丢掉性命的风险啊。你为了两天的配给，就能冒丢掉性命的风险。”

他的坏笑消失了。“嘿，”他说，“放轻松，兄弟。没什么大不了的。”

“没什么大不了的？博托，你能为了点儿该死的卡路里豁上性命，可为了我，却什么都不肯付出。”

博托的脸拉了下来。他瞪着我，我也瞪着他。

这时我才发觉，我好像本来不该知道自己说的这些……或者，等等，好像该知道？上帝啊，现在我连自己撒的谎都理不清了，就更别提博托的谎言了。

“米奇？”博托说，“你这话具体是什么意思？”

我张嘴想要回答，却还是合上了。

“你刚从再生舱里出来，”他说，“不是吗，米奇？”

我看向别处。那桌安保里有一个人在瞪着我们。

“是啊，博托。你知道的。”

“我以为我知道，”博托说，“但不得不说，你这话让我有些怀疑我到底知不知道了。”

我叉起一块土豆放到嘴里嚼了起来。这是我两天以来吃的第一顿固体食物。我没有想象中那么享受这顿饭，这简直是种犯罪。我想了五秒，决定要跟他坦白，然而在这五秒间又改了五六次主意。当我看向博托时，他正一边缓慢咀嚼食物一边眯着眼看我。“我没死，”我想象自己将这话说出口，“你把我留在了那个该死的裂隙里，但我没死。”他又咬了一口兔子肉，我又在想象中补充道：“或许我当时该用两天的配给来换你救我，对吗？”我为真正开口说出这句话做着心理准备，可这时，那个一直盯着我们看的安保从桌前起身，开始向我们走来。

我知道他是谁，大概知道。他叫达伦。作为一个殖民地居民，他算是大块头了。他和博托差不多高，但要比他重上大概十千克。他的黑发剪得很短，下巴上长着一簇奇怪的卷须。他不傻，能被选中参与这次远征的人都不傻，但他给我一种小人得志的愚蠢感觉。他在距离博托一两步远的地方停下，两臂抱在胸前，头撇向一边。

“嘿，”他说，“两位绅士是在享用我们今晚的配给吗？”

博托回头看，然后往嘴里塞了一块兔肉，故意慢慢嚼。

“是啊，”说这话时他嘴里塞满了食物，“说的正是。”

达伦的脸气愤地扭曲起来。“你是个混蛋，戈麦斯。今早你差点和我们唯一能用的飞掠机同归于尽。”

博托耸耸肩，转向我，又咬了一口。

“反正没了我，飞掠机也就毫无用处。纳莎只会开有重力网的东西。”他咀嚼，吞咽，然后用袖子擦了擦嘴，“不管怎么说，你要是真想守护殖民地财产的话，为什么还下赌注？没人赌的话，我才不会那么做呢。”他又笑了起来，抬头看看我，挤了挤眼睛。“噢，我开什么玩笑呢。我当然还是会做。这个地方太无聊了，那一趟飞得可真够爽。”

飞得可真够爽。我对此毫不怀疑。我咬紧牙关，牙几乎都要咬碎了。达伦的眼神转到我身上。

“你怎么了，巴恩斯？”

我不敢开口回答，生怕会从语气里暴露些什么。达伦皱起眉头，向后退了半步。

“老实说，”他说，“你要是想说什么，就说。要是不想说，就别摆出那种表情。”

“走开，”博托说，“米奇这两天过得可不容易。”

“是啊，”达伦说，“我听说了。他昨天害死了我们两个兄弟，今天又在战斗中掉链子，一天之内让小陈救了他两次。我很同情你，兄弟。”

博托把他小心翼翼剔着的那块兔骨头放在了托盘上，两手在桌子上平摊，收起了他的坏笑。

“起开，达伦。”

“去你的，戈麦斯。我晚饭吃的可是循环酱，我现在没心情去——”

他停了下来，因为他做了一个极度错误的选择，那就是搡了博托的后脑勺一下。就像我说的那样，达伦是个大块头，还是个安保，所以他大概已经习惯了别人忍气吞声。

而据我了解，对于这种事，博托可从来不会忍气吞声。

博托推开桌子起身，后腿为轴，一个转身就将他刚坐的那张长椅狠狠抡在了达伦的迎面骨上。

博托球打得好不是没有原因的。与其他同样又高又瘦的人相比，他的速度快到令人难以置信。达伦都还没抬手，博托的第一拳已经打到他的左脸上，并且将他揍倒在地。

这个时候，这场标准的中学生吵架，已经转变为一场暴乱。

达伦努力起身时，我刚站起来绕过桌子。他刚用一只膝盖撑起来，博托就一脚踹在他的肩膀上将他踹趴回去。博托的另一只脚还在空中，可忽然有一个和达伦同一桌的安保起身猛扑向他，把他脸朝下按在了我们的桌子上。桌子被一下推出半米远，我不得不跳到一边免得被桌子带倒。博托扭动着试图脱身，可又扑上来两个安保，从他身下将他的两腿踢开，又从身后钳住了他的胳膊。我尽力用健全的那只手去抓其中一人的肩膀，可这时却被某个人拽住了领子，他猛地将我拽倒，我脸朝下摔了下去，他用一只膝盖顶在了我的背上。一把电击枪抵住了我的后颈，这是我能想起来的最后一件事。

✦

"解释一下吧。"

我看了一眼博托。他正盯着指挥官脑后墙上的一个点。五秒尴尬的沉寂后，我张口："这是个误会，长官。"

马歇尔合上眼睛，我看到他松开了咬紧的牙关。当他再次睁开眼的时候，嘴抿成一条线。"误会，"他说，"这就是你对今天下午事件的定义吗？戈麦斯先生？"

"不，长官，"博托说，"我相信，这起事件的每个参与者都很清楚到底发生了什么。"

"我懂了，"马歇尔说，"那么，所有人都清楚的这件事，到底是什么？”

一丝无法抑制的微笑爬上了博托的脸。

“大概就是，那些安保对自己糟糕判断力带来的后果感到不满，其中一人决定攻击无辜的旁观者来撒气。”

“呵，”马歇尔说，“德雷克先生攻击你了吗？那么为何，你完好无损地站在这儿，而他却颧弓骨折，躺在医疗部了呢？”

博托耸耸肩。“我说他攻击我，但没说他攻击得有水平。”

马歇尔怒容更盛，转头看向我。“你同意戈麦斯对这起事件的描述吗，巴恩斯先生？”

“基本同意，”我说，“达伦自己走过来跟我们说话。我们看都没看他。他显然是因为晚饭不得不吃循环酱所以心情不怎么好，想把气撒在我身上。可事情发酵起来后，他似乎又感到意外。我不知道他为何会这样。我的意思是，是他先对博托动手的。”

马歇尔的脸扭出一副狰狞的怪相，简直像是吃了狗屎一样。

“好吧。我真想给你们点儿惩罚，这可是你们俩在二十四小时里第二次双双出现在我办公室了。可很不幸的是，监控录像似乎也为你们的解释做了背书。显然，是德雷克主动接近你们。是他先将手伸向戈麦斯，才被打了个落花流水。实话实说，我没想到我们的安保队竟然如此不堪。”他没解释所谓的不堪是指判断力还是打架技巧，而是向后靠在了椅背上，双臂叠在胸前，“可我很好奇。为何你们两个人大快朵颐的时候，德雷克却在吃循环酱呢？如果我没记错的话，昨天我缩减了你们俩的配给，而他却每天都能分到两千千卡。”他若有所思地捋着自己的下巴，“究竟出于什么原因，他会怪到你们身上？”

博托飞速瞟了我一眼，但我不知该说什么。

“难说，长官，”他说，“可能是他早餐吃得太丰盛了？”

“我知道了，”马歇尔说，“也就是说，这事儿完全与你们无关？”

他敲了一下桌子上的平板电脑，我的目镜即刻跳出了一段视频。我眨了眨眼，视频开始播放。是博托驾驶飞掠机冲向积雪的山脊顶端那堆乱石的视频，远距离拍摄，十分模糊。那石头的形态跟我记忆中差别不大，两块石板从一块巨石上升起，三者组成了一个窄窄的三角形。从这个角度来看，要穿过那个缝隙几乎不可能，即便我知道他最后成功飞过了，这画面还是让我的胃抽搐起来。博托拉高了大概一百米后，略微调整高度，在最后一刻将飞掠机横滚，只刮掉了一点漆就顺利通过。

“噢，”博托说，“你们拍下来了。”

“是的，”马歇尔说，“我们拍下来了。我们正处在高度警戒状态，戈麦斯。我们损失了不少人员，已经没剩多少条宝贵的性命可供挥霍了。因此，我们密切关注着一切动态。你的一举一动，我们尽收眼底。那么此刻，你能解释一下，既然你已经意识到我们的人力和资源都十分匮乏，为何还要冒生命危险，更重要的是，以两吨无可替代的金属和电子元件为筹码，去做这么个孩子气的特技表演吗？”

博托依然沉默地盯着那堵墙。马歇尔看着他，似乎看了很久很久。

“好吧，”马歇尔终于开口，“我很清楚你显然是拿这事打了赌。再对你解释过去两天里你触犯了多少规定已经毫无意义，因为你根本不在乎。”他向前倾，手肘撑在桌子上，然后叹了口气，“现在我不知道该拿你怎么办，戈麦斯。将你禁足代价太大了，尽管这对你来说是最轻的惩罚。很可惜，鞭刑并不是联盟的标准行为准则许可的惩戒手段。”他暂停，转向我，“巴恩斯，你有什么建议吗？”

我的目光迅速掠过博托，回到马歇尔身上。“我吗？长官。没有，长官。”

马歇尔又叹了一口气，靠回椅背上。“我的选择不多，我想最好的选择，就是增加你的工作量，减少你的食物配给。戈麦斯，接下来的五天，除了你自己的任务，你还将接手阿贾亚的空中任务。这应该至少能让你别再去找麻烦了。除此之外，我要将你的配给再减少百分之十。这对你来说应该不是个问题，因为你也不会有太多时间吃东西了。还有，我要取消你的转账接受权，免得你再想出什么主意去诈骗其他殖民地居民。”

“长……”博托开口，可第一个音节都没吐完，就被马歇尔打断了。

“别再浪费唇舌了，戈麦斯。我说过了，就你的所作所为来说，这是最轻的惩罚。再逼我，我或许就要对你制造的问题拿出更极端的解决方案了。”

博托似乎有话要说，可我看得出，他犹豫了一下，又把话咽了回去。他将目光重新锁定回了马歇尔脑后的那个点，“是，长官。谢谢，长官。”

“好极了，”马歇尔说，“去吧。”我们起身正要离去时，他忽然开口：“噢，巴恩斯？我不知道你是如何参与到这起事件当中的，但我想你大概脱不了干系，所以你的配给也减少百分之五。”

我转身向他。“什么？不行啊！”

“百分之十，”马歇尔说，正当我要再次张嘴的时候，他说，“想调到十五吗？”

我的下巴“咔哒”一声合上了。

“不想，长官，”我说，“谢谢，长官。”

015

“又减了百分之十？拜托，7号！别这么对我！”

“首先，”我说，“不是这么对你，而是对我们。其次，不是我要这么对你。如果你想抱怨，冲博托抱怨去。是他抢了安保部大半配给在先，然后又在餐厅把他们的人狠狠揍了一顿。”

8号一屁股跌坐在床上，将脸埋进手里。“我受不了了，7号。自我从再生舱里出来，就没得到一点儿恢复。你也清楚吧，我这副身体诞生至今，还他妈一口正经食物都没吃上呢！从睁眼到闭眼，我脑子里只有吃这一件事。我们现在还剩多少？每人七百二十千卡？我做不到，我真的做不到啊。”

“对不起，”我说，“说真的，我知道你现在有多痛苦，可我也无能为力。除非咱们现在去尸洞，不然的话，我们就得面对。”

他抬起头。“实话说，7号。我觉得，尸洞这个主意现在听起来似乎越来越好了。”

我猛地一屁股坐进写字桌旁的椅子，脱了鞋，把脚架在他身边的床上。

“或许有一天事情会发展到那个地步，伙计，但不是现在。这样吧，今天余下的所有配给都归你了，还有，呃，明天给你九百？这样帮得上你吗？”

他呻吟。

“听着，”我说，“这也就意味着，接下来的三十六个小时里我就只有五百四十千卡了，在博托挑起这场小型暴乱之前，我可连晚饭都还没吃完呢。我知道你现在已经快饿死了，但我也不是开开心心去野餐啊。”

他叹气，翻了个身，平躺着。

“我知道，”他对着天花板说，“我知道你也不容易，很感激你这份提议。你是个好人，7 号，当我最后趁你睡着掐死你并吃掉你尸体的时候，会为你感到难过的。”

我还没想好要怎么回答，目镜就亮了。

〈黑蜂〉：你好。在休息吗?

还没等我回复，8 号便先发制人。

〈米奇 8 号〉：是啊。你今晚不是有飞行任务?

〈黑蜂〉：本来有，但现在没有了。他们好像把接下来几天的飞行任务都给博托了，我也不知道为什么。所以在有新通知前我都很闲。想见面吗?

〈米奇 8 号〉：当然了。

〈黑蜂〉：棒棒。十分钟后见。

“不好意思，”8 号说，“你得出去了。”

“喂。”我刚要开口便被他打断。

“不，7 号。别。我需要这个。我真的需要。我说要在你睡觉时把你掐死只是开玩笑的，但如果你想跟我在这件事上争，我发誓一定会弄死你。”

我意识到，此刻我心里升腾起一股愤怒，这愤怒与他说了什么无关。

我意识到了，但我不在乎。

“听着，”我说，“我知道你经历了很多，你这个他妈的巨婴，但你真的越来越过分了，知道吗？我这两天出生入死，执行危险任务，可你在这儿呼呼大睡。我出于一片愚蠢的好心，把我们接下来两天配给的四分之三都给了你。你刚从再生舱里出来，好吧，你很饿——可我也很饿，我今天可是差点儿命都没了。我怎么不记得再生舱里有什么会让我们变得这么好色？所以，如果你坚持要这么做，我们不如现在就一起去马歇尔办公室，彻底做个了断。”

他瞪了我足有五秒钟，微微张了张嘴。

“等等，”他终于开口，“什么？你觉得我是图色？”

这让我犹豫了。“呃……不是吗？”

他呻吟了一声，从床上坐起，双手揉脸。“我的天哪，7 号。我刚才没跟你说，我已经快要饿死了吗？你觉得我还有精力去搞这搞那吗？纳莎就算来了，我也不会让她把连体服脱下来的，你这个傻子。我要想办法哄她给我分点儿吃的。你已经从博托那儿搞到吃的了，我不管你为什么没吃完，反正你得把这次机会让给我。”

就这样，愤怒消失了。

“噢，”我说，“好吧。”

“好吧。然后呢？”

我瞪着他。他也回瞪我。几秒钟后，他翻了个白眼，指指门口。

“好吧。”我又说了一次。

我穿上鞋，离开了。

✦

关于饥荒，有一个好玩的故事。每个人都知道，伊甸星是最初的殖民地，对吧？旧地球第一个成功播撒子民的地方。可并不是每个人都知道，在伊甸星建立滩头殖民地，实际上是我们的第二次殖民尝试。

第一次尝试的飞船名为“郑石氏”号[1]，那艘船是在第二次任务开始前四十年起飞的，也就是“气泡之战”结束后二十年左右。那次任务，是我们这个物种穿越日球层顶的首次绝望尝试，而它就像大部分的首次尝试一样，进展得并不顺利。那艘飞船没有循环站，引擎也远不如我们的高效，而即便从现代的标准来看，从地球飞往伊甸星的旅程也十分遥远。他们希望能

① 郑石氏（Ching Shih，1775—1844）：中国著名女海盗，极盛时船队拥有上百艘船，她也是《加勒比海盗》中清夫人的原型。

用二十年的时间完成旅程，并以舰载农业支撑这一路的生存。

考虑到他们面对的生存环境，使用的原始科技，再加上对相对论速度下星际环境对人所产生的影响几乎无知到令人发指的程度，能撑那么久真的已经很了不起了。航行到差不多十二年的时候，他们开始种不出庄稼了。从回传数据来看，他们从未真正搞清楚到底发生了什么。我读到的他们最接近现实情况的猜测是这样的：植物承受着辐射带来的累积伤害，伤害逐代叠加，直至变异过多，导致有机体不能继续维持生存。“郑石氏”号的力场发生器不如我们的高效，而他们的农业部位于飞船的前三分之一处，很显然，他们觉得只有人类才真正值得庇护，因此那些可怜的植物一直都在承受严重的辐射打击。

星际空间中的灾难有一个特点：有些发生得极快，有些却极为缓慢，可不管是哪一种，都真的足以将你狠狠置于死地。“郑石氏”号死得就很慢。值得一提的是，他们对整个过程进行了记录，即便是在一切已明显彻底无望的时候，他们为了保证下次任务不犯同样的错误，还是进行了记录。有一年，他们大幅削减了配给，并这样度过了大半年时间。直到有一天，他们发现仅靠削减配给已经远远不够，于是任务指挥官下令，征集志愿者，将他们从热量消耗者转变为热量来源。

饥饿伤人。她收到了不少报名，数量多到令人惊讶。

她花了三年的时间，才终于能直面这样一个事实：即便将机组人员的数量缩减到能维持飞船运行的最低标准，甚至在旅程终点有可能将储存的胚胎拆包解冻，这次任务也还是不能成功。那个时候，他们的农业部已经几乎颗粒无收，而任务计划中，农业生产的作用不仅仅是为机组成员提供食物，同样还是碳循环中的重要一环，因此各方面都开始出问题。当最后十二位机组成员关闭飞船引擎，脱到仅剩内衣，迈出主气闸门的时候，他们距伊甸星还有四年路程。

“郑石氏”号依然在某处，以零点六倍光速穿梭在虚空之中，我想那十二个本该成为殖民地居民的机组成员也是如此。我有时候会好奇，是否有一天，有人会在某处看到他们匆匆掠过，又是否会好奇他们急着要去哪儿……还有他们为何没穿连体衣？

✦

住在这么一个充斥着有毒大气和凶狠生物的星球上，在这么一个老鼠窝般拥挤的穹顶中，一旦你被从房间里赶出来，就没有太多地方能去了。我们没有戏院，没有咖啡店，没有公园、广场，也没有“出去玩”这一说。我们有的大多数空间都是工作场所，要么令人不适（比如污水回收再利用装置所在地），要么环境险恶（比如安保部待命室）。要是你能看着大部分作物奄奄一息的生长状况，还不会因此感到抑郁的话，农业部也许是个好去处，但除非有任务分派，其他时候那里都不怎么欢迎我，因此去那儿也行不通。

我别无选择，于是向餐厅走去。

晚餐快结束了，因此我想，餐厅里不会有太多人，但进门时，眼前的萧条还是让我震惊。最里面有一桌四人，正戳弄着摆在中间的两盘土豆。有一个人独自坐在对面角落,我好像认识,他是生物部的，正边咂着类似循环酱奶昔的东西，边低头盯着平板电脑。他的名字叫海史密斯，勉强称得上历史爱好者。我们曾经对比大离散和旧地球人类最初走出非洲，进行过一次有趣的对话。他的大多数想法都是错的，但我对于指出他具体错在哪儿乐在其中。

我极为短暂地考虑过要不要问他是否想有个伴儿，但很快又意识到，我已经没有配给了。坐在他餐桌对面，面前空空如也地跟他对话，这会多么奇怪。因此，我在靠门处找了张长椅，在桌前坐下,离他和其他人都远远的。我拿出平板电脑开始浏览，想让自己分分神。

看了十分钟，也没什么有意思的东西，于是我决定回到老路子，读一篇讲述旧地球格陵兰岛的维京殖民地因何失败的文章。事实证明，他们面临的情况与我们在许多层面都十分相似。他们曾试着在寒冷严酷到传统作物根本无法生长的地方建立一个可持续的社会。他们与充满敌意的当地原住民搏斗。我想他们的头儿也不是什么善茬。

最后，他们饿死了。

这结局让我又想到 8 号和纳莎，8 号躺在我们的床上，抱怨自己饿到肝都快被消化掉了。而纳莎呢，大概一腔热情地去了我的房间，可迎接她的，却只有一个祈求她为自己买点吃的东西的他，也就是我。

吃的东西。

他们会去哪里找吃的东西呢?

这想法刚一冒头，我就站了起来。我踢翻了身后的椅子，正读着平板电脑的海史密斯抬起头，看见我夺门而去。已经过了多久？8 号又需要多长时间说服纳莎带他到餐厅来？这一路，他们又要走上多久？我不知道这些问题的确切答案，但忍不住想，估计他们很快就会过来。我呼叫 8 号。

〈米奇 8 号〉：你在哪儿？

〈米奇 8 号〉：去餐厅的路上，怎么？

〈米奇 8 号〉：具体在哪儿？

〈米奇 8 号〉：中央楼梯下面。到底怎么了，7 号？

十秒后，他们便会出现在转角。

或许不到十秒。

没关系。我有时间。我甚至不必跑，真的，只要快点走到走廊的下个拐角，转个弯就好。大功告成，我靠在墙上，深深吸了口气，又缓缓吐出。要是我的大脑刚才没有转到这儿该怎么办？要是纳莎和 8 号一起走进餐厅，看到我坐在那儿读平板电脑，会发生什么？

说到这里，海史密斯看到我夺门而出后，不到二十秒，就伴着纳莎再次从这扇门走了进来，他会怎么想？

呃。和纳莎一起，还穿着不一样的衣服。希望他没注意到。

还是别再想了。更重要的是，我现在该去哪儿？

我不能回房间，合理猜测一下，8 号肚子里有点儿东西之后，他们大概就会回到那里。

我脑海中飞速掠过一个想法，那就是去纳莎的床位。她和农业部一个叫楚迪的女人共享房间。楚迪为人十分友善。如果我告诉她我在等纳莎，她大概会让我待一会儿——然后纳莎就真的会出现，大概还会好奇我怎么会比她更快地回到这里，以及我在这儿干什么。

嗯，这行不通。

那么，穹顶就只剩最后一个能去的地方了。幸运的是，那个地方有极大的概率是空荡荡的。

我叹气，打起精神，走向了健身房。

✦

健身中心并非滩头殖民地的标准配置，我们配了一个，是因为耶罗尼米斯·马歇尔坚信，健康的身体是健康伦理道德的重要组成部分。

事实上，在穹顶，只有这儿无论昼夜都空无一人，从这一点不难看出，不管耶罗尼米斯·马歇尔怎么想，承受饥荒的人最不想做的就是锻炼身体。

事实上，我甚至都不知道健身房到底在哪儿。因此，我不得不用目镜打开地图寻找它的方位。我发现它就在循环站所处的走廊尽头，此刻这位置让我觉得有种奇怪的恰到好处感。

我绕了个远路，沿着从中心辐射的走廊向外环走去，然后又绕了穹顶半圈，才抄直线回来。我想，这样大概不会碰到什么要去餐厅或是去农业部执勤的人吧，可还是碰到了六七个。

相遇时，我觉得他们都目光诧异地看着我。是我心里有鬼吗？或许吧，又或许是他们刚看到 8 号和纳莎一起经过，所以明白了事情的原委，一等我离开视线他们就要和安保部联系。

多重身的状态才维持了不过两天，我已经受不了了。

健身房终于到了，我小心翼翼把门推开，像被什么人追赶一般，迅速藏了进去。进门后，我重重地把门合上，闭上眼睛，将额头贴在了门那凉飕飕的塑料表面。

“出什么事了吗？”

我猛地转头，心也沉了一下，有那么一瞬间，我以为自己就要死了。这算不上什么正经健身房，只是一个比我的房间大两三倍的地方，有一排跑步机，一个引体向上用的杆子，还有六七个哑铃。

这里并非空无一人。

实际上，某台跑步机上有个女人。这时，她正双脚分开站在跑步机两侧的边缘上，转身向我，跑步机的传送带在她身下滚动着。

几秒钟后，我才反应过来，这是小猫。

我们俩面面相觑。她关了跑步机，下到地上，双臂交叠在胸前。

“你在这儿干什么？”我终于问出口。

她翻了个白眼。“你确定该问这问题的人是你吗？”

我闭上眼睛，吸气，呼气，直到脉搏落回正常水平。再次睁开眼睛时，小猫的表情从疑惑转向了关切。

“对不起，”我边说边三步穿过房间，转身坐在最后一个跑步机上，“我今天过得真是够奇怪的。”

“是啊，”她说，“我懂。你要回去看医生吗？你现在看起来有点儿抓狂。”

“不用，”我说，或许答得有些过分迅速了，“不，我很好。我觉得，我只是想……一个人待会儿，你有些吓着我了。我没想到真的会有人来这儿锻炼。”

她笑了，垂下双臂，走过来坐在我身边。“有道理。”

我转身看向她。她的头发在脑后梳成一个高高的马尾，这会儿没穿作战防护铠甲，而是穿了件灰色紧身衣。不知为何，那紧身衣穿在她身上很合适。她没怎么出汗，因此我猜测她刚来不久。

“说真的，”我说，“你来这儿干什么？你知道我们正在闹饥荒吧？”

“是啊，”她说，“我了解。”

“所以呢？”

她叹了口气。“吉莉恩·布兰奇是我的室友。”

“噢，”我说，“谁是吉莉恩？”

她愤怒地看着我，眼神犀利。“对你来说，我们都是无名小卒吧？”

我身体后倾，举起双手，表示投降。“不！不，这绝对不是针对你，是我的问题，我不怎么社交，小猫。这儿有不少人觉得我是某种孽畜。你知道吗？许多人跟我说话也只是为了寻乐子，或者满足他们千奇百怪的幻想情结。所以大多数时候，还是一个人待着更简单一些。”

“噢，”她说，“幽灵猎人，是吗？”

“是的，”我说，“你不会是……”

她眉头紧皱。“你说什么？”

“对不起，”我说，“只是……”

“我已经跟你说过了，我不是身心一元论者，你是想问这个吗？”

“是啊，”我说，“我是说，这样不错。博托已经不止一次告诉过我，被别人迷恋听起来很不错。但是，相信我，事实并非如此。”

她的表情柔和了许多，我把手放低。

“没错，”她说，“我明白。你可能没注意到，凌麦琪和我是尼福尔海姆星仅有的两个有内眦褶[①]的女人，我自己也多少有点感同身受，”她笑了，“告诉你，只要你不物化我，我就不会物化你。”

我向她伸出手。“成交。”

我们握了手。她的笑容短暂地荡漾了一会儿，在她松开我的手时烟消云散了。

“话说回来，”她说，“吉莉恩是昨天任务中的一员。”

“噢，”我说，“好吧，是她啊。”

她点了点头，看向别处。

“噢，”我说，“噢，真抱歉。那之后，你似乎不太……我是说……”

“我不想夸大其词，”她说，“她并不算我的好朋友。和另一

① 即眼角内部上眼睑的内向皱襞，内眦褶是东亚地区人种的典型特征。

个人共享那么小的空间，并不容易。老实说，大多数时候，我们甚至连朋友都算不上。”

“可还是……”

“是啊，”她说，“但还是这样。今天，执勤任务结束后，我回到自己的房间，然后……”

“无法面对？”

她双手揉脸。“没错，无法面对。”她硬挤出一个微笑，然后将脸埋到手心里抽泣起来，“要是我把这个地方占为己有的话，你不会觉得我有病吧？”

我伸手想要拍拍她的肩膀。她抬起头，看着我，向我凑过来，直到与我坐在了同一个跑步机上，我们的身体靠在一起。我用胳膊从她身后环绕着她，她把头靠在了我的胸前。

“对不起，”她说，“你来这儿不是为了给我疏导悲伤情绪的。”她坐直了，看向我，“你到底为什么来这儿？你有自己的单人舱，不是吗？你要想一个人待会儿的话，为什么不去那儿？”

“这是个好问题。”我说。

她看着我，我也看着她。经过让人觉得长到永恒但事实上大概也就十秒的时间后，她说：“你不回答吗？”

我叹了口气。“纳莎在那儿。”

“哦，”她说，“你是……”

“她和另一个人在那儿。”

这句话让她呆了一会儿。

“在，你的床位。”她最后说。

我耸耸肩。她摇摇头。

“你知道么，我不想打听这个。”

“是是，”我说，“挺好挺好。”

之后我们相对无言了一会儿。我开始思考我是不是得整夜都像个孤魂野鬼一样在走廊里到处游荡了，这时她说：“我不知道我这么做会不会后悔，但是……我现在有两个床位了，你明白。”

我转过来看向她，一只眉毛抬起。“你现在这是要物化我了？”

她笑了。“没有。我现在只是想给一个无家可归的人提供一张空床。但是我得说，我有点惊讶，你和纳莎居然是开放式关系。她昨天好像还不是这么想的来着。”

我耸耸肩。“事情很复杂。”

“好吧，”她说，“是那种足以让我明天被开膛破肚的复杂吧。”

“不，”我说，“我是说，你大概不会被开膛破肚。但最坏的情况下，我可能会被推进尸洞。”

她把一根指头放在下巴上，一副陷入深思的样子。

“你知道吗，”她终于开口说话，“我觉得，这对我而言是个好机会，值得抓住。”

016

“喂，”小猫说，“醒醒。”

我睁开眼，懵了一分钟，才反应过来自己在哪儿。昨晚，我们把小猫和她前室友的床拼在一起，但最后，我们都睡在了她那侧。我想小猫睡在这边是出于习惯，而我大概是模模糊糊地觉得，在过世不久的人床上睡觉似乎有些不敬。小猫一只手肘撑起来，胳膊搭在我的肩膀上，她的脸几乎贴在我的脸上。

声明一点：昨晚没有任何缠绵戏码上演。

我刚说过我们俩几乎是贴在一起睡的，再这么讲可能听起来很怪。但我无法将自己对她的感觉与脑海中对纳莎和 8 号的感受分离开来。而小猫……我觉得她真正需要的，只是能帮她驱走心中不安的温暖体温。

我对此没什么意见。我明白她的感受。

“快九点了，”她说，“你有事要做吗？”

这真是个不错的问题。我眨了眨眼，打开今天的执勤分配表。看起来，我今天的任务是去水培室，试着哄骗一堆半死不活的藤蔓挤出一两个番茄来。实际上,我一小时前就该到那儿了。可我并没有接到缺席质询，所以肯定是8号去了，去做捏捏嫩芽、检查一下酸碱度这类的事。

很显然，我做的通常都是要被爬行者吃掉的任务，而他做的都是去给植物当保姆。我们必须就此问题聊一聊了。

可与此同时，今天一整天都属于我自己。自着陆以来，似乎还是头一次。我只要保证自己离8号远远的，或者别撞见任何今天见过8号的人就行。

要不是我们身处这么一个直径不到一千米的沙拉碗般的地方，这事应该没那么难。

“今天我休息，”我说，“你呢？”

她耸耸肩。“过去两天,我为了执勤差点死了两次。在安保部，这可以帮你赢得半天休息时间。我中午之前都清闲。”

我从她胳膊底下扭出来坐起，同时留心尽量别让还肿着的左腕撞上任何东西。她翻身站起。我们都穿着内衣，灰色的松松垮垮的T恤和短裤，因为出了太多汗又洗了太多次，上面到处是掉色的斑点。这衣服太难看了,让人不免有一种奇怪的感觉，好像看她穿这个比看她裸体更让人难为情。

“那么，”小猫说，“你今天的计划是什么？”

我用双手揉了揉脸，把落在前额的头发捋向后边。她打开柜子，拿出一件干净T恤。

“不知道，”我说，“我太久没有休息过了。”

事实上，我的计划是，在穹顶鬼鬼祟祟游走一阵子，希望没人会看到我，也没人意识到我同时正在农业部用眼药水瓶手工哺育番茄宝宝们。但我不能告诉小猫这些。小猫穿上裤子，坐回床上，穿上鞋子。

“那么，”她说，“我打算去吃点东西。你要一起吗？”

我笑了。“当然，你请客吗？”

她转过头看我，眉头皱了起来。“不，我不请客，”她说，“顺便说一句，你要是再敢碰我的食物，你发肿的手可就不止一只了。”

噢，没话可说。我套上衣服，我们走了。

✦

此时的大厅基本空荡荡的，我们经过了零星几个人，他们都没太注意我们。有几个人跟小猫打招呼，但眼神没有在我身上过多停留。着陆后，我的工作变得尤为封闭。不知出于什么原因，即便那些不认为我是个没有灵魂的怪物的人，基本上也不愿意跟我这样一个约等于被判了永久死刑的人交往。

这一刻，这似乎帮了我一把。

也没人愿意跟闻起来像只大汗脚一样的人交往，因此，下楼时，我们在化学浴室稍作停留。抵达时，小猫难以捉摸地看了我一眼。这是在问我要不要一起洗吗？我笑了，对她鞠了个躬，挥手示意她进去。她耸耸肩，踏入那个立方体，然后关上门。几分钟后，她出来，我进去。我脱光衣服，揉搓一番然后脱尘干燥，又钻回了我的脏衣服里。就算我想要回床位换身衣服，也没的可换，因为唯一一件干净的换洗衣服已经被 8 号穿走了。

这提醒了我，即便我多多少少地想念着米德加德星的诸多事物，但在其中，热水绝对是我最想念的东西。可烦人的是，尽管穹顶外有不少水，可穹顶内的系统是照搬“德拉卡”号的，因此，我们依旧像被困在星际沙漠中那样，视水如珍宝。除非开始进行本土建设，否则这情况不会有变，而本土建设又依赖于一系列其他因素，比如金属加工，比如我们是否解决了爬行者。

与此同时，仅仅考虑卫生的话，化学浴够用了，它控制体味效果绝佳，可洗化学浴真谈不上是种享受，一点儿都谈不上。

起码你独自在里面的时候是这样。

这让我想到了纳莎，又想到 8 号。

但现在不是想他们的好时机。

✦

抵达餐厅时，那里几乎没人——只有两个人坐在离柜台最远的桌子上，他们交头接耳，窃窃私语着。入口附近有个安保，一人坐着吃一堆炸蟋蟀。我们经过时，他对小猫点了点头，她向他挥了挥手。我走向柜台，将目镜对准扫描仪。它“哔”地响了一下，我当日的配给余额便出现在了视野的左上方。

上面写着我当日的配给还剩六百千卡。8 号似乎吃了一顿丰盛的早餐。

我想发疯，但我怪不了他。刚从再生舱钻出来的头两天，的确会饿得难以忍受。

我站在那儿，双臂交叠在叽里咕噜作响的肚皮上，思考着是否要为我的循环酱配上一点儿土豆块，让这顿饭成为今天的唯一一餐。这时小猫走近我，与我肩并肩。

“你要点些什么吗？”

我皱了皱眉，点了点循环酱分配器的标志。

小猫笑了，扫了扫她的目镜，点了一份番茄炒土豆。我感觉自己口水都要流出来了，但从我的余额来看，只能把面前这点土豆当作一块牛排。我一脸苦相，吞下一大口循环酱，在呕吐之前把它咽了下去。三百千卡。这意味着，今晚睡觉前我起码还能再吃半碗。

“我不知道你怎么受得了这玩意儿。”食物从柜台的另一边滑出时小猫对我说。

我看了她一眼，张嘴想说脏话，又觉得还是算了，于是摇了摇头。

“如果农业部的朋友们还不赶紧搞些名堂出来，”我说，“那我估计，你很快也能体会这种感觉了。”

她坏笑。我拿起一杯循环酱，向屋子中央的一张桌子走去。小猫跟在我身后。

“你知道吗，”她落座时，我说，“你坐在我面前简直是在炫富。”

她笑了，但笑得有点儿犹豫，显然，她并不完全确定我到底是不是在开玩笑。

事实上，我没开玩笑。

我面对的所有困难，没有一样是她的错。我笑了，她也明显放松了下来。

“话说回来，”我说，“安保部今天怎么样？上次周界巡逻大败而归之后，有什么新鲜事吗？”

她吞了一大口土豆，嚼了嚼，咽下去。我面目扭曲地嘬着自己的糊糊。

“好吧，”她又塞了满嘴食物，“阿蒙森被爬行者折腾到崩溃边缘了。他命令我们两班倒，太痛苦了。执勤的人要一直扛着线性加速枪，这也不简单，因为这东西设计得很别扭，又重得要死，每次下班前肩膀都酸得要命。但好消息是，因为前两天发生的事，我们的活动范围被限制在了穹顶，不用去外面长冻疮了。”她停了停，吞下嘴里的食物，“我都不太确定，在穹顶里扛着加速枪是为了对付谁。你知道一块十克重的金属一旦跳弹，会造成怎样的损害吗？”

她满脸期待地看着我。我花了整整五秒钟，才意识到这不是个比喻。

“呃，”我说，“不知道。”

“很严重的，”她说，“那种损害。”

这时,我的循环酱已经快吃完了。可胃里依然感觉空空如也。

“反正，”她说，“这就是我的打算。你呢？你打算怎么过休息日，有什么想法吗？”

“噢，”我说，“就随便逛逛，吃吃循环酱。等着马歇尔告诉我他打算如何干掉我。天堂又一日，大概如此。”

她笑了。小猫的笑毫不忸怩。她笑得好像看到我在冰上打了个滑一样。

“那么，告诉我，”她一边说，一边把盘里的早午餐扫荡干净，“你是怎么决定要成为消耗体的？”

我本想围绕“服务”和“责任”这两点编上点儿瞎话，但不知为何，我觉得自己不该对小猫胡扯些自我奉献的谎话。最后，我耸了耸肩，说了实话。

“我想离开米德加德星。这是唯一的方法。”

“啊，”她说，“明白了。”

我点点头，举起马克杯，把最后一点牙碜的循环酱渣渣倒进嘴里。

“等等，”我说，“明白？你明白什么了？”

“明白了你为何报名，”小猫说，“你是个罪犯，对吧？杀了人或者什么的。”

又来了。

“不，”我说，“我没杀人。”

“哈。那是为什么？敲诈？持枪抢劫？性犯罪？”

“不不不。我不是罪犯。我要是的话，你觉得他们会让我参加米德加德星的首次殖民任务吗？”

“作为消耗体？会啊，没准儿。培训的时候，我听他们说过，要强征个人。”

“是啊，”我说，“我也听说了。可这么一来，就显得你的判断力有点儿问题了。你留宿的可是一个杀过人的敲诈强奸犯。”

她笑了。“我又没说我自己很聪明。”

我把手指伸到马克杯里，把挂在杯底的最后一点儿黏液刮干净。

"哇，"小猫说，"你确实很爱吃这玩意儿啊，是吧？"

我苦笑。"没错，美味至极。"

她也刮了刮盘底那最后一点儿烧焦的土豆。"我从来没想过你会是个谋杀犯，"她说，"我不相信他们会让这么一个人参与殖民任务，至少为了不污染基因池，也不会招罪犯。但我交谈过的大多数人都觉得我们不可能找到志愿者，因为他们实在想象不出来怎么会有人同意去做……呃……你在做的事。吉莉恩深信不疑你是个犯人之类的，她一直在给我们灌输这么一个观念，说你是为了不被放逐，才做志愿者的。"

"哈，"我说，"她做得挺成功。"

她翻了个白眼。"噢，拜托。你又不是没朋友。我看到过你和戈麦斯还有纳莎在一起，他们似乎挺喜欢你的。可你还没回答我的问题。你签约成为滩头殖民地的死亡实验小白鼠时，到底是怎么想的？"

我大可说说到底是什么让我走进了格温的办公室。

我大可如此，但我没有。或许撒上一两句自以为是的谎也无伤大雅。

"谁知道呢？"我说，"或许因为我是个理想主义者。或许因为我想找个方式为联盟贡献自己的一份力量。"

她又笑了，这次笑得更猛。"哇，"她说，"那感觉如何？"她安静下来，看看她已经空了的托盘，又看看我。"实际上，"她说，"对你来说，一切都相当顺利，不是吗？至少你的处境要比吉莉恩、罗伯或杜甘强得多。"

我不知道她想说什么，但不知道为何，我感觉一阵凉风从后颈吹过。

“我是说，”她说，“在这样一个地方，拥有不死之身是一种绝对的优势。不是吗？”

“我并不是不死之身，”我说，“我死了无数次了。这才是消耗体的唯一意义，不是吗？”

“可至少，”她说，“你还在这儿。可吉莉恩呢？”

我对此没有答案。我们在沉默中对坐，小猫做了个鬼脸，吞掉一份循环酱，作为这顿饭的补充。医疗部建议，为了保障维生素摄入，我们每天都该喝下几百毫升循环酱。很显然，土豆和蟋蟀供应的营养是不够的。吃完后，小猫倚在靠背上，笑容也回到了她脸上。

“反正，”她说，“我完全理解，但是我想说……我想说……谢谢，米奇。我知道昨晚有些奇怪，但是……”

“并不奇怪，”我说，“我明白的。”

她看向别处。“是啊，我只是，我需要这个，你明白吗？”

我不知道该如何作答，于是伸手越过桌子，摸了摸她的手。她把另一只手放在我的手上，停留了一秒钟，便拿开了。

“嘿，”她说，“今晚的执勤任务是什么？”

我犹豫了一下，可也编不出一个合理的谎话。“我今晚好像休息？”

她身子向前倾，推了推桌子，起身，拿起托盘。“真的吗？你现在也正休息吧，怎么会这样？”

“你知道的，”我说，“刚从再生舱出来时，他们会分配给你一些休息时间。”

“不可思议，”她说，“这不是玩笑吧。这份工作福利可真不少啊。”

我分辨不出她经过我去回收站放托盘时是否在笑。

“反正，”她说，“要是十点左右你还有空的话，就找我吧。或许我们可以一起做点儿好玩的事。”

小猫走后，我翻出平板电脑，读起了殖民地远征任务中的消耗体使用史。一直以来，我都以为消耗体的存在是种标配，但实际上，仅仅在两百多年前，科技发展才使这项技术成为可能，而即便是在这短短两百年里，也有不少任务项目并未用上这项技术。从实用的角度来看，这似乎很疯狂。你的飞船上只有极少一小撮成年人，其余则是一大堆长上二十年才能派上用场的胚胎，并且离最近的补给点都有六七光年远，在这种情况下，能多多少少按需制造殖民地居民，应该是一个十分诱人的选择。

可事实上，对于消耗体有不少反对的声音。其中最为响亮的当数来自宗教团体的呼声，虽然他们还没怎么找过我的麻烦。很显然，从监狱里或者街上随便找个人来逼他一遍一遍为你赴死，这存在一些道德问题。找个志愿者来做这件事的话，的确能打消一部分顾虑，但能找到的概率又有多大呢？

或许我在向格温提交自己的DNA信息前应该先读读这些。我不清楚自己是否会因此打退堂鼓，毕竟那催债的酷刑机器狠狠推了我一把，迫使我做出了这决定——但若读了，我至少可以在签字前讨价还价一下。

读完时已近中午，餐厅里的人越来越多。我的肚子空空如也，咕噜咕噜地叫了起来，看着殖民地居民们的托盘越盛越满，只能让我饿上加饿。我眨了眨眼，配给卡出现在视野之中，今天我还剩四百五十千卡。

修正一下。今天，我们，还剩四百五十千卡。如果我遵守和 8 号的约定，便有三百千卡要分给他。

这是个非常令人犹豫的“如果”。

要是我用光了我们俩的配给，最坏的情况会是什么？反正 8 号也不能去找指挥官告状。

当然了，我也不能告状。要是我两天前去报告这堆烂事的话，或许，能完好无损活下来的那个人是我。但现在，我确信要是马歇尔听到什么风声，那我们俩就是一根线上的蚂蚱。

还有，8 号今早也说了，要把我在睡梦之中掐死什么的。或许我还是该信守诺言。

也就是说，留给我的还有一百五十千卡，可此刻，我实在无法想象再去吞一杯循环酱了，于是决定回自己的床位去，睡一觉，省点儿能量。

我走下中央楼梯时，不得不从一对穿着生物部制服的男女身边经过，他们正挥舞双手，大声争论着什么。男人说“嘿，巴恩斯？”时，我已与他们错肩两步远。

我转身，在脑海里搜索他的姓名。是莱恩还是布莱恩？

“嘿，”我说，“怎么了？”

“你不是要执勤吗？”他说，“你去哪儿？”

不妙。

“我回床位拿点儿东西，”我说，“五分钟就回来。”

他皱皱眉。“三分钟吧。我们下午要在番茄上测试新的噬菌体。可能有些危险。他们需要你来协助操作机械。”

“没问题，”我说，“交给我了。”

他们继续争吵。我犹豫了一下，转过头，继续走了下去，一步跨两阶。

这之后，我的整个小憩之旅都毁了。回到床位时，我的心脏猛烈跳动，花了将近一个小时才冷静下来入睡。终于睡着后，我又进入了毛虫梦境。可这次的梦境十分普通，它没有开口说话，而是长出了巨大的大颚和口须，在森林中追逐着我。很快，森林便消失了，而我又回到隧道之中，盲目奔跑着，身后一千只小脚翻飞追逐着，离我越来越近，我却不断被碎石绊倒。

我被门闩的声音惊醒。是扮了一天农民的8号回来了。

“嘿，”将噩梦甩在脑后，心跳也逐渐恢复平稳之后，我对他打招呼说，“番茄种得怎样？”

他摇了摇头。“说实话吗？不怎么样。大部分藤蔓都死掉了，没死的藤蔓勉强结出几个小番茄，与其说是番茄，更像是大号红葡萄干。马丁认为空气里有什么奇怪的东西在影响它们的光合作用，或许是微生物群，又或许是某种微量气体。可是他没有实质性的证据，所以目前一切都是猜测。唯一可以确定的是，我们的番茄病了。”他把T恤翻到头上，用它擦了擦额头上亮莹莹的汗珠，“可事实上，我用尽全力才克制住自己，不把那些该死的东西塞进嘴里。”

“是啊，”我说，“我明白。谢谢你控制住了自己。要是我们再因为不守规矩被砍配给的话，就真的要饿死了。”

他笑了，可这句话一点都不可笑。“这是迟早要发生的，伙计。

今早的早餐，我吃掉了三分之二的配给，但现在还是饿到想把自己的胳膊啃下来，”他倒在床上，“往旁边靠靠好吧？”

他脱了鞋，叹了口气，躺下。

“顺便一提，”他说，“你之前是和陈小猫在一起吗？”

糟糕。

“是，”我说，“差不多，怎么了？”

“没什么。我回来的路上遇到她了，在主气闸附近。她说让我别忘了找她，”他转头看向我，“咱们没做对不起纳莎的事吧？因为，要是果真如此，我不得不告诉你，事情会非常、非常糟糕。”

“没有，”我说，严格来说也的确没有，“相信我、我和你一样只想要保全性命。”

“很好，”他说，“很高兴听你这么说。说实话，即便不考虑纳莎，小陈也不大正常。她说我的手看起来好了，我说我不知道她在说什么，她听了似乎很疑惑。”

他看了一眼我放在肚子上的左手。我将它绑得很紧，但还是能看出拇指根部周围有紫色瘀斑露在外面。

他的绷带正搭在我们的椅背上。

“噢，”他说，“噢，好吧。是这个。对不起。”

017

对不起。

又来了，我可真是谢谢了，混蛋。

如果你不是身心一元论教会教友，也没学过殖民地联盟的历史，你或许会问：为什么我会对这件事如此暴躁？多重身有什么大不了？我的意思是说，表面来看，制造一大堆消耗体似乎挺有用的，对吧？打个比方，如果有自杀型任务需要两个人共同完成，你该怎么办？你不会再拉一个“真正的”活人冒生命危险去做这种事吧？

若想了解大多数公民对于多重身这个概念的本能反应，就要先了解阿兰·玛尼科瓦，以及他在高尔特星的所作所为。

我们使用消耗体的历史，至今不过两百年，可生物打印技术却出现在很久以前，甚至要早过“郑石氏”号的发射。可在玛尼科瓦出现前，人们对它的态度不过是纯粹的好奇。他们当时拥有的那套系统能够进行身体扫描，储存模板，然后按需求在细胞层面进行再造，就像每次马歇尔弄死我之后把我吐出来的那台生物打印机一样。最终，他们甚至掌握了复制突触联结的方法，那是一种现代系统不屑使用的方式。当时的理论推测，若意识无法被精准再造，那么行为至少可以复制，但一次又一次的动物及人类实验足以表明，那套理论是有问题的。生物打印机产出的是空如白纸的身体，它的意识及生理能力甚至比不上一个新生儿。若忽略明摆着的道德问题，仅将它作为一种医学实验素材的话，还算不错，可无论从什么角度来看，这都谈不上是永生之路。

老实说，旧的生物打印机也不是完全没用。人们偶尔会用它拯救那些难产而死或出生后不久便死去的婴儿，可很少成功。从再生舱出来的婴儿，虽然有呼吸心跳，但无法吸食、吞咽，也哭不出来。有时通过密集重症监护,这样的婴儿有可能挺过来。可大多数结局，都是父母在第一个婴儿逝世后的几天或几周内又葬下了另一个婴儿。

然后，玛尼科瓦出现了。

阿兰 · 玛尼科瓦生来便是伊甸星那传奇的财富及政治王朝的唯一继承人。要是他想，完全可以就这么过完一生。说实话，你不想吗？大多数家世如此的人，都在高歌和派对中度过学生时代，然后在某个阶段当上中层政府干部，又或许当不上，无论如何，他们都会拖着肥胖的身体，富足而快乐地度过一生。

可阿兰·玛尼科瓦并不是大多数人。他是个惊天动地的天才，思想总是那么活跃，一刻不停闲。二十五岁前，他已拿下三个毫不相关的领域的博士学位。

他还是反社会人格。这一点对于后面的故事发展十分关键。

就在玛尼科瓦认为自己已经集满足够多的学位，准备毕业之际，他父母却突然在几天之内先后去世，原因不明。当地政府花了六个月的时间调查，也没能证明玛尼科瓦与他们的死有任何关系。于是，他便成了殖民地联盟十大富豪之一。一年之内，他继承的每一分遗产，都被用在了他称为“宇宙永恒股份有限公司”的初创项目中。

那时，伊甸星的大众媒体认为，“宇宙永恒”不过是小打小闹，或某种避税手段而已。可从玛尼科瓦的做法看来并非如此。如果这只是个经济骗局，那大可让公司停留在虚拟状态，可他并不是这么做的。“宇宙永恒”建了一座十分庞大的研发机构，离它最近的小镇也有两百多千米，聘用了无数工程师、科学家，然后……

然后呢，呃，无事发生。高校生一毕业便前来就职，可从来无人谈论公司里面到底在干什么。有猜测说，这家公司在研究老龄化或是躯体冷冻，但两项猜测皆无实证。大概一年以后，报刊失去了兴趣，人们也不再关注玛尼科瓦到底在干什么。

五年后，他出现在一档脱口秀中，并就此宣布，他终于揭开了记录及复制人类思维的奥秘。

我们再一次看到了，阿兰·玛尼科瓦和大多数人有何不同。随后，他很快进行了首次展示。当时，他造出了一个自己公司人力资源总监的多重身，并让她与一群达官显贵对话，紧接着，他便给她注射镇静剂，将她搅回肉泥。这之后，“宇宙永恒”的股价直冲天际，玛尼科瓦以压倒性优势从殖民地联盟十大富豪之一飞升成了首富。他在伊甸星的公众形象，也从涉嫌杀亲的怪胎转变成名流天才怪胎，或许可以说是人类历史上最伟大的天才。大多数人在这时都会为自己买下一座宫殿，寻上一两位年轻貌美的配偶，在阿谀奉承之中度过余生。

可玛尼科瓦又没有这样做。他将手里的一切财物，包括“宇宙永恒”公司，全部变现了。这笔交易涉及的现金数额之大，空壳公司数量之多，使他成为人类历史上为数不多的只手便可造成全球经济衰退的人之一。一年后，他独自坐上了私人定制的宇宙飞船开始星际远航，飞船上载满器械、补给，以及他展示过的那台人体复制器的原型复制品。谁也不知道他的去向。有人猜测，他想成为首个穿越银道面的人，带上这些机器是为了在必要时复制自己，如此，他便能一直活到旅程终点。

如果这是真的就好了，但实际上，他驶向了一个最近建立的滩头殖民地，名为高尔特星，在伊甸星银河反旋向的七光年处。

即便没有玛尼科瓦的到来，高尔特星也是个有趣的地方。高尔特星与殖民地联盟历史上大部分取得成功的殖民地都不同，它的建立者并不是伊甸星行星政府组织的远征队，而是由几个富到流油的老板私人资助。像米德加德星和殖民地联盟里的大多数富人一样，他们对伊甸星的税收政策感到不满。伊甸星会对他们的自动化系统征税，这种系统几乎可以生产一切生存所需物资，征税的目的是保证没有这种系统的普通老百姓不会饿死在大街上。

高尔特星的基本原则是极致自由和自给自足。这意味着，在此着陆的一百二十个殖民地居民，无一对公共建设有哪怕一丁点儿兴趣。他们即刻分裂成二十多个大家族，各自建立起了自己的小小封地，试图自力更生。一开始，他们资源十分充足，而且从各个层面来说，高尔特星都十分适宜生存，因此大多数人也的确建立起了自己的生活基础。然而，那些遇到困难的人没能从邻居那儿得到任何帮助。显然，激进自由派对于“救命，我快死了”的回答只有一个，那就是：“呃，你准备得不够充分。”

结果就是，玛尼科瓦抵达后，发现了一个支离破碎的社会。这里共有近万人，大部分过得还算可以，起码短时间内不会饿死，可又没有人过得特别好。起初，他被当作救世主。他带了一大堆东西，都是高尔特星尚且无法自己制造的东西。他与一个小帮派熟络起来，分给他们食物、种子，还分享了他们离开伊甸星后的两百多年里出现的闪亮新科技。他们给他提供了住处，又分他一个活动基地。

安顿下来后，他便孤注一掷地投入到造出更多阿兰·玛尼科瓦这项工作之中。

马歇尔不止一次地向我强调过，从零开始造人会消耗无数资源，特别是大量的钙和蛋白质，还要掺进一大堆别的东西。你大可只向生物打印机喂些基本元素，可要得到这些基本元素，还是需要一大堆小麦、牛肉或者橘子什么的。这个过程会产生多得要命的副产品，除非你选择把这些东西都搅拌在食物里喂给一个饥饿的殖民地，否则它们就都是垃圾。

显然，最理想的原材料，是现成的人体。

玛尼科瓦九个月就用光了他带去高尔特星的原料。到那时，已有将近一百个他自己的复制体到处跑来跑去，他还又做了两台复制机。又过了几个月，大家才开始注意到有人失踪了。一开始，他到处绑架穷人和独行者。考虑到高尔特星奉行的行事精神，独行者并不罕见。但最终独行者被抓光了，他便开始对那些有家人朋友惦念的人下手。一如往常，怀疑立刻降落到这位小镇新人身上。一直以来招待他的小帮派找安保去他家，想把他叫来进行一番礼貌问话。

这时他们才意识到，尽管玛尼科瓦一直以来都十分大方地分享着种子之类的小玩意儿，对自己带来的高端军事科技却守口如瓶。

在一个相对正常的世界里——所谓正常，是指这个世界甚至不必有政府，只要不同党派之间偶尔会进行交流就行——玛尼科瓦的行为或许早就被制止了。他的所作所为暴露时，他在这星球上依然是少数派，他的多重身与其他人的数量相比，比例大概是一比二十。不幸的是，高尔特星并不是一个正常世界。玛尼科瓦将招待过他的帮派的每一个成员都投进了生物打印机的进食口，把他们变成自己的分身，武装他们，然后向最近的邻居发起进攻。一年之后，当幸存的帮派中终于有人开始考虑要不要团结起来对抗他的时候，玛尼科瓦及他的分身已经成了这星球上的大多数。等最后几个帮派终于团结在一起，一切为时已晚。他们做的唯一有用的事，便是向伊甸星发送了最后一条绝望的求救信息，描述了他们的境遇，向故乡乞求救援。

不出意料，救援来得太迟。那封信花了七年才抵达伊甸星，之后当局又花了将近两年的时间决定是否要采取行动。高尔特星的这帮居民之前在伊甸星声誉不怎么样，过了这么多年，他们的名声也没有任何提升。公众的情绪天平狠狠倾向了“与我们无关”和“他们活该”一端。可伊甸星最终得出结论：玛尼科瓦总有一天可能也会成为其他星球的威胁，因此，需要有所行动。

这便是殖民地联盟历史上第一次，也是唯一一次星际军事远征的缘起。

许多人都在想，一场跨越七个光年的入侵到底会是怎样的？派地面部队这个想法显然十分荒谬。伊甸星是个极度富有的世界，可要组装一艘殖民飞船的话，仅为飞船提供燃料这一项预算就足以将它的财富掏空。他们无须操心装载地球化设备以及胚胎的问题，可军事设备也十分沉重。最终，他们决定派一艘名为“伊甸正义”号的武装飞船参战，它在高尔特星求救信抵达后的第四年驶出了伊甸星系，船上载了二百名机组成员，六架轨道轰炸机，还有不计其数的氢弹。他们计划驶入高尔特星的绕行轨道，与玛尼科瓦建立联系，了解他对殖民地联盟尤其是伊甸星的诉求，然后，在必要情况下粉碎这星球。

你大概已经看出这计划的漏洞了。

首先，他们抵达高尔特星时，前后已经过了将近十八年，玛尼科瓦大概早已未雨绸缪，加强自己的系统，创造出了更多的多重身。

其次，对于“伊甸正义”号来说，悄悄潜入是完全不可能的。星际飞船的减速光在一光年外就看得到，要藏起来根本不现实。

最后，也是最重要的一点，阿兰·玛尼科瓦可不是个坐以待毙的人。

最终，高尔特星之战只持续了大概十二秒。减速中的“伊甸正义”号被自己发出的光遮蔽了视线，没有看到玛尼科瓦在高尔特星第二卫星上建立的基地发射出了六七个核弹头导弹。这艘船的指挥官甚至连回击一炮的机会都没有。

伊甸星并非唯一收到了高尔特星发出的最后一封信的星球。这对阿兰·玛尼科瓦来说是种不幸，对殖民地联盟来说却是万幸。同样收到这封信的，还有高尔特星第二近的邻居远乡星，一个年轻而穷困的二代殖民地。与伊甸星相比，那里的政府更为警觉，可他们既无野心也无资源进行伊甸星那种远征。

他们的反应更简单直接，也更便宜实惠。这计划被称为“子弹”。

星际旅行最关键的一点是：动能等于物体的质量乘以速度的平方再除以二。这使整个过程昂贵而危险。“伊甸正义”号被减速光出卖，“子弹”则用绝不减速的方式避免了这一问题。当物体以零点九七倍光速的速度移动时，即使像“子弹”这样质量不大的东西，也足以像打破鸡蛋那样击碎一个行星，而这正是“伊甸正义”号毁灭三个月后高尔特星的遭遇。更妙的是，没有什么办法能抵抗相对论速度下的撞击，你甚至没法预知它的到来，因为预示它即将抵达的光波比真正的抵达只早几分之一秒。“子弹”带来的能量，相当于在万亿分之一秒的时间里，向高尔特星的生态系统投下了二十万颗氢弹。

无从生还。

我们在尼福尔海姆星的尝试表明，广阔宇宙中，并没有太多宜居星球在等待我们。把那样一个星球炸成熔渣，通常会被看成是殖民地联盟历史上最大的罪过之一。

可是没人责怪远乡星。罪过全部被归咎到了玛尼科瓦头上。从那以后，在殖民地联盟中大部分地方的大部分人心里，做个人贩子或者变态杀人魔，都比做个多重身要好得多。

018

十点了。我没去找小猫。她会知道我和 8 号身上发生什么了吗？或许不知道，但今天下午他们偶遇之后，她肯定会猜出一些。不知为何，我觉得她不是那种会放任罪恶不管的人。我开始想，或许这个时候，能让我不被搅成蛋白酱的唯一做法，就是尽可能避开她，同时期待她赶紧被爬行者吃掉。

这计划没持续太久。小猫十点零二分给我发了信息。

〈CChen0197〉：如何，有时间吗？

“别再说什么不想招惹她了，”8 号说，“你要回复吗？”

我转头看向他。他坐在床上，双手叠在脑后伸展着身体。我坐在转椅上，脚搁在桌子上。我刚读了另一个殖民地覆灭的故事。这个滩头甚至还没取名字，就终结于暴动和内战，但它的叙事并不怎么吸引我。主要是因为被推进尸洞这件事一直盘旋在我脑中。

“是啊，”我说，“估计要回复吧，是吧？”

〈米奇 8 号〉：嗨，小猫。我刚才正好有点儿事，没错，有时间。

看到自己被标记为“米奇 8 号”的次数越多，我就越不自在。对我来说，看到自己名字后面写着 8 号的感觉，就像普通人走过一座刻有自己姓名的墓碑，那是一种不祥的预感。

〈CChen0197〉：太好了。我们得聊聊。

〈米奇 8 号〉：在你的床位见？

〈CChen0197〉：……

〈CChen0197〉：这主意不怎么样，米奇。还是去健身房吧，好吗？十分钟后在那儿见。

〈米奇 8 号〉：呃……当然。一会儿见。

“健身房？”8 号说，“这是怎么回事？”

我耸耸肩。

“说真的，”他说，“谁会饿着肚子去锻炼？”

“这是她的习惯，”我说，“我昨晚就是在健身房碰到她的。当时我想你可能和纳莎在一起，就没敢回这儿。”

“顺带一提，我的确和她在一起。”

我瞪了他一眼。他盘着腿，咧嘴笑着。

“不管怎么样，”他说，“你要小心点。她这人不太正常。”

“无所谓，”我说，“如果她把我杀了，食物配给就都是你的了，不是吗？”

他笑得更开心了。“说得很好。那只手，你打算怎么办？”

我低头看了看，它已经不那么肿了，可我还是缠着绷带。

“不知道，”我说，“我想，我可以把绷带拿下来了？”

“还得缠着，还发紫呢。你就……我也不知道……把手揣在口袋里？”

我摇了摇头。“我觉得这样不行。说实话，光是想想我都觉得有问题。或许你应该替我去？”

“不行，”他说，“没门儿。你们俩之前相处过。她要是提起昨晚的事怎么办？我又不知道你们之间发生了什么。”

不幸的是，这话说得十分有理。

“不管怎样，”他说，“我今天去工作了，现在很累。祝你玩得开心。”

他合上眼睛。我张嘴想要说些什么，却没什么可说的。于是我起身离开了。

✦

目镜亮起时，我正在去健身房的路上。

〈米奇 8 号〉：Ar chi**?

什么玩意儿?

〈米奇 8 号〉：8 号?

〈米奇 8 号〉：什么?

〈米奇 8 号〉：Com…ren?

〈米奇 8 号〉：什么鬼东西，7 号?

〈米奇 8 号〉：睡吧，8 号。我没时间陪你搞这些。

〈米奇 8 号〉：Mol**an inv?

爱是什么是什么吧。我关了对话框。

✦

“喂，”小猫说，“你怎么没找我？”

她坐在一台跑步机上，可并没穿运动服。

“我本来是要找你的，”我说，“还没顾上。”

她耸耸肩。“无所谓。没什么。坐吧。”

她拍了拍另一台跑步机。我犹豫了一下，但转念一想，她要是想杀我，根本不用把我骗到跑步机上坐下才动手。我于是坐下。

“那么，”我说，“呃……我们要锻炼吗？”

她瞪着我，我感觉度日如年。

“不，”她终于回答，“不锻炼。来健身房是因为我想私下跟你聊聊，这是唯一一个除了我之外整个殖民地都不会有人主动来的地方。”

“我们可以在你房间见面的。”

她看向别处。“我觉得这不是个好主意。反正，在我们把事情捋清之前，这不是好主意。明白了吗？”

“明白，”我说，“那，我们要聊什么？”

她又看了我好一会儿。“你的手怎么样了，米奇？”

我叹了口气。“好多了。多谢关心。”

她点了点头。“今天下午好了不少。”

没必要把这个拿出来说。“听着，”我说，“我想知道，我们在这儿，是为了什么。”

“好吧，”她说，“我直说了。有两个你，米奇。今早与我共进早餐的是你，昨晚睡在我床上的是你，手上缠着绷带，今早不当班。另一个你是我几小时前在走廊里碰见的，手完好无损，花了一整天的时间种番茄。我不明白这是怎么做到的，也不知道为什么，但你是个多重身。”

尽管我早知道她知道，此刻还是觉得胃里打了个结，心脏也猛然提到了嗓子眼儿。“你和指挥官聊过了吗？”

她试着做出被冒犯的表情。“你是认真的吗？两天前，你可是救了我的命，昨天我又救了你。你在我床上睡过。经历了这么多，你真的觉得我会一言不发就把你交出去吗？”

我闭上眼，绞成一团的胃稍微放松了些。

“别误会，”她说，“我当然觉得你这么做问题很大。你到底是怎么用生物打印机搞出一个多重身来的？谁跟这种事有牵连都是重罪，不是吗？”

我摇摇头。“我没让别人帮我制作多重身。我懂法，也不想犯法，更不想被搅成肉泥。这是个误会。”

她挑起眉毛。“误会？有人绊倒，不小心摔到了生物打印机里，然后另一头就吐出个你？”

“是的，”我说，“差不多就是这样。”

她张开嘴，犹豫了一下，摇了摇头。“你猜怎么着？我根本不想知道。如果东窗事发，我不想被牵扯进来。我不想你来我房间部分也是因为这个。可我告诉你，过不了多久，就会有人想知道这是怎么回事，然后发现你有问题。到了那时，你可要编个更好的故事出来，别想以一句‘这是个误会’敷衍了事。”

“是，”我说，“你说得对。”

我们沉默地坐了一会儿。我想问她为什么要我来这儿。她不像是要杀了我，也没有表露出要讹我的意思。我只能猜测她是想要像早上说过的那样找我聊天解闷，可那句“我当然觉得你这么做问题很大”，似乎将这种可能性也排除了。我正打算向她道晚安，然后回自己的床位去，她却发问了：“你觉得你能永生吗？”

这让我没想到。

“什么？”

“你觉得你能永生吗？你已经被杀几次了？七次？”

“六次，”我说，“迄今为止只有六次。这就是问题的根源所在。”

“无所谓了。你还是当初登上米德加德星的那个人吗？”

这我得想想。

"这个嘛……"我终于开口，"身体显然不是同一个了。"

"没错，"小猫说，"但这不是我想问的。"

"嗯，"我说，"我明白。我记得在米德加德星时作为米奇·巴恩斯的自己。也记得他从小住到大的那间公寓。记得他的初吻，也记得他最后一次见到母亲。我记得签字踏上了这趟愚蠢的远征之旅。我记得这一切，感觉就像都是我亲自做的。可这就意味着我是米奇·巴恩斯吗？"我耸耸肩，"又有谁知道呢？"

她瞪着我，眉头紧皱。我再次像今早那样感到颈后窜过一阵寒气。

"我查了查那个忒修斯之船的故事。你描述得可真不怎么样。"

"是啊，"我说，"我知道。就像培训教的那些东西，我以为我记住了，但复述起来才发现我根本什么都没记住。"

"我很惊讶。这故事的隐喻与你的处境很像。我以为你会把它牢牢记住。"

我撇撇嘴。"对不起。"

"那个故事简直完美，你不觉得吗？"

我本想回答，停下来，摇了摇头，又开了口："我糊涂了，小猫。你到底想说什么？"

"我想说的是，我想知道你到底是米奇·巴恩斯本人，还是披着他皮囊的另一个人。"

"我说过了，"我说，"我不知道。我记得耶玛在'苍穹'空间站对我说的话，我感觉现在的自己与米德加德星的自己是同一个人，但是……我不知道。这就是事情的另一面了，对吗？没有任何方法能证明这两个我是同一个人，这也就意味着，我自己也没有办法确认。这是个无法回答的问题。”

“可是，”她说，“你无法确认你不是他，对吗？”

“对，”我说，“我想我无法确认。”

她没回答。我们沉默地坐了一会儿。我正想问是否该走了，她说：“你知道吗，我这两天想了很多。”

“呃，”我说，“好吧。关于什么？”

“死亡。我一直在思考死亡。我现在只有三十四岁，按理说再过五十年才应该开始考虑死亡的事，可我就是在想它。”

滩头殖民地十分危险。我很好奇，她的培训课是否也像我的培训课那样强调死亡。可我没有机会问，因为很显然，她已经听到了她想听到的一切。她起身，向我伸手。

“听着，”她说，“我喜欢你，米奇。”

“谢谢，”我说，“我也喜欢你。”

“我觉得你是个好人。要不是因为多重身这些事……”

要不是因为我的多重身这些事，我昨晚就该和纳莎在一起，而不是她，可现在或许不该说这个。我站在那儿，冥思苦想到底能说点儿什么。这时，她踮起脚尖在我的脸颊上吻了一下。她向后退，悲伤地笑了笑，然后打开门。

“替我跟另一个你打声招呼，好吗？”

我愣在那儿，嘴微张，她走了。

✦

我回到房间，发现门锁着。我对准目镜，等待门闩“咔嗒”

一声弹开，然后将门推开。里面黑黢黢的，可从走廊泻进来一丝光线，借着这丝光线，我看见床上躺着两个人。

两个一丝不挂的人。

一个是8号。另一个是纳莎。

我站在那儿，愣住了，不知自己该作何感受。嫉妒？抑或是愤怒？

可悲的恐惧？

“进来，”8号说，“把门关上。”

“可你……”我结结巴巴地说，“这他妈是啥，8号？这他妈到底在干啥？”

“抱歉，”他说，“我以为你要和小陈一起过夜呢，或者是死了。”

纳莎用一只手撑着脑袋。“你和别人睡觉了吗？”

“没有，”我说，“我是说，是的，我在她房间睡了，可我们没有……”

“噢，”她说，“你们只是依偎在一起？”

我想张嘴表示反对，但忽然意识到她在笑话我。

“对不起，”我说，“你可是和8号在一起。”

“8号？”纳莎说，“你们现在是这样称呼彼此的吗？7号和8号？”

“没错，”8号说，“你有更好的建议吗？”

“没有，”她说，“我觉得这挺可爱的。”

“8号。”我说。

“7号，”他说，“把门关上。”

我照做了。房间暗到目镜自动开启了红外线模式。我视野中的 8 号是无趣的橘色，纳莎却是耀眼的红色。我一屁股坐进桌前的椅子，将头埋在手里。

“那么，”8 号说，“你和小陈到底怎么样了？”

我抬头看向他。“什么？谁在乎小陈怎么样？你们在干什么，8 号？”

“你不是开玩笑吧？”8 号说，“这还不明显吗？”

“不！”我说，“我是说……去你妈的！我在说什么，你一清二楚！”

“8 号偷走了你的女人，”纳莎说，声音低沉得像只小猫在打呼噜，“你作何打算？”

“8 号，”我说，“我们谈过的。你把纳莎卷进来之前，为什么不先问问我？”

“噢，放轻松，”纳莎说，“我不会向指挥官告发你们这两个变态的。”

“我们不是变态，”我说，“那是个意外。”

“我告诉她事情的经过了，”8 号说，“她这是跟你开玩笑。可老实说，你和小陈是怎么回事？她是想杀了你吗？”

“小陈？”纳莎说，“陈小猫，那个安保吗？”

“是啊，”我说，“就是那个你说要把她开膛破肚的人。记得么？”

“的确如此，只要她敢碰你。她碰你了吗，米奇？”

“没有，”我说，“我是说，某种意义上算碰了？呃，但是她对这些不感兴趣，现在尤其不感兴趣。多重身的事情似乎让她很倒胃口。”

“我不惊讶，”纳莎说，“安保部那些人都莫名其妙的，不好惹。”

“话说回来，”8 号说，“她知道了？”

“是啊，”我说，“她知道。那只似乎奇迹般愈合了却又没愈合的手给她通风报信了。显然，你跟她说今天要在农业部执勤，而我告诉她我今天休息。”

“呵，”8 号说，“这可不妙。那你是怎么脱身的？”

我叹了口气。“老实说，我也不知道。她没说要告发我们，所以我想问题不大。可她也没说不会告发我们，所以我想情况也没那么乐观。”

“你想过要把她开膛破肚吗？”纳莎问，“把她扔到主气闸外，就说是爬行者把她拖走了，这样问题就解决了，不是吗？”

8 号窃笑。“就算今晚有人要被开膛破肚，那人也绝对不会是小陈。”

“说得好，”我说，“不知道你在笑什么。要是我被扔进尸洞，你是要跟我一起的，这你没忘吧？”

“没人会被扔进尸洞，”纳莎说，“小陈不会把你供出去的。”

“是吗？”我问，“为什么？”

我也不认为她会，但我想，纳莎之所以这么想，出发点必然跟我非常不同。

“因为，”她说，“她不想面对这么做的后果。”

“后果？”8 号说。

“我，”纳莎说，“后果就是我。”

其实她说得不错。我可不想惹她发火。

当然了，我也不想惹小猫。安保部的人都有点儿神经兮兮的。

“这么说吧，”纳莎说，“一切都会好起来的。你们俩只要在一人因执行愚蠢的自杀任务之类丧命之前保持低调就行了。然后我们可以把活下来的那个人注册成米奇 9 号，所有人就都可以过上幸福快乐的生活。”

“呃，”8 号说，“是几乎所有人。”

“没错，”纳莎说，“几乎所有人。”

“我不知道这是否行得通，”我说，“8 号从再生舱出来不过两天，已经有两个人知道我们的情况了。照这个速度，不过两周，整个殖民地就都会知道了。我拿不准自己能不能死得那么快。”

纳莎笑了。“你知道吗，米奇，你想得太多了。把衣服脱了，到这儿来。该让你大脑的血液去别处循环一会儿了。”

我目不转睛地看着她。

“快来吧，7 号，”8 号说，“反正我们都已经是变态了。管他有没有后果，咱俩可能很快都要被扔进尸洞了。趁着还有命在，及时行乐吧。”

✦

接下来的两个小时十分诡异。我不想提。

可澄清一点：我不后悔。

✦

我们三个在一片舒适安详之中慢慢平复，我和 8 号分别缩在床的两侧，纳莎夹在我们之间，这时有人敲门了。纳莎刚要对 8 号说，在我们俩中的一个被推进循环站前日子会十分快活之类的，就被敲门声打断了。她倒吸一口凉气。

敲门声再次响起。

“我该应门吗？”我耳语道，“我可以试着把他们赶走。”

8 号越过纳莎给了我脑袋一巴掌。“闭嘴，”他用气声说，“估计是博托。但没人说话的话，他应该会走的。”

“米奇？你在吗？”

坏了。不是博托。

纳莎挪过来，嘴贴着我的耳朵小声说：“你锁门了，对吧？”

随着一声微小的咔嗒声，门闩开了，一道光从门缝里溜了过来。

“没有，”我耳语道，“没锁。”

“米奇啊。”

完蛋了。完了，完了，完了。

门被推开了。

“嘿，”8 号说，“小陈，对吧？很高兴见到你。”

小猫看着我们，嘴唇微微颤动。

“小猫？”我说，“把门关上，我们聊聊。”

她摇头。

“小猫？”

我坐起来，向她伸手，她向后退了半步。“你在干什么，米奇？”

“像在干什么？”纳莎说，“要么进来，要么出去，小陈。不管你选哪个，把门关上。”

小猫转身一溜烟儿跑了，她身后门还开着。

“还是你把门关上吧。”纳莎说。

我从床上爬起来，把门带上，这次还特地锁上了。

“这下糟透了。”我猛地坐在椅子上。

“她已经知道我们的事了，”8号说，“你说的，对吗？所以没什么。”

这话听上去好像有点儿道理。可我的心为什么快要从嗓子里跳出来了？

“没什么，”纳莎说，“回到床上来，米奇。”

我深吸一口气，屏住，又吐出。或许他们说得对？

不，我知道，他们是错的。

可我束手无策。我把床单拉回来，爬回床上。纳莎扭过身子吻我。

“放轻松，米奇。睡会儿吧。”

✦

门锁被“咔嗒”一声撬开，我闻声从黑暗中醒来。门开了，一道光涌入房间，然后是一个男人低沉的声音：“你们一定是在玩儿我。”我眯眼看向走廊闯进来的那道光。两个安保挤进了我的房间，身上都带着爆燃枪。

“苍天啊，”个子小一点儿的那人说，“你们到底有什么毛病？”

另一个摇了摇头。“无所谓了。起来，你们仨都起来，把你们该死的衣服穿上。循环站正等着你们呢。”

019

我快疯了。

事实上，快疯了的感觉比已经疯了还糟糕。

纳莎完全有理由崩溃，她从未体会过走向自己的处决现场是什么滋味。我就没什么借口了。这对我来说差不多是家常便饭。最多的时候，我曾在两周内被处决过三次。

✦

殖民飞船在到达目的地时并不会整个着陆。将我们从一个星球送往另一个星球的飞船是严格根据太空环境的需要建造的。它太大，也太脆弱，无法在穿越大气层的过程中幸存，也无法暴露于重力场，最后只能以零敲碎打的形式从轨道上降下。

我们进入轨道刚刚几小时后，最先降落在尼福尔海姆星表面的部分，是纳莎驾驶的着陆器，其中包含一个生物隔离间，一个医疗部团队，一个生物部团队，还有一个我。

那时，不管从新家园的气候还是大气构成来说，我们都基本能推断出自己要完蛋了。当指挥官马歇尔意识到没有呼吸面罩我们就根本无法在户外生存时，他考虑过前往第二目标，但经过一番讨论和相当一阵子嘶吼争吵，杜甘及生物部其他几个人终于说服了他：如果能在生态系统中引入一些进行过基因编辑的藻类，我们便能在合理的时间范围内将大气层的氧气分压提升到能让人活下来的水平。这里的合理时间范围并不一定是远征队成年队员们的有生之年，而或许是我们携带的部分胚胎的有生之年。

我之前提到过，像我们这样的远征队抵达第二目的地的可能性不说为零，也近乎没有，因此，我们还是决定试试尼福尔海姆星。

抵达新殖民地后的首要任务，就是确定这里是否有危害人类健康的本土微生物种群。

谨此声明，一般来说，本土微生物种群中绝对会有危害人类健康的东西，不仅是可能而已。

而对此进行确认的方式，自然就是将远征队的消耗体暴露于一切能从当地环境分离出的东西之中，看看会发生什么。

纳莎最后一次吻了我，并拍了拍我的脸颊，那时我们降落在这星球表面不过一天。然后，医疗部一位叫阿卡迪的技术人员将我押送到了隔离间，他做的最后一件事是给我戴上扫描头盔，保证数据得以持续上传，然后把我一个人留在那儿。我问他这是为什么，他说："我估计之后他们可能会问你感觉怎么样。"

“真的吗？”我说，“你要让我身上长出巨大无比的疱疹？没问题,这是我工作的一部分。但你竟然还想让我记住这一切？”

他耸耸肩，离开房间，关上了门。

✦

隔离间是个圆柱体，宽度恰好让我展开双臂就能将将够到两边，高度也刚好能让我站直了不会碰到头。房间正中央有一个金属椅子，椅座上的盖子掀开就是马桶，天花板上有通风扇，门对面的墙上有抽屉，里面有他们为我留的一些零食，万一我没立毙当场还有的吃。我刚坐下,通风扇就嘶嘶作响地运作起来。

“做几个深呼吸，”阿卡迪用对讲机对我说，“你不介意的话，可以用嘴呼吸。”

我根本不介意，因为通风扇里吹出的风闻起来简直像狗屁。

尝着也像狗屁。

大概一分钟后，通风扇停了，我听到“咔嗒”一声。

“谢了，”阿卡迪说，“你怎么舒服怎么坐。这可能要花上一段儿时间。”

我有一股强烈的冲动想对他说：“我实在不想麻烦你，但是我想死得干脆点儿。”又好不容易才把这股冲动咽下去。

几分钟后，纳莎的脸出现在了门上的小窗里。

“嗨，”她说，“这儿怎么样？”

我一脸苦相。“不错，”我指了指身后的抽屉，“他们还给我留了零食。”

她笑了。“你可真是个幸运儿。我们在外面只能吃循环酱喝水。”

我转过身，把抽屉翻了个遍，找出一根蛋白棒，把包装纸撕了下来。

“呵呵，”我咬了一口，说，“对于一头充当祭品的猪来说，这是最好的奖励了，对吧？”

“羊。”她说。

“什么？”

“羊，米奇。只有羊才会做祭品，猪太恶心了，做不了祭品，只能吃。”

我叹气。“反正横竖都是死。”

✦

纳莎不是没努力过。我向上天保证，她真的努力过了。她第一次吻我的时候，或许就知道有一天要看着我死去，但八年过去了，当这一切真正发生时，我感觉到她仍然不知所措。我觉得她不知道该作何感想。因此，她在窗外站着跟我说了四个小时话。她给我描述从舷窗望出去时这颗星球的样子，也告诉我阿卡迪是个混蛋。她聊起看过的电视剧，主角是米德加德星一家子令人作呕的富豪。

她聊起这一切结束之后，我从再生舱里出来时，我们能一起做的事情。

我也在努力，因为她在努力。她的心情一定糟透了，我不想让这一切变得更差。可几个小时之后，我已自顾不暇。起初，我以为这一定是心理作用导致的。毕竟，谁听说过有什么菌能这么快就把你干掉呢？可没过多久，一切变得明晰起来，我发起了高烧。阿卡迪来问了我几个问题，问我感受如何。我告诉他，感觉就像流感初期。他点点头，走开了。三小时后我开始咳嗽，三个半小时后，我首次咳出了血。那时纳莎已经几乎不再说话了，可她还在那儿，从窗口看我，一只手放在玻璃上，挨近她的脸庞。

四小时后，我用尽全力呼吸，告诉她离开，我不想让她目睹接下来要发生的事。

她没走。当接下来会发生什么已经显而易见时，她强迫阿卡迪把她塞进生物危害隔离服，好进入隔离间陪我。起初我不想她来。可情况每况愈下，我咳得越来越厉害，甚至折断了一根肋骨，用了无数张纸巾后，她拉着我的手，让我把头靠在她的肚子上，不断跟我说话，让我好受一些。那感觉太糟了，可她那时所做的一切又是如此动人，即使我还有几千年的寿命，也永远不会停止对她的感激。

那之后，不到一个小时，我便死了。一点建议，仅供参考：如果未来你能选择自己的死法，那千万别选肺出血。我觉得在这一点上我可算个行家了。绝对别选这个。

✦

醒来时，我赤身裸体，被黏液覆盖着。我躺在地板上，身旁是他们在着陆器里配置的移动再生舱。

“不会吧？”我边说边将肺里最后一点儿液体咳出，我的肺已不再流血，“我连张床都没有吗？”

伯克，我那来自医疗部的朋友，扔给我一条毛巾。“你浑身都是恶心的东西，”他说，“我可不想清理你的床上用品。”

我尽力擦掉了身上的黏液，然后套上他给我的灰色连体衣。

“吃点东西吧，”他说，“距你回去至少还有二十四小时。”

✦

“所以，”纳莎说，“不容易啊。”

我的目光越过公共休息室的桌子看向她。她不愿与我对视。

“嗯，”我说，“不容易。谢谢你陪着我。”

她抬头看天花板，然后又低头看自己的手，看这儿，看那儿，就是不看我。

“米奇……”她说。

我等她说下去，可她显然无法继续，于是我开口了。

“你不用再这样做，”我说，“没人应该看着他们的……”

“爱人。”她说。

尽管这指的就是我自己，我还是笑了。至此，我们已经在一起八年了，但这是我们第一次用这个词。

“你不应该再看着我死一次了。”

“不，”她说，“我会陪着你。陪你经历死亡的人，哪怕是暂时的死亡，也不该只有阿卡迪那个贱人。”

我将手越过桌子，向她伸去。我们十指相扣。

“反正，”她说，“得有人在那儿，保证你没有偷偷溜走。”

✦

不到一周，他们便把我送回了隔离间。那一周的大部分时间我都和纳莎在一起。我们有时聊天，还玩了几轮她从“德拉卡”号带来的卡牌游戏。但大部分时间，我们都只是待在一起。并没有太多事可做。

四天后，伯克来到我睡觉的那个带着卷帘的小小角落，他让我挽起袖子，给我打了六针，那针管看起来简直就像锯下来的水管。打到一半时，他让我换只胳膊，因为我的左肩已经开始变紫。我问他这都是些什么，他看我的眼神分明就是在说，跟一只小白鼠没什么好解释的。可我又问了一次，于是他翻了个白眼说：“前两针是提高免疫力的。后四针是抵抗上次杀了你的微生物群的疫苗。我们给它们两天时间发挥效用，然后再试一次。”

“好的，”我说，“那你觉得这次我有机会活下来吗？”

他看着我，耸了耸肩，把头转向别处。“难说，”他说，卷帘在他身后落下来，他又加了一句，“大概不行。”

✦

我不记得米奇 4 号身上发生了什么。我只知道他死在了纳莎怀里，大概类似米奇 3 号，因为后来他们给我看了监控录像。可我对此毫无记忆，因为他们打开隔离间通风扇后，4 号做的第一件事就是拔掉扫描头盔的线，把它从脑袋上摘了下来。

“嘿，”阿卡迪说，“你这是干什么呢？”

4 号翻了个白眼。“我看起来像在干什么？”

“你得把它插回去，”阿卡迪说，“你这是在破坏规矩。”

4 号摇了摇头。“对不起，阿卡迪，打针要是有用的话，你一放我出去，我就可以帮你做一份详尽记录。可要是没用的话……”

“没用的话，我们就失去了一些有价值的数据。”

4 号又翻了个白眼。“有价值的数据？你瞎说什么呢？ 3 号身上发生了什么，你一个问题都没问过我。”

“我们很清楚你的上一代发生了什么，巴恩斯。他死于肺出血。我们不需要问你任何问题。发生在你身上的事或许会更有趣呢？”

4 号透过那扇小窗瞪着他，足足瞪了十秒钟，然后大笑起来。

“有趣？”笑完，他说，“有趣？我告诉你，混蛋。要是我在这儿发生了什么有趣的事，我一定会让你知道的。怎么样，公平吗？”

“巴恩斯，”阿卡迪说，“把头盔戴上。就现在。”

4 号双臂交叠在胸前，对他笑了笑。

“生物防护服很脆弱，”他说，“很容易就能戳个洞，对吗？你想好了，再来对我发号施令。”

✦

从结果来看，发生在4号身上的事也并非那么有趣。他活得比3号久得多——将近二十四小时后，他才开始出现症状。可当那种东西决定开始要他的命，一切便急转直下。它先是清空了他的消化道，体液带着血从他身体的上下两端倾泻而出，直至一滴不剩，然后，它转向了肝和肾。三十二小时后，他开始出现脓毒症，三十六小时后，意识全无。四十小时后，他死了。

✦

我又一次从地板上醒来。可这次等待我的，是十一个针头。

“天哪，”我说，“还挺快。”

“一般吧，”伯克说，“距离上次实验已经八天了。杜甘告诉我们，除非准备好了下一轮注射，不然别把你弄回来。否则还要浪费资源给你吃，没什么意思。还不如干脆点儿，让你直接回到这个大漏斗呢，不是吗？”

他开始注射。右肩四针，左肩三针，剩下的打在右侧大腿上。

“噢，”针打完了，他说，“杜甘还让我告诉你，马歇尔说让你这次戴上头盔。”

“不，”我说，“我不戴。”

“是啊，”他说，“他就料到你会这么说。他还说，你要是不戴的话，我们有权把你的下一个再生体直接扔进隔离间，一针都不打，有几次，扔几次，扔到你戴为止。”

然后他就走开了，留我一人赤身裸体坐在再生舱边缘，思考哪种情况更糟一些：是一点儿都记不住但循环到永无止境的折磨？还是只有一次，却糟到会永远刻在你脑海中的死亡？

✦

最后，我还是把头盔戴上了。纳莎又来送我。这次，她边吻我边用双臂将我抱住，直到阿卡迪拉她才松手。

“最后一次了，”我踏入隔离室时她说，“你这次能出来的。”

“你觉得呢？”阿卡迪给我系头盔的时候，我问，“是最后一次吗？”

他耸耸肩。“怪事我见多了。”

✦

在隔离间待了一天后，我感觉良好。

✦

两天后，感觉仍然不错。

✦

在那张愚蠢的椅子上连睡三天后，我变得暴躁，身体也逐渐僵硬，零食抽屉逐渐空了下去。可除此之外，我感觉尚可。

✦

第八天早上，阿卡迪让我脱光衣服，伸展四肢站着，屏住呼吸，闭上眼睛。接下来的三十秒钟，我接受了一系列腐蚀性逐渐增强的喷雾洗礼，而且这些东西几乎一定有毒。

“呼吸，”结束后，阿卡迪说，“但别睁眼。”

即便我紧闭双眼，紫外线消毒灯的光还是令我的双眼感到刺痛。

这套流程循环了三次。

终于结束时，我全身从头顶到脚趾头都红得像血一样，感觉自己简直被活生生剥了一层皮。

但我还活着。

我第一次活着从隔离室走了出来。

“穿好衣服，”阿卡迪说，“去医疗部。朋友，你还没脱身呢。”

“嘿，”纳莎说，“我能一起去吗？”

阿卡迪看了她很久，然后摇摇头。“最好不要。等他走完流程，随你怎么扑到他身上。但在那之前，他还是个潜在传染源。”

✦

我的检测结果近乎完美。

近乎。

血检，体格检查，皮肤培养，咽喉培养，静脉，一切正常。最后一项检测，是全身核磁共振。

“以防万一。”伯克说。

一语成谶。

我跌回地狱。我坐在纳莎对面，她正一口一口吸着循环酱奶昔，事无巨细地大谈特谈当她可以碰我了，我们要一起做些什么。忽然间，她停了下来，话都没说完，看着我身后。我回过头。是伯克，手里拿着平板电脑。

“你们是否交换过体液了？”

“还没，”纳莎说，“但我们有这个打算。”

“不，”伯克说，“别这样做。”

他把平板电脑转向我们，好让我们都能看见。屏幕上是一张片子，片子上是一个被劈成两半的核桃，灰质包裹着白质，白质包裹着……

“那是什么？”我问，尽管我好像知道这问题的答案了。

“你的大脑。”伯克说。

“没开玩笑吧。”纳莎说，俯身越过桌子，用一根手指戳向片子正中央的黑色旋涡，“混蛋，这东西是什么？”

“是个肿瘤，”我说，“我得了脑瘤，是吗？”

“不是，”伯克说，“绝对不是脑瘤。你的身体用了才不到一周。脑瘤长得没那么快。”

“好吧，”我说，“那到底是什么？”

“我不知道，”伯克说，“在我们搞清楚前，你必须回到隔离间。”

✦

我说过不要选肺出血当死法，还记得吧？好吧，你应当避免的死法又添一项：脑子被寄生虫从里到外啃透。

这东西花了大半个月才把我搞死。但最后一周，我不过是副空壳，一个行尸走肉。第二周和第三周也不怎么轻松。先是头疼，然后是癫痫发作，接着是渐进性痴呆。最后，我觉得墙都在跟我说话，说纳莎并不爱我，我的其他再生体都在地狱里等我，寄生虫会一直啃噬下去，我死不了，它们永远也不会放过我。

这是骗人的。我还是死了。

当一切终于结束时，寄生虫的幼虫从我的七窍倾泻而出，冲向下一个生命循环阶段。我们没能弄清那个阶段到底是什么，因为阿卡迪消毒消得彻底，让它们没有一条活路可逃，然后将有关的一切都扔进了循环站，以制造新的我。

✦

所以，没错，种种过后，你觉得不管马歇尔现在命令我干什么都吓不着我了，对吧？

你会这么觉得。可是出于某些该死的原因，我还是吓着了。

020

他们命令我们排成一队，押送我们沿走廊向穹顶中心走去，那个矮一些的安保打头阵，大个子断后。纳莎、8号和我，在他们两人之间排成一串。走向中央楼梯时，我的胃突然抽搐了起来，我开始好奇，这是要去循环站吗？纳莎显然跟我想的一样，因为经过三层时，她说："在你们找到司法证据之前，是不能惩罚我们的，这你知道吗？"

"噢，拜托，"大个子的声音从我们身后传来，"我们都看到了，没当场用爆燃枪把你们火化了，就算你们走运了。"

"去你的，"8号说，"你是个什么玩意儿？身心一元论者？"

"是，"他说，"而且马歇尔也是，你们这帮家伙完蛋了。"

"他说得没错。"前面的小个子头也不回地说。

"殖民地可不归神教统治，"纳莎说，"你们不能就这么把我们绑在柱子上烧了。"

安保耸了耸肩："我想这个还是马歇尔说了算。"

抵达一层后，他们并没有把我们带去循环站。也没把我们带到地牢，因为我们没有这么个地方。据我所知，我们连监狱都没有。他们把我们带到了安保部待命室。这是个奇怪的选择，因为这里到处都是装满了铠甲和武器的小锁柜。还有个食物自动售卖机。我们大可发起一场武装叛变，还能吃点儿好的。从安保部的角度来说，这似乎是个相当糟糕的安排。

“在这儿等着，”把门关上之前，大个子说，“别动这些设备，也别想要吃的。”

“不然你就怎样？”纳莎说。

他盯了她一会儿，摇了摇头说：“就在这儿等着。”

他走之后，纳莎走向其中一个锁柜，将目镜对准扫描仪。显示屏上有红色光线跳跃起来。

“噢，不错，”她说，“反正总得试一下。”

“不错，”8号说，“如果它打开了，你会怎样？”

她耸耸肩。“我大概会开枪，杀出条自由之路来。”

要是能打开锁柜，我们会怎样？实际上，这是个很有趣的问题。这个房间甚至没上锁。即便手无寸铁，我们也能逃。我们可以等他们回来时跳到一个安保身上。我们能做的事情很多。可那么做会为我们带来什么呢？实话实说，穹顶是这星球上唯一不会立刻要了我们小命的地方。我仔细考虑了一会儿，才开始意识到，某种程度上，尼福尔海姆星本身就是一个冰冷的大监狱。

房间中央有一座沙发和一张矮脚咖啡桌。8号坐在沙发一侧，头向后仰，合上了眼睛。一分钟后，我坐在了另一侧。纳莎坐在我们之间，用手搂住我们两人的肩膀，把我们拉向她。

“你们知道吗，”她说，“要是离开米德加德星前，有人问我，我会怎么死，因乱性被推进尸洞肯定不是我的首选。”

“你今天死不了的，”8号眼都没睁便说，“我们只有两个大气层飞行员，你是其一。马歇尔可能会找其他方法折腾你，但不会杀了你。”

“我不知道，”纳莎说，“他可能现在就在考虑这个呢，但我要是把小陈给杀了呢？他会怎么做？”

8号耸耸肩。“我觉得这取决于你有没有尽力把它掩饰成一场意外。”

没人说话。我们三个都闭着眼，脑袋碰在一起。或许8号是对的，马歇尔不会杀了纳莎。但他肯定会把我们俩弄死。这时我已十分确信，当9号走出再生舱时，用他的眼睛打量这个世界的人一定不再是我。该死的忒修斯之船。

呃，好吧。至少我有个不错的伴儿。

大概一小时后，矮一点的那个安保回来了。

“巴恩斯，”他说，“走吧，”他做了个鬼脸，“你们俩，都走，阿贾亚，你先待在这儿。”

纳莎的胳膊依然环绕着我们。她吻了8号，然后又吻了我。安保转过身。

“你没搞错吧，阿贾亚？你是认真的吗？该死。”

“去你的。”她说。

8号叹了口气。“你知道吗，”他说，“你这样做帮不上我们任何忙。”

他似乎是对的。可从另一方面来说，至少从我们的角度看，事情已经不会再变得更糟了。我们起身，出发。

✦

他没带我们去循环站，而是沿着走廊穿过四扇门，将我们带到一个储物室大小的房间。

“这是哪儿？”我问

他耸耸肩。“一个储物室。”

他把我们推进去，然后把门合上。房间里一片漆黑。我的目镜转成了红外线模式，但我正想睡一会儿，于是调回正常模式。我在角落里缩成一团，把额头抵在膝盖上。意识蒙眬之时，弹出了个对话框。

〈米奇 8 号〉：Ab**st nder**nd?

我将目镜调回红外线模式，然后看向 8 号。他坐在对面的角落里，像我一样缩成一团，呼噜打得震天响。

〈米奇 8 号〉：Un***st**d

呃。他打出的是梦话。我眨了眨眼，关上对话框，也关了目镜，合上眼。

✦

不知过了多久，我被门缝倾泻而入的光亮唤醒。一位新安保驾到。这人我认识，叫卢卡斯。星际航行期间，我常在飞船内的传送带上看到他，看他以慢到极点的速度练习某种拳法。我问过他，这样慢的意义是什么。我的意思是说，要想赢得一场对决，关键不就是要比对方快吗？他微笑，摇头，做起了下一个动作。

在我的印象里，他总是优雅体面，但今早，处理起我们的事情，他却并不怎么开心。

“嗨，”他说，“你有麻烦了，米奇。”

“是啊，”8 号说，“我们也清楚。”

“发生了什么，兄弟？你是怎么把自己搞成多重身的？”

“说来话长，”我说，“但长话短说，都怪博托。”

他笑了。“我早该知道。戈麦斯可真是个人物。我一直都不大理解，你为什么老跟他待在一起。”

“是啊，”8 号说，“最近我也很好奇这个问题。”

“那好吧，”卢卡斯说，“准备出发吧。大人物要见见你。”

✦

“天呐，巴恩斯，”马歇尔说，“不管此前发生了什么，我还是不敢相信。”

我决定不去追问他所说的“不管此前发生过什么”到底是

指什么。

我们又回到了他的办公室，坐回了一两天前我和博托曾坐过的两张小椅子。过去的四十八小时里，指挥官的心情似乎并没有变好一点。

“你看，”8 号说，“长官，我知道事情看上去很糟糕，但这不一定是世界末日。我明白，我们不该同时存在，但您要知道，我们并不是故意的。而且，从某些角度来说，这或许是件好事。殖民地几乎没有任何繁殖力，因此我们有两个人，就能出两份力。最终，您需要我们。您需要放过我们。”

马歇尔脸色涨红，下巴无声地抖动了两秒钟，然后“腾”地站起来，拳头重重地砸在桌子上。

“听我说，你们两个可恨的孽畜！我一点儿都不在乎你们到底是不是故意的！且不说你们从一个饥荒边缘的殖民地偷走了七十千克至关重要的钙和蛋白质，也不论你们在发现自己成了多重身那该死的一刻，其中一个就该主动回到循环站去。看在一切圣灵的份儿上，巴恩斯，你们竟然还要跟彼此发生关系。我简直不能……我……”

他语无伦次地停下来，然后又瘫回椅子上。他深吸一口气，合上眼睛，又缓慢吐出。眼睛再次睁开时，他的表情空洞得如同一个木头人。

“你是个怪物，”马歇尔说，声线低沉而平稳，“你们俩都要回循环站。这次讨论的唯一重点，要回答的唯一问题，是我们还需不需要第九代，以及，阿贾亚是否该和你们一起进尸洞。”

话说到这儿，8 号的脸垮了下来，我能感觉自己睁大了双眼。

“长官，”8号说，“求你……”

“纳莎毫不知情，”我说，“我的意思是，她对我们的情况一无所知，直到我出现在她和8号面前，此后不久，安保就来抓我们了。你不能怪她，长官，不是她的错。”

“我和阿贾亚谈过了，”马歇尔说，“实际上，她声称自己知情。她说她两天前就意识到你们不对劲了。她还告诉我，她跟你们之间的事，跟我半毛钱关系都没有，说我应该把我那套身心一元论的狗屁道德塞回屁眼儿里，”他停下来，又做了次深呼吸，“要不是因为我们仅有两位有资质的战斗飞行员，她是其一，要不是我们目前可能要和有敌意的本土生物战斗，她早就死了。”

“等等，”8号说，“什么？”

“两天前你带回的猎物，”马歇尔说，“并不完全是种生物。一直以来，你们称之为‘爬行者’的东西，实际上是一种军事科技混合体。当然，基于它们对主气闸底板的所作所为，我们早就有这种怀疑，样本检测结果证实了这一点。战争将启，也就是说，我不得不长远而慎重地考虑如何处置阿贾亚。”他靠回椅背，合上了眼睛，捏着自己的鼻梁，“幸运的是，对于你们俩，我不必多虑，”他向卢卡斯做了个手势，他一直都在门里等待，“请把他们关起来。我需要跟几个人谈一谈。之后再解决他们的事。”

✦

一个有趣的事实：我们还真有个监狱。

✦

“好吧，”8号说，“无论如何，这两天过得不错。”

我起身，两步跨过长椅，走向床边。直到他们把我们扔在这儿之前，我完全不知道殖民地竟然还有拘留室。显然，那些把我们从房间里拽出来的安保也不知道，不然他们不会冒险把我们跟零食贩卖机关在一起。我们所处的是一间三米乘二米的标准间，和穹顶内其他标准间的唯一区别在于，这里的门只能从外面锁上。

据我观察，自飞船离开米德加德星以来，我们俩是这房间的头一批房客。

“看来我们一开始的计划是对的，是不是？”我一屁股坐在床上，躺了下来，闭上眼，“当时你就该把我推进尸洞。至少这样我是头朝下进去的。”

“是啊，”他说，“你说得没错。你觉得他真会杀了我们俩吗？”

“看起来的确会。”

我们沉默地坐了一会儿。很奇怪，从某种层面来说，目前发生的一切让我感到如释重负。自从走进房间，发现8号满身黏液待在我床上开始，我的肠子就打了个紧紧的结。我一直都很清楚，这秘密不可能保守到永远，因此一直在为事情败露可能产生的后果担惊受怕。可现在，事情真的败露了，当我大概已经知道何时会发生什么，反而冷静了些。事实上，8号再次开口说话时我几乎都快睡着了。

“他说他未必会让9号再生。他不会是认真的吧，你觉得呢？我是说，殖民地需要消耗体啊。”

我睁开眼，转头看向他。“你觉得马歇尔在乎这个吗？”

他本想开口，却犹豫起来，然后摇了摇头。“不，我想他并不在乎。”

我又合上眼睛。“还有个更值得思考的问题：这重要吗？”

“这又是什么意思？”

我叹了口气，坐好，转头面向他。“你不是我，8号，这还不够清楚吗？”

他盯着我看了足有五秒钟，然后开了口：“你什么意思？”

“我的意思是，耶玛在‘苍穹’空间站灌输给我们的一切，反正就是关于永生的那一切，都是扯淡。就是这样。过去六周是我唯一的人生，过去的两天是你唯一的人生。我们就是那该死的蜉蝣，对我们来说，马歇尔把我们扔进尸洞的时候，一切就都结束了。我不管他还会不会搞个9号出来，就算搞出来，9号也不会是我。他只是另一个人，睡我的床，吃我的配给，碰我的所有东西。”

8号摇头。“不。我完全不信这一套。你还记得那个忒修斯之船吗？还有康德？如果他觉得他是我，而且他身边的所有人也都认为他是我，而且无法证明他不是我，那么他就是我。你现在所说的一切，恰恰就是他们不允许多重身存在的原因。”

我翻了个白眼。“他们不允许多重身存在是因为阿兰·玛尼科瓦曾经想要占领宇宙。”

“无所谓。”

他懒懒地坐在椅子上，双臂交叠在胸前，闭上眼。

时间分秒流逝。我睡了又醒。8 号笔直坐在长椅上，大部分时候眼都半睁半闭，双手放在膝盖上。我忽然意识到，自己即将睡掉最后几小时生命，可我完全不想去在乎了。

最终，门锁“咔嗒”一声，门被推开。一个名叫加里森的安保走了进来。他身材瘦小，手无寸铁，有那么一刻，我愚蠢地盘算着要把他扑倒在地，然后逃离。

可是又能逃到哪儿去呢？白痴。

“喂，”他说，“你们俩，谁是 7 号？”

我看了一眼 8 号。他耸了耸肩。我咕哝了一声，坐起身，举起一只手。

“很好，”他说，“走吧。”

我站了起来。8 号冲我笑，似笑非笑。“另一个世界见了，兄弟。”

“是啊。”我说。我们都知道，另一个世界是指某人杯里的循环酱。可至少看上去，他已经原谅我戳破了他有关永生的幻想泡泡。加里森后退一步，指了指走廊尽头。我跟着他走了出去。

循环站位于穹顶中心的最底层。可很快，我便清晰地意识到那不是我们的目的地。到达马歇尔办公室时，我开始好奇自己是否还能多活几个小时。

加里森敲门时我才反应过来，或许马歇尔只是想亲自送我上路。

“来。”马歇尔说。门开了，加里森摆手让我进去。我走过他身边。门在我身后关上了。

“坐。”马歇尔说。

我摇了摇头。“我还是站着吧。”

他叹了口气，充血的眼皮沉了下去，沉了好久，才终于又张开。“请自便，巴恩斯。”

他靠在椅背上，双手落在膝头，抬头看我。“我和戈麦斯谈过了。我需要你告诉我，你对外面那些东西了解多少。”

“那些东西？长官，您是说爬行者吗？”

“对。戈麦斯在最初那份说你死了的报告里说，你是被爬行者杀死的。三天前我们谈话后，他递交了修改过的报告，说你是掉下去摔死的。一小时前，他进一步修改了报告，说你的确穿过冰层掉进了某种隧道或洞穴系统，但他把你留在那儿离开时,你依然活着而且意识清醒。他估计你可能在地表以下一百米。他觉得你会死在那儿，但显然你成功找到路出来了，对吧？”

我点了点头。“这就是这团混乱的起因，长官。博托报告说我已经死了，等我终于想办法回到穹顶的时候，8 号已经从再生舱出来了。”

他挥挥手，示意我住嘴。“我现在在乎的不是这个，巴恩斯。我在乎的是那些隧道。那些隧道本不该存在。我们在轨道时做的调查表明,整个地区的地质都十分稳定。没有火山,没有断层,也没有软岩。我们手中没有任何东西能解释这个巨大洞穴系统的存在。”

“是，长官，”我说，“我也是这么以为的。”

“没错。你在下面时感受如何？它们看起来像是自然形成的地质结构吗？有什么看起来像是人工建造的东西吗？”

我犹豫了起来。真相该说到什么份儿上？如果我告诉他那下面的爬行者大到足以撕穿穹顶的外墙，他会有什么反应？

可我用不着猜就知道他会作何反应。只要他能想出杀了它们的方法，他就会那么做。

马歇尔控制着一台星舰引擎。

他绝对能想出杀了它们的法子。

我想知道，罗阿诺克星是否也曾有人在某个时刻产生过同样的想法。

“那些隧道不像是自然形成的，长官。它们似乎是被刻意建成那种结构的。”

他的眉毛在鼻梁上方挤成一团。“我明白了。那么，你原本打算什么时候才跟别人提起这件事呢？”

我没说话。显然，他心里已经有答案了。令人尴尬的五秒钟后，他终于挥挥手，放弃了这个问题。

“好吧。考虑到你的处境，我也明白你为何犹豫，不敢上前讲出实情。你在那儿有没有看到什么活体生物？”

真相大白的时刻已经到来，是吧？我想起了那个把我推出隧道，又将我在花园里放生的巨大爬行者，想到那些幻觉，想到了毛虫的露齿嬉笑。

我想到了杜甘如何被拽入雪中。

我想到了罗阿诺克星。

我闭上眼，吸气，呼气。

对他全盘托出。

021

8 号一听见门开就抬起了头。看到是我，他惊得下巴都要掉了。

“嘿，”我说，“想我了吗？”

加里森再次把我们锁在屋里。我坐在床上。

8 号歪歪头。“解释一下？”

我耸耸肩。“现在看来，比起变态多重身晃来晃去，马歇尔更担心他的殖民地被爬行者吃掉。”

“呃呦，”他说，“倒也有几分道理。”

“澄清一下，我可没说他不打算杀我们俩了。我觉得他还在考虑。我告诉他，我在隧道里经历了什么，我觉得他吓坏了。”

“你在隧道里经历了什么？你从没告诉过我。”

“这么说吧，马歇尔告诉我们爬行者有智慧的时候，我并不意外。还有一点，仅供参考：我们见到的并非全部。地底深处还有不少爬行者，有的体形大到能先吞下一架飞掠机，再来点儿甜点。”

“除此之外，它们还有军事科技。”

“显然如此。”

“我们即将进入战备状态。”

“马歇尔是这么说的。”

他身子前倾，手肘拄在膝盖上，用两只手揉着脸。

“这可不妙啊，7号。我们可没有足够的装备去和技术物种打地面战。我们只有一百八十个人。”

“一百七十六。我们失去了五个人，多了一个咱俩。”

他抬头看着我，一脸苦相。“无所谓了。我们降落在殖民地之前本该先了解情况的。”

他的意思是，我们本可以在轨道上轰炸爬行者。这样，我们就可以在落入虎口之前，先来一场种族灭绝。

我不得不提醒自己，这时的8号就是六周前的我。他说什么我都不该感到惊诧。毕竟，那时我对爬行者又有什么概念呢？

“不重要，”我说，“当时我们对一切并不了解，而现在，做什么都已经太晚了。”

他身子向后倚，双臂交叠在胸前。“是吗？”

当然，就是这样。又或许并非如此。就像我之前说的，马歇尔手里掌管着星舰引擎的全部能量输出。或许我们不再具备居高临下的优势，可我们依然有多到难以置信的能源。

“不管怎么说，”我说，“我觉得，无论最后发生什么都没必要担心，反正我们俩也看不到那一天了。”

“不一定，”8号说，“他还没杀我们呢，不是吗？”

我又躺回床上，双手放在脑袋后面，闭上了眼。

“别太兴奋，8 号。我很确定这不过是我们的缓刑。”

✦

不知为何，当我躺在拘留室里等待马歇尔发落，心里祈祷着如果他要送我去循环站的话至少体面地先杀了我时，我想到了 6 号。

显然，我并不记得每一次死亡。4 号死前拒绝上传，我也完全没有身为 2 号时的半点儿记忆。可我对他们俩身上发生过什么一清二楚。我看过记载他们生命终点的监控录像。老实说，到现在，我还是不知道哪种情况更糟糕，是记得自己的死亡，还是在视频里见证自己的死亡。可是 6 号……我原本以为我知道他身上发生了什么。博托告诉我，他是被爬行者大卸八块了。

博托也告诉我，我是被爬行者大卸八块了。

在跟我和死亡有关的事情上，博托是信不过的，他的所作所为清晰地证实了这一点。

现在我很好奇，6 号也被丢在隧道里了吗？难道他最终只是没能找到出来的路？如果还能见到博托，我一定要把真相从他牙缝儿里抠出来。

即便这会让我丢了性命。

我还在思考时，目镜弹出了一个对话框。

〈米奇 8 号〉：In**stan* cl**r?

我转过头看着 8 号。

“拜托，”他说，“又来这套？”

〈米奇 8 号〉：C*e*r? S**nder?

我起身坐好。“你干什么呢，8 号？”

“我？你干什么呢？这都是什么玩意儿？”

我摇了摇头。“不是我，我以为是你在说梦话。”

他的表情从恼怒转为困惑。“梦话？还有这东西？”

“或许？”

〈米奇 8 号〉：Un*r**nd? C***r?

我眨了眨眼，关上对话框。“如果不是你，也不是我，那会是谁呢？”

8 号耸耸肩。“显然，是系统故障。系统中两个节点不该有同一个名称。我们俩之间肯定有某种反馈噪音之类的。”

“噢，拜托，”我说，“你这纯粹是胡说八道。关于通信系统你懂得并不比我多，我看你完全就是在胡扯。”

“告诉你，”他说，“我要看看马歇尔把你推进尸洞后会不会留我一阵子，这样就能知道还会不会再出这种问题了。这个实验应该会很有趣。”

我叹了口气。“谢了，8 号。真是我的好兄弟。”

✦

读到这儿，你或许会觉得以往所有建立殖民地的尝试全都悲惨落败了。可事实显然并非如此。我没完没了地研究着那些失败案例，是因为我们进入尼福尔海姆星轨道之后我就觉得此行无望。其实激动人心的成功案例也不少，卑尔根星就是个例子。

第一艘殖民飞船到达的时候，卑尔根星从南到北都被丛林覆盖着。这颗星球上有一大一小两块大陆，都横跨赤道，还有温暖的蓝色大洋，一大堆丛林岛屿，大气中富含氧气和二氧化碳，生物种类也十分丰富。虽说没有什么智慧生物，也没有体形大到令人担忧的东西，可这里的动物都迅猛强壮，脾气暴躁，连树也能运动、会食肉。此外，遍布大陆的微生物群落适应力极强，具有传染性，指挥官在轨道上派出了一个勘探小分队，降落到地表进行初步了解。

可即便他们有铠甲和重武器，也没能撑过一天。

卑尔根星充满敌意的状况让指挥官有些着急。我之前提到过，一般来说，一旦来到一个地方，殖民飞船便很难再次打点行装，飞到新目的地。因此，他们只能尽力优化眼前的局面。

他们对那块小一些的大陆进行了全面消杀处理，一把火烧到了基岩。

于是这地方又是块美地了。从我读到的形容来看，简直是天堂。

所以呢，没错，并非每一次去往新星球的着陆尝试，都以失败和死亡告终。

我的意思是，的确有人会成功。

但那人不一定是我们。

✦

门再次打开时，已近中午。这次换了一个安保，身材更健硕，皮肤黝黑，胡子刮得很干净。他的名字叫托尼奥。我十分确定他是两天前在餐厅里挑衅我的安保之一。

“起立，”他说，“跟我走。”

“哪个跟你走？”8 号问。

“你们俩都走。”

我看向 8 号。他耸耸肩。我们起身走了。

期待是个好玩的东西。四个小时前，当我离开这小房间的时候，以为自己要去循环站了，可我并不害怕。我知道会发生什么，也知道自己无能为力。随之而来的是某种平静。

这次离开时，我以为我们是要回到马歇尔的办公室继续聊聊爬行者的事。可并非如此。我们走过长廊，继续向前。我的心沉了下去，胃也绞成一团，隐隐作痛。

这次，我们是真的要走向循环站了。

马歇尔在那儿等待我们的到来，还有纳莎和小猫，以及另外两个安保。那两人手里拿着爆燃枪。

尸洞大开。它的表面，有微光在舞蹈。

“那么，”马歇尔说，“开始之前，我有几个问题。”

“噢，去你的。”8 号小声说。

马歇尔皱起眉头。“你说什么？”

“听着，”8号说，“我了解你，马歇尔。到现在为止，我已经为你送命九年了。除了这点，大部分时候你是个体面人。虽然你多数时候都表现得威风凛凛，但你不是电视剧里那种恶霸，而我不知道现在你为什么要扮成个恶霸。你不想让多重身待在你的殖民地里，没问题，杀了我们俩当中的一个，把他推进尸洞，问题就解决了。或者把我们俩都杀了，用再生舱再造一个出来，如果这是你想要的结果就动手吧，别跟个混蛋似的。”

“很好，”马歇尔说，“但要澄清一下，如果你们俩今天进了那个洞，就不会再有另外一个你了。你们的人格将从服务器中抹去，同样抹去的，还有你们的身体模板。所以，无须期待下一趟再生舱之旅了，巴恩斯。摆在你面前的是死刑。”

8号摇了摇头。“屁话。你自己说的，这颗星球上此刻只有一百七十六个人，而且还要开战了。你需要每一个人，你不能就这么扔掉唯一的消耗品。”

“的确如此，”马歇尔抿着嘴笑了，“可你并非殖民地里唯一有意愿和能力担任消耗体的人。实际上，陈下士已慷慨表示，如有必要，她自愿取代你的位置。”

8号张开了嘴，合上，又张开，一句话都没说。我转身看向小猫和她的安保朋友们。那两个人正瞄准我，手指摆弄着爆燃枪的扳机，小猫却低头看着脚下。

“小猫？”

“对不起，”她头也没抬地说，“我这么做并非出于私人恩怨，米奇。这是为了殖民地好。”

我爆发出短促而尖锐的大笑。“为了殖民地好？不错。那晚你就是在想这个，对吧？我是否觉得自己能永生？我想你已经有答案了，对吗？”

她看着我的眼睛。她脸上的痛苦压住了我的愤怒。

“拜托，米奇。我也不想走到这个地步。”

“是你让一切走到这个地步的，小猫。”

她眼角渗出一滴泪，沿着她的脸颊滑了下去。“对不起，”她说，“我只是……”

“闭嘴，”纳莎说，“真的，你还是趁早闭嘴吧。”

“够了！”马歇尔说，“上演这么一出背叛戏码没什么意义，巴恩斯。就我了解，小陈是根据你的行为了解到你的情况的，而不是主动刺探。此后，她履行了上报职责。如果她不这么做，现在就要跟你站在一起，等着进那个洞了。还有，她自愿代替你的决定，与你下场如何毫无干系。如果我决定除掉你，要么会找个志愿者来代替你，要么就强制征召一个。”他停了停，让我们彻底领会这番话，然后继续，“然而，现在，最重要的一点在于，你依然有机会阻止这一切。”

房间安静了下来。我们身后，一个安保“咔嗒”一声解除了爆燃枪的保险。

8号先开口了：“我们要做什么？”

“没什么特别的，”马歇尔说，“你只需要履行你的职责，就能避免进那个洞。我有个任务要交给你们。”

我翻了个白眼。“我猜是个会让我们俩都送命的任务吧？”

马歇尔转向我，微笑逐渐变得自鸣得意。“要我再解释一下你的职责吗，巴恩斯先生？”

我叹了口气。“说吧。”

于是他开始说。

022

不知你是否会对此感兴趣，但反物质是个了不得的东西。

反物质独自待着时，和正常物质没什么差别。如果宇宙大爆炸的过程中产生的反物质再多那么一点点，正常物质再少那么一点点，今天的宇宙便会是一个完美运转的反物质宇宙。可事实并非如此。因此，今天的宇宙，是正常物质宇宙，反物质的加入可不会带来什么好事。正常物质与反物质互动的结果并不是质量完全转化成能量，而是取决于参与交互的粒子种类，以及它们相遇前各自的能量状态，以及所处的环境。这交互的结果，可能是一束伽马射线，也可能是一瞬间大量亚原子粒子以光速向四处迸发。

作为一个有机生物体，你为何最好离这些东西远点儿呢？对此，1 号和 2 号很乐意为你解答。

反物质在大离散时代前的旧地球就已经被发现了，那时，“郑石氏”号还只是某个工程师绘图软件里的一个草样。但在很长一段时间里，反物质不过是一种奇珍而已。在大离散之前，人们一直都没搞明白该如何批量合成和储存这东西。实际上，大多数人认为“丘贡金流程”是直接开启大离散时代的唯一原因。

这部分是因为反物质对星际旅行来说至关重要。我们的物理世界中还未发现任何其他东西既能提供足够能量，形态又紧凑到足以支撑我们跨越两颗恒星之间的遥远距离。不过，就算不考虑这个原因（比方说在丘贡金完成他的研究之前某种非反作用力推进概念真的落地了），如果反物质无法被批量生产，大离散也不可能发生。

启动一个殖民地任务，大多数时候都明显是绝望之举。它极为昂贵，失败率极高，即便成功了，在几代人的时间范畴内，你的目的地也很可能远不如你的出发地。要进行如此一跃，你要么就是想奔向万丈光明，要么就是想逃离万劫不复。就古代密克罗尼西亚人来说，他们逃离的是资源衰竭和饥荒。

而我们逃离的，则是气泡之战。

有这么一个真理：人类历史中实现的每一项科技进步，首要目的都是为了满足色欲。印刷术？倒是用来印了点儿圣经，但印的更多的是春宫图。抗生素？性病的最佳治疗手段。目镜？别逼我描述这东西最初是用来干什么的。然而，反物质的大规模生产并未落入窠臼。飞速扩张的夸克和胶子云实在跟性感扯不上半点儿关系。

新技术诞生后投入的第二个领域，当然，就是战争。

在这个领域，反物质简直如鱼得水。

老实说，我们的老祖先在开始考虑如何用反物质将同类转化为放射性尘埃之前，的确花了十几秒时间去思考，或许可以将它应用于其他领域，比如生产能源、星际飞船推进之类。但我猜测，这主要是因为，磁单极子泡出现之前，并没有什么方法能将反物质用于大屠杀。打个比方，你不可能像制作热核弹那样去做一个反物质炸弹，因为在启动之前，反物质核心需要处于完全隔离状态，不得与正常物质接触。你需要重达五千吨的磁场环和一间真空室保存它，这操作起来十分困难。

磁单极子泡的出现，让问题迎刃而解。就像耶玛对我解释过的那样，每一个泡都是时空中的某种绳结，泡内泡外本质上是两个截然不同的宇宙。只要在泡里存上一丁点儿反物质，便是将巨大的潜在能量十分轻巧且相对安全地打包储存起来了。这也正是“德拉卡”号储存能量的方式。飞船加速时，一串装满反物质的磁单极子泡会从容器进入反应室，与装满正常物质的相反极性泡混合。

然后，泡泡两两破裂，完全湮灭，飞船启动。

或许，你已经猜到了事情的走向。

气泡弹的原理十分简单。你只需在某种运载装置里装一大堆填满了反物质的磁单极子泡。装置冲向目标时，气泡会散在风中，在磁场同极相斥的作用下彼此分离。一段时间后，它们会破裂。

效果取决于气泡的散布范围以及泡中所装的反物质种类。最终可能是在同温层炸出一个洞，也可能是一场强力的射线雨，量子粒子会将目标范围包括病毒在内的所有生物统统灭掉，建筑物和其他基础设施却会完好无损。

正是这个细节，吸引了旧地球上战争策划者们的注意。那时，他们拥有热核武器已久，可除了自杀式的末日袭击之外，他们从未发现这种武器的其他用途。问题在于，如果你投下的热核武器数量足以一击制胜，那么放射性尘埃带来的环境后果、进入同温层的垃圾、居高不下的背景辐射等等，都意味着你不光解决了你的目标，可能还有目标的邻居、邻居的邻居，以及邻居的邻居的邻居，以此类推，很可能还包括你自己。这还是假设你的受害者没有将他们的致命末日武器投回给你的情况下。可如果事态真发展到你要对他们投核弹的地步，那估计他们也早已回敬你了。

气泡弹能解决以上所有问题。只要精心设计、正确部署，它便会帮你在敌人的领土上来一场大面积扫荡，且不带任何副作用。你大可将炸弹做得小而轻巧，偷偷投送过去，你的敌人到死都不会察觉。你可以用它杀了所有人，毁掉一切，如有需要，第二天即可入驻这片土地，甚至无须担心尸体的腐臭味道，因为没有任何会导致腐烂的细菌能存活下来。从战争角度来说，它的确是完美的武器。

可对真实的人类来说，它毋庸置疑是场噩梦。

有这么一个十分重要的背景：这一切发生时，旧地球正经历一场环境危机。他们当时的人口密度几乎相当于现在伊甸星人口密度的一百倍，也就是说，几乎是大离散时代大部分殖民地平均人口密度的一千倍。与我们相比，他们的工业和农业既低效又混乱。因此，他们几乎是窒息般困在了自己制造的垃圾堆中。几百年后，他们大气层中的化学成分发生了剧烈转变，以至于这个曾经人口众多的星球上的大部分地区已经不再适宜生存，还面临严重的水资源和食物分配危机。不仅如此，他们在政治层面的撕裂也相当严重，共有二百多个完全独立的政治实体在星球上的各地声称拥有主权。这时，从天而降了这么一种武器，能让其中一个政治实体抹掉其他实体中的所有人口，然后搬入空空荡荡的新领地。可想而知，情况不会好到哪儿去。

有关气泡之战的记载大概都不可靠，因为它的书写者几乎都是最先发起攻击，攻击得最狠，并因此活下来的人。可有几件事我们是可以确定的。战争总共持续了不到三周的时间。只有不到六个独立政治实体参与了这场战争。战争一直持续到整个星球的全部库存反物质枯竭才停了下来。

更重要的是，它导致了旧地球一半以上人口的死亡。那个时候，旧地球就是我们唯一的家园。

大多数史学家认为，不到二十年后“郑石氏”号的启程就是气泡之战的直接后果。否则，还有什么能解释大离散呢？还有什么能解释我们为何离开自己为了适应它而演化已久的那个星球，那个无须地球化、不需接种疫苗，也不用和当地高等生物交战的星球，去向……呃……尼福尔海姆星这样的地方呢？那些人十分清楚，如果人类全都聚在一处，我们最终一定会自相残杀。这几乎一定是正确的。六百多年过去了，旧地球已杳无音讯。

长久来看，我们能活下来的唯一希望，便是四散开来。

另一个事实也逐渐清晰起来：只要有反物质武器存在，大离散也是徒劳。从建立起联盟开始，我们便放逐了旧地球，这一刻，我们甚至不知道那儿是否还有人活着。我们坚信自己有别于他们，我们是更开明的，进化得更高级的，或者其他更什么的。

可并非如此。最终来看，联盟人与旧地球上的人没什么不同。我们依然在彼此争吵，依然时不时打起来。

可我们不会使用反物质武器。这是一条简单明了的死规矩。在我们的脑海中，这是比多重身更严格的禁令，联盟的每一个星球都遵守这条纪律。

如果你打破这条禁律，并被相邻星球发现了的话，他们是会送你一发“子弹”的。

023

“就是这儿了，对吗？”博托在驾驶舱里问。

货舱门滑开，我向下看去。我们正盘旋在一个巨大裂隙的上空。与这神灵遗忘之地的其他裂隙相比，它没有任何不同。这是我当时掉落的地方吗？

“或许吧，”我说，“谁知道呢？”

“那就是了。”博托说。

绞车降下了两米长的绳索。8号扛起背包，扣上卡扣。

“下面见。”说完，他便踏入空中。

绳索下降时，我抬了抬自己的背包。不像想象中那么重。

可这里面装了足以消灭一整座城市的毁灭性力量，真是令人难以置信。

很快，绞车反向转动。绳索末端出现时，我犹豫了。

“嗨，”我说，“博托，行动之前，我真的很想搞清楚一件事。6号身上到底发生了什么？”

博托叹了口气。“爬行者把他拖走了，米奇。你刚从再生舱出来，第一次问的时候，我就已经告诉你了。”

“我不信，”我说，“你也跟我说过爬行者把我吃了，记得吗？”

“我没说它们把他吃了，”博托说，“我说它们把他带走了。他被吃了这件事是你自己推测出来的。他当时在另一个裂隙执行任务，离这儿不远。它们从雪里爬了出来，就像我说过的那样。但它们没把他给撕了，而是把他拖进了一个洞。大概十五分钟后，我就联系不上他了。最后十分钟，他的信号已经断断续续的了。我当时觉得……”

“什么？”

“我十分确定，它们对待他的方式，就跟我们对待你拖回来的那个爬行者的方式一样，”博托说，“把他大卸八块，试着去理解他的结构。”

“它们拿走了他的目镜，”我说，“拿走了我的目镜。”

“或许吧，”博托说，“它们倒也不能用它干什么。”

两天前，我可能会对此表示赞同。可现在？

“你骗了我，”我说，“还骗了指挥官。爬行者是智慧生物，你肯定在我知道这个事实之前就知道了。你本该因此被扔进循环站的，博托。你怎么想的？”

他没有回答。我等了足足十秒钟，然后摇了摇头，伸手去够那条绳索。

“我怕。”博托说。

我转头看着他。他不肯与我对视。

“怕什么？在你伪造报告之前，你没做错任何事情。我身上发生的一切，并不是你的错。”

“不，”他说，“我怕的不是指挥官。我怕的是那些该死的爬行者。或许我能救你的。我本可以把你从那个洞里拉出来。如果我带上加速枪而且着陆够快的话，甚至说不定能救 6 号一把。可是我没有。我没有，因为我很怕。”

这一刻，一切突然都说得通了。

“你可是博托·戈麦斯啊，”我说，“你可是能开着飞掠机，以每秒两百米的速度穿越只有三米宽的缝隙的人。你天不怕地不怕。”

他叹气，点头。

“你宁愿冒着被扔进循环站的风险，也不愿意对我和马歇尔承认……不愿对自己承认？你不愿意让任何人知道这世界上有你怕的东西。”

他转身面向控制台。“8 号正在等你，米奇。”

“你知道吗，”我说，“如果我还有一丁点儿机会能成为 9 号，我要做的第一件事，就是把你痛揍一顿。”

他无言以对。

我扣上卡扣，出发。

✦

“所以说，”我降到底打开卡扣时，8 号说，“是这儿吗？”

我环顾四周。裂隙之下的地面约有六七米宽。我们两侧都是三十米高的冰盖。其中一面冰墙的半山腰处，有一块猴头般探出的巨石。

“对，”我说，“我想就是这儿了。可这并不重要。我很确定整片区域都被掏空了，即使这里不是我掉落的准确地点，只要再找一个入口进入隧道就行。”

绳索消失了，过了一会儿，我们听到了重力引擎的轰鸣，是博托的飞行器在加速离开。我们开始行走。走过巨石后，我看到了洞的边缘。很显然，过去几天的降雪量还不足以将它完全覆盖。

“那儿，”我说，“那儿就是我掉下去的地方。”

我们走到边缘，向下看，底下是一条陡峭的石头隧道，宽度大概刚过一米。

“看起来能爬。”8 号说。

“8 号，”我说，“我们不该这么做。”

他转过身，看着我。“那你还有更好的办法吗？”

“不，”我说，“我不是这个意思，我是说，我们不该这么做。”

“不，”他说，“我们得这么做。”

“那些爬行者，”我说，“是有智慧的，”我用一根拇指勾住背包，“这么做会让我们成为战犯的。如果米德加德星发现了我们的所作所为，我们的下场就会像高尔特星一样。”

总而言之，我们俩的背包里各放了一个迷你气泡弹，分别容纳了从“德拉卡”号燃料库中提取的五万个反物质单元，每一个都单独储存在一个磁单极子泡中。它们一旦被释放，便会散开，在空气中如鬼火般飘浮。

最终，气泡会破裂。

自己背上背的竟是这种东西，一想到这个事实，我就直起鸡皮疙瘩。

“我知道它们是智慧生物，”8 号说，“正因如此，我们才必须这样做。只有把这种武器用在人类身上时，才会被算作战犯。滩头就是如此。如果有必要，地球化改造机会扫平整片大陆来为我们开路。你知道的。”他在洞的边缘坐了下来，身子向前倾去，“帮我一把？第一个岩架可够低的。”

“它们中的一个曾救我一命。”我说。

他抬头看向我。“什么？”

“四天前，”我说，“博托任我迷失在隧道里自生自灭的时候，是一个爬行者救了我。它把我拾起，一路送到穹顶附近，然后放了我。”

“所以你的意思是，”8 号说，“我们俩经历的这该死的一切都是它们的错？”

好吧，这也不失为一种理解角度。

“无所谓，”8 号说，“这不重要。你也听到马歇尔的话了。如果我们不这么做，就要被扔进循环站，从此消失。他会把我们的人格彻底从服务器上抹掉，那个该死的小陈会接替我们的位置。”他向前走了几步，向下看去，“你知道吗？我觉得我没问题。”他两只手撑住开口的两侧，腿晃荡了起来，“下面见咯？”

他缓缓向洞穴深处降去，然后消失了。

我站在那儿，看着那个洞，看了很久。我想我大可就此走掉，走回雪地，打开呼吸器的密封阀，一了百了。

可这么做没有任何作用，不是吗？如果我真的这么做了，他们会派博托或纳莎去寻找我的尸体，寻回背包，如果8号尚未完成工作，就再派9号下隧道。

最后，我的目镜亮了。

〈米奇8号〉：走吧，7号。我们有任务在身。

我叹了口气，拉紧背包的带子，然后跟他走了下去。

✦

“我们应该分头行动，”8号说，“彼此相距越远越好，然后同时拉下触发线。这样就能覆盖最大范围，也不必担心自己武器的爆炸范围会影响到对方的散布路径。”

“8号……”我开口，他却摇了摇头。

“不，”他说，“我不想听。走吧。开着对讲机。准备好了就告诉我。要是碰上前两天的那位朋友……”他转过身，“我不知道该怎么说。告诉它我们也很抱歉吧。”

我站在那儿，看他消失在一条分岔的隧道中，他的红外信号也逐渐淡去。我想或许他还会回来，可是他没有。最后，我选了一条隧道，理了理背包的肩带，也开始行走。

✦

“7 号。你在吗？”

“在，我在。”

“你看到什么了吗？这些隧道似乎都是空的。”

“没有。可我时不时能听到一些声音。”

“是啊，我也是。墙后面好像有什么东西在挠墙，对吗？”

“没错。我猜是咱们的朋友。”

“你觉得它们知道我们在这儿吗？”

我翻了个白眼，尽管我知道，他根本看不见这个白眼。“这是它们家，8 号。如果有爬行者进入穹顶，我们多久会知道呢？”

寂静继续蔓延。最后我开始好奇，他是否已经切断了通信线路。

“你觉得，它们会知道我们为何来这儿吗？”

✦

十分钟过去了，我来到一个十字路口，正考虑该向上还是向下。这时，通信信号灯亮了。我的视野左上角出现了一张照片。是一条又宽又深的裂隙的俯瞰图。

裂隙的每一寸都覆盖着爬行者。

都是小型品种，就是扑倒杜甘并撕破主气闸地板的那种。

大概有几千只。

几千几万只。

“7号！ 7号，你看见了吗？”

“我看见了，”我说，“8号，听我说……”

我的声音弱了下去。听什么呢？我又想到了多年前，自己在外婆的花园里放生的那只蜘蛛。如果它回到房子里来，我会再救它一次吗？还是会把它踩碎，一了百了？

如果我在外面发现了一窝蜘蛛，足有成百上千只，当我意识到它们可能会占领整个花园，我又会怎么做？

“8号？”

8号没有回答。

“8号，你还在吗？”

最后一张照片传到了我的高速缓存里。这张照片太糊了，几乎没法识别。我猜绝大多数人就算看了也根本搞不清楚拍的是什么。

但我搞得清楚。这是一只巨型爬行者的大嘴和口须，拍摄距离不到两米。

这时我意识到，8号已经死了。

现在该怎么办？我不知道他在哪儿，也不知道爬行者的托儿所到底离这儿有多远。

更不知道他在被爬行者带走前，是否曾抓住机会拉下触发线。

这些隧道就像迷宫，让人眼花缭乱。我距离8号死去的地方可能有几千米远，也可能只是转角之隔。

我可以试着去找他。

也可以就此拉下触发线，一了百了。

我闭上眼，摸索着线，接着犹豫起来。

我眼前是那时间倒流的篝火，烟气倒吸回去，灰烬变回木头。

我面前是那只大毛虫。但它不再笑，而是眯着眼睛，嘴唇紧闭，抿成一条细长而清晰的线。

一个对话框从我的视野角落弹出。

〈米奇 8 号〉：Understa*d?

我睁开眼。

黑暗中似乎有东西在移动。

几乎将隧道填满了的东西。

〈米奇 8 号〉：You Understand？（你能懂吗？）

我眨了眨眼，舌头伸到齿尖，又吞了吞口水。我的手轻轻拉住了触发线。

〈米奇 8 号〉：是的，我能懂。

〈米奇 8 号〉：你是原身吗？

呃，这我就不懂了。爬行者又靠近了一些。它的两对大颚都大大张开。这一定是在表示威胁吧？我不由自主地向后退了一步，手指拉住触发线。

〈米奇 8 号〉：你是原身吗？

我摇了摇头。真傻。即便它能懂得人类的肢体语言，大概也没有眼睛这种器官。

〈米奇 8 号〉：我们已经毁了你的次生，你是原身吗？

原身？次生？

它是在说 8 号。

我可以拉下触发线了。

我可以拉，可我没有。

我决定冒一把险。

〈米奇 8 号〉：是的，我是原身。

爬行者的脑袋缓缓落在了隧道的地面上，两副大颚慢慢合上了，首先是内层那对，然后是外边那对。

〈米奇 8 号〉：我也是原身。我们聊聊？

于是，我们聊了聊。

024

殖民地联盟有数百个星球，但人类和本土智慧生物得以和平共存的只有一个。那是一颗寂寞的小矮行星，绕气态巨星旋转，而气态巨星本身也在绕旋臂远端的一颗 M 型恒星旋转，离它最近的殖民地也有二十光年之远。前往这颗行星的殖民任务，是我们进行过距离最远的一次成功跳跃，那颗行星因此被命名为远投星。

这背后则是一个完全不同的故事。

远投星上的本土居民是一种树栖头足类动物。我在视频里见过它们从一根树枝跳到另一根树枝上的样子，在滑翔过程中它们的体色会与树冠的颜色融合，融合之完美，只有通过红外线才能将二者区分开来。它们集中居住在这颗星球唯一一块大陆的中心高地上。我们登陆时，它们在科学和文化方面都胜我们一筹，可它们的物质水平比人类刚开始发展农业时好不了多少。为何如此？人们有过不少猜测。其中我认为最合理的解释如下：人类之所以一个劲儿发展长矛、住宅、飞掠机和星舰，都是因为人类当不好普通的动物。

远投星上的本土生物却当得很好。它们不需要刀枪便彻底掌控了自己的生存环境。殖民地居民登陆时，本土生物没注意到他们，因为滩头基地位于海岸线，距本土生物生活的山脉几百千米远。殖民地居民们也没注意到本土生物，因为这些本土生物十分害羞，具有很强的地域性，而且几乎隐形。着陆后的头二十年，人们甚至都不知道它们的存在。

以上二者相遇的结果为何如此与众不同，史学家们并没有给出过多解释。我却自有一套理论：等到他们终于遇见彼此的时候，殖民地已站稳脚跟，不再疑神疑鬼担惊受怕了。

时间。时间是关键。

我们需要的，只是时间。

025

我第二次活着从爬行者的隧道里走了出来，走进了低垂的冬日阳光。为何如此？我不明白，或许我永远都不会明白。

以尼福尔海姆星的标准来说，这个早晨十分美丽。天色透亮，浅赭中混着一丝蓝，我所在的位置与穹顶之间覆满积雪，阳光下如有一片钻石的原野。我深吸一口气，拉起背包，走了起来。

雪深及膝，不断扬起的雪末飘到我的腰间。即便戴着呼吸面罩，我也无法从尼福尔海姆星的大气中吸取到足够肌肉所需的氧气，因此当我拖着沉重的脚步，向着周界艰苦跋涉那一千米左右的路程时，有足够的时间去思忖待会儿会发生什么。我想过要告诉他们我回来了。我甚至打开了一个对话框，却又忽然意识到，不，这可能会刺激马歇尔，令他出手阻止我。如果他真的下了命令，纳莎或者博托，会对准我的脑袋投上一个等离子炸弹吗？

纳莎不会。我对此很有信心。但博托呢？

我真的一点儿都不知道，他要真那么做了，我背上的死亡包裹会怎么样。

或许，永远都不知道对所有人都好。

我转了个弯，好尽可能走在两个信号塔正中间。我希望能在被盘问之前一路走到穹顶，但考虑到这地方已经针对爬行者入侵部署了高度警戒，似乎希望不大。恰好在离周界还有几百米的时候，距我最近的两个信号塔激活了。塔基闪耀着灯光，爆燃枪从塔顶升了出来，转过来指向我。

“别，”我对着通用通信频道说，右手握住触发线，“拜托，我可不想拉下这个。”

爆燃枪没有收回，可也没有开火。三十秒过去，却感觉已经过了几个小时，马歇尔的声音回响在我耳畔。

“放下背包，巴恩斯。小心地把它放在地上，然后慢慢走远。”

我抓着触发线的手开始颤抖，我努力遏制着嗓子里那呼之欲出的颤抖。

“不，”等我的声音再次受控时，我说，“我不想那么做。”

通信中断了，这次断了大概一分钟。线路再次接上时，马歇尔的声音听起来怒不可遏。

“你是几号？”

“7 号，”我说，“我是米奇 7 号。”

“8 号在哪？”

“死了。”

“他有没有触发装置？”

“没有，”我说，“没触发。”

通信又被切断了。我看了一眼两个信号塔离我更近一些的那个。枪管正中央，有一道黯淡的红光。我从来没见过这种光。

我想，这是因为，我从未直视过上膛的爆燃枪口。

它要是向我开火，我该怎么办？如果是手持式爆燃枪的话，就算它是顶在脸上开枪，我死前也肯定有时间拉下那根线。可是这东西就说不准了。

不重要了。即便我立毙当场，我的胳膊也可能会抽筋，他们不能冒这个险。

不能吗？

正在我考虑这问题的时候，弹出了一个对话框。

〈红鹰〉：米奇？大哥？你这是干什么呢！

呃，好吧。至少他现在不是在驾驶舱里准备向我投炸弹。

〈米奇 8 号〉：嗨，博托。见到我惊讶吗？

〈红鹰〉：我是认真的，米奇。你是彻底失去理智了吗？你想干什么？

〈米奇 8 号〉：让马歇尔出来。我们聊聊。

〈红鹰〉：……

〈米奇 8 号〉：我不是在开玩笑，博托。让他出来。

〈红鹰〉：米奇，拜托，你清楚，这是不可能的。

〈米奇 8 号〉：这可能，博托。

〈红鹰〉：把背包卸下，米奇。你肩上背的那个东西……这已经是战争罪了。你自己说的。要是拉下那根线，你会杀掉这星球上的所有人。这不会是你想要的结果。

〈米奇 8 号〉：是啊。我一直都觉得“我可不想这么做”。我不想杀了你。好吧，实际上我挺想杀了你。可我不想杀了纳莎，甚至也不想杀小猫，甚至是那个安保部的混蛋托尼奥。我不想杀除了你之外的任何人。我想要的，是和马歇尔面对面聊聊。把，他，叫，出，来。

对话框关闭了，我又独自一人考虑起了信号塔上爆燃枪的问题。

他们又让我在这儿站了将近一个小时，面对着那道暗沉的红色光线，冰冷的空气从保温服的缝隙渗入，一路深入我的皮肉，最终长驱入骨。与你分享一个让人难以接受的事实：如果被扔在零度以下的天气里足够久，不管穿上多少层高科技保温服，你最终都会冷到凄凄惨惨，难以忍受，乃至刻骨铭心的地步。四十分钟后，我开始希望他们能干脆点儿，用爆燃枪给我从中间开个洞算了，至少这样我能死得暖和点儿。

可他们没有。就在我几乎决定要拉动那根线，让一切结束在这一刻的时候，二百米外的穹顶，次级气闸打开了，马歇尔气势汹汹地走了出来。

我觉得那是马歇尔。可那人戴着呼吸面罩、护目镜，又穿了六层低温防护服，我一时有些分辨不清。身高似乎是他，身后跟着两个穿了全套战斗防护服的安保，一切确认完毕，我十分肯定，就是他。我开启了一个对话框。

“不是吧？怎么跟了这么多护卫，马歇尔？已经有两管大炮对准我了，你还需要多少火力？”

“安保员在此，”他声音低沉地咆哮道，“是因为，我十分怀疑这是个陷阱。”

我几乎要笑出来了。“陷阱？谁设的陷阱？”

“我们正在打仗，”马歇尔说，“出于某种我真的捉摸不透的原因，你似乎完全站在了敌人那一边。”

我无言以对，因此只是沉默地站在那儿发抖，看着他艰难地在雪中向我跋涉而来。他在周界处停下，离我有大概十米的距离。那两个安保在他身后半步处停下。

“那么，”马歇尔说，“我来了，巴恩斯。你想做什么，就做吧。”

我很好奇，他觉得我会怎么做？我想大概是挥挥手，从雪中召出一队爬行者，把他给吃了。有那么一刻，我还真的想过要大喊一声“把他拿下！”，看他作何反应。但他身后的两个安保手里都有上了膛的加速枪，他们大概很紧张。这不是个开玩笑的好时机。

“我没有那么做，”我说，“我没拉下触发机关。”

“我看得出，”马歇尔说，“那你的……朋友呢？”

“你是说 8 号吗？”

“是的。8 号。他是否启动了装置？”

“没有，”我说，“我已经告诉你了，他没有。他没来得及动手就死了。”

“我知道了，”马歇尔说，“那他的装置呢？”

“被爬行者拿走了。”

那一刻的寂静似乎延展成了永恒。

“它们知道自己拿走的是什么吗？”指挥官终于问道。比起刚才，他的声音里多了一丝颤抖。

“是的，”我说，“它们知道。”

“它们是怎么知道的？”马歇尔问。

“因为我告诉了它们那是什么，该如何操作。”

马歇尔转向了左边的安保。“杀了他。”

“长官？”

是小猫。我本该认出她的铠甲。马歇尔颤颤巍巍举起一只手，指向我。

“陈下士，这个人，背叛了我们的殖民地，他背叛了整个殖民地联盟，背叛了人类。此刻，我深信，我们在这星球上所剩的时间，将以小时，甚至是以分钟倒计时。但在时钟走到最后一刻之前，我要看着他死去。杀了他。”

“这不是个好主意。”马歇尔另一侧的安保说。我觉得那是卢卡斯，可我很难通过通信系统辨认清楚。“他可背着气泡炸弹啊，长官。”

“听我说，”我说，“我不得不告诉它们那是什么。不然的话，它们可能会试图拆开它，搞明白它的运作方式。如果它们真的那么做了……”

“如果它们真的那么做了，”马歇尔说，“它们就可以自取灭亡了。”

“它们要是在穹顶底下这么做的话，可就不一样了，”小猫说，

“如果是我，我就会这么做。”

“你会怎么做并不重要，”马歇尔说，“巴恩斯是如何在幻想中为自己的所作所为开脱的，也不重要。这个人在战争时期通敌。没有比这更大的罪名了。”

“那种族灭绝呢？”我说，“这可是项重罪。让我们抛弃了旧地球的，可不是通敌，你知道的。还有，很重要的一点是，我们并不是在打仗。”

马歇尔转身面对我。“外面那些家伙已经杀了我五个人了，你这个怪物！它们连你也已经杀了两次了。我们也杀了它们。如果这还不叫战争，那这是什么？”

我摇了摇头。“你是以人类的方式进行思考的。可爬行者并不这么考虑事情。它们似乎对个体生命没什么概念。就我看来，它们是一种集体思维生物。它们对我们杀掉的爬行者毫不在意，因此，它们也并不明白我们为何会在意被它们带走的人。它们并不认为解剖几个次生就是一种挑衅。在它们看来，我们目前所做的一切，不过是一种信息交换。”

“次生？”小猫说。

“没错，”我说，“我认为这是理解我们在穹顶附近看到的那些小家伙的最佳方式。它们只是这个整体里的一小部分，自身并无智能。它们假设人类也是如此。”

“很好，”小猫说，“那你有没有至少纠正它们一下？”

“我试过了，就它们所知的一切来说，它们的语言能力强得令人赞叹，它们窥视了我的通信系统。可如果它们头脑里本来就没有某个概念，那么翻译也无济于事。无论如何，它们说感到很抱歉。”

小猫开口想接着说两句，但马歇尔打断了她。

“够了！闭嘴，小陈，不然你就和他一起进尸洞吧。”

“我是不会进尸洞的。”我说。

“哦，你会的。除非先把我们全部一起炸死，否则你就绝对要进那个洞。而且我一点儿都不在乎你是活着进还是死了进。你必须给我把背包拿下来，巴恩斯，你拿下来的那一刻，我就会把你丢进洞里。”

“我不是想反对哈，”卢卡斯说，“但你现在是给了他一个立即杀了我们的理由，长官。”

马歇尔转过头，瞪他一眼，再瞪小陈一眼，然后将目光瞪回到我身上。

“你不能杀了我，”我说，“尽管你很想杀了我，但你不能。我是你和爬行者之间唯一的联系人，现在它们手里已经有反物质武器了，就像我们一样。”

“都是拜你所赐，”他说，“拜你所赐，巴恩斯。你把我们都害死了，你这个混蛋。”

我摇了摇头。“送个末日武器到它们的隧道里，这可不是我的主意。8 号被抓到之前没来得及启动装置，这也不是我的错。都是拜你所赐，指挥官。”

“但你本可以结束这一切，”他说，“要是你履行了你那该死的职责，这一切早都该结束了。你是个消耗体，你这个懦夫，你怕死。”

我叹了口气，任眼睛合上。当我再睁开眼，小猫和卢卡斯将武器扛到了肩上。

“或许，”我说，“或许我不想死……又或许我不想死时背着种族灭绝的道德包袱。我明白，你觉得我本该拉下那条线，杀光爬行者，然后死去。可是我没有，现在我们必须向前看。这星球上有另外一种智慧生物，你刚送了它们一个反物质武器。你现在迫切需要外交。而我就是你唯一的外交官。你真的觉得这时候杀了我会对任何人有好处吗？”

马歇尔盯了我足足三十秒。他的手在抖，我能看到呼吸面罩后边他的下巴也在抖，但他一言未发。最后，他转过身，走回了气闸。小猫和卢卡斯站在那儿，看着他走了。

“所以呢？”外门在他身后旋紧了，这时我说，“我们之间，没事了吧？”

小猫瞟了卢卡斯一眼。他转过身看向了距离最近的那个信号塔。我们投去目光时，爆燃枪的光逐渐暗了下去，然后缩回了底座里。

“是吧，”小猫说，“我想没事了。至少现在没事了。”

她向我走了几步，伸出一只手。我小心收好那根触发线，握住她的手，把她拉了过来，给了她一个拥抱。

“我很抱歉。”她说，她连声音里都噙满了泪。

“我明白，”我说，“没关系的，小猫。你只是做了必须要做的事。”

我们在那儿又站了十秒钟，她终于开口：“穿着铠甲拥抱的感觉很奇怪。”

她说得没错。

我松开手，三个人一起走回了穹顶。

✦

回到我的床位后，我合着眼，在床上伸展四肢，双手叠在脑袋后面，任思绪漂浮游离，终于，8 号的死向我袭来。我觉得这说不通，原因有很多。我是说，先不论如果我要留下来，那他就必须去死这个事实，也不管他大部分时间都很让人讨厌这件事，我和他仅仅相处了几天而已，他不是真的消失了，对吧？毕竟，我就是他，他就是我。这感觉，就像是在打碎镜子后，哀悼自己的倒影。

无所谓了。或许这样对他好，对我也好。又或许，这是对于我掉下那个该死的洞之后心里累积起的一切最好的释放。可过了不到五秒，我那“一切都好”的心态，便崩塌为一场丑陋的哭泣。

我哭了好一阵子。

逐渐平复下来时，有人敲门了。

“来了。”我说完便坐起，脚晃晃悠悠地伸向地板，用 T 恤正面大致把脸抹干净。当我抬起头时，纳莎正在合上身后那扇门。

“嘿，”她柔声说，“欢迎回来。”

“谢了，”坐在床上的我向一旁移了移给她腾出个地方，她在我身边坐了下来，“抱歉，这次只有我。”

她笑了，然后用一只胳膊揽着我的肩膀，把头靠在我的头上。

"8 号经历了什么，很糟糕吗？"

我耸耸肩。"我不知道。我们分头走了。我猜他发现了一个……窝？成千上万的爬行者层层叠叠地待在一个巨大无比的洞穴里。他失去信号的那一刻给我发了照片，"我能感觉到她的颤抖，"反正，一切都发生得很迅速。他准备好了要启动装置。不管他身上发生了什么，一定事发突然，才导致他没能完成任务。"

当然了，我并不清楚事实到底是怎样的。可毕竟，他就是我。或许他在最后一分钟改变了主意。或许他本可以拉下开关，却选择不去那么做。

纳莎吸了吸鼻子，然后笑了。

"对不起，"她说，"我不知道该作何感想。"

我用手揽着她的腰。她叹了口气，将身子倾在我身上，然后将我推倒在床上。

"你知道吗，"她把头枕在我胸口，然后说，"马歇尔本想让我去炸了你外面那些朋友。"

"呵，"我说，我的眼皮缓缓合上，"你怎么说的？"

她又温柔地笑了，然后将一条腿搭在我身上。"我说，如果你跟我们说的是实话，它们藏在一百多米深的基岩下，那么我们的弹药库里就没有任何武器的火力猛到能将那些盘根错节的地洞全炸个灰飞烟灭。这样的话不管我们做什么，都最多只会惹恼它们，目前来看，这并不是个好主意。"

"聪明。他作何反应？"

她将手向上移，一路滑过我的胸口，捧着我的脸颊，将我的头抬到她能吻我的角度。“就像你预计的那样。”

她又停下来，摸了摸我的脸。“所以是实话吧？”

我吻了吻她的手，然后把她的手放回我胸口。“什么东西是不是实话？”

“就是你和我们说的那些啊，”她说，“关于爬行者的那些。它们真的不会再来找我们的麻烦吗？”

我撇了撇嘴。“我觉得差不多？但事实上，我其实并不知道我们对彼此说的话到底理解多少。它们说，只要我们离它们的隧道远一点，别在穹顶以南的山脚下建任何东西，它们就不会来找我们的麻烦。但它们真的明白‘穹顶’是什么意思吗？它们真的完全清楚，‘不再来找我们的麻烦’意味着不能抓走我们的人然后把他大卸八块吗？谁知道它们到底懂不懂呢？”

“哇，”她说，“你这个谈判专家可真是太不怎么样了，啊？”

“抱歉，”我说，“我可是已经尽力了，你懂吧？”

她用一个胳膊肘撑起来，亲了亲我的脸，然后拽着我的胳膊抱住她，用她的脑袋在我肩膀和脖子之间的锁骨窝里蹭来蹭去。“我知道你尽力了，宝贝，”她叹了口气，然后把我拉得近了一点，“我知道。”

不到一两分钟她就睡着了。我也开始恍神。这几天实在过得太漫长了。我合上眼睛，很快就滑入了毛虫之梦。我们回到了米德加德星，面对面坐在倒燃的篝火旁，看着烟圈从暗透的天空中逐渐向下回旋。

“这是个结局，”它问，“还是个开始？”

我隔着火堆抬头看它。“你能说话了？”

“我一直都能说话。只是你听不懂。”

我耸了耸肩。倒也公平。

“我想两者都是，”我说，“我希望两者都是。”

它似乎对这回答很满意。然后，我们伴着彼此，安静地坐着，直到它一点一点消失。

026

我醒来时，纳莎已经走了。可她在我的平板电脑上留了一条信息。

今天要飞行，回来再见？

我笑了。从床上起来，快速洗漱一把，然后拽出最后一套还勉强算干净的衣服。

今天有些与众不同，可我说不出具体是什么不同。

我感到一丝奇怪的……轻盈？我也不知道。我只是……

然后我突然懂了。这是我很久以来，久到不知多久以来，第一次不再害怕。

我细细品尝这滋味，沉醉于此，任它浸入骨髓，这时，我的目镜亮了。

〈指挥官 1〉：立刻到指挥官办公室报到。

〈指挥官 1〉：九点之前未报到将被作玩忽职守处理。

噢，好吧。到此为止。

我没有即刻回复马歇尔的召唤。我十分清楚他想说什么，我不想听。

拉开马歇尔办公室大门时是八点五十九分。他靠在椅背上，双手在肚腩上交叠着，脸上隐隐约约浮现着一丝微笑。

呵。这可出乎我的意料。

“巴恩斯，”他说，“坐。”

我走进办公室，将身后的门关上，拉出椅子，坐在他的桌前。

“早上好，长官。您要见我？”

“是的，”他说，“没错。我主要，是想跟你道歉。”

这可大大出乎我的意料。

“似乎，”他继续，“我昨天对情形有所误判。当我了解到，你把我们的装置留在了那些生物手里，还向它们解释了这是什么东西的时候，我……”

“我解释过了，”我说，“不是我把装置留给它们。它们是在杀 8 号的时候从他手里夺走的。我不得不向它们解释那是什么，以及它的运作原理是怎样的，否则它们很可能意外触发。”

他点点头。“你的确提过。我的假设，自然是它们立刻就会用我们的武器对付我们。可是，今天我还能坐在这儿跟你进行这番对话，就说明我是错的。我是错的，你是对的。所以，我要再次道歉。昨天我的反应是不对的。”

“你的反应，指的是昨天让小猫和卢卡斯把我杀了？”

他的右眼皮抽搐了一下，可除此以外，还镇定自若。“是的，巴恩斯。那是不对的。我很抱歉。”

“哦。好的。那我就接受你的道歉吧。”

“不错，”他说，“你比大多数人都要心胸宽广。”

他身子向前，越过桌子，向我伸出手。我犹豫了一刻，然后握了那只手。

“那么，”我说，他松开我的手，再次向后倚去，“呃，还有事吗，长官？”

“这个嘛……”他脸上的笑容又回来了，这次比刚才更加灿烂。他说：“还有一点。既然现在一切都回到正轨了，我有个任务要分配给你。”

好吧。来了。“任务，长官？”

“没错，”他说，“假设我们的朋友们此后就待在它们的隧道里，离穹顶远远的——希望我们能如此假设——那么我们也是时候要继续为殖民地的生存考虑了，你不这么觉得吗？”

我靠回椅背上，双臂交叠在胸前。“没错，长官，我想的确如此。”

“很好。很好。那么，我想你肯定能猜到，昨天造那两个设备，动用了不少反物质，我们的库存岌岌可危。在可预见的未来，我们已经无法产出任何新的能源储备了。我相信，即便我不说你也能明白，如果发电站崩溃了，我们面临的会是什么。”

“是的，”我说，“我想我明白。”

他向前倾，将两个手肘撑在桌子上，那神态，活脱脱像个急切想完成交易的推销员。

“当然，我们取出的燃料已经丢了一半，帮不上什么忙了。

因此，把你带回来的那个装着反物质的装置再放回堆芯去，就显得至关重要。”

噢，混蛋。

“是你取出来的，”我说，“怎么取出来的，就怎么放回去吧。”

他试图挤出一个悲伤的表情，但看起来不怎么悲伤。“很不幸的是，这是不可能的。我们是用正常驱动送料机将燃料抽取出的。我想你也清楚，它只能单向运作。没有什么机器能让单个能量单元回到堆芯之中。恐怕只能手动去完成这件事，从内部去做。”

我合上眼，深吸一口气，然后缓缓吐了出去。

活跃的反物质堆芯中的中子通量是多少？耶玛好像从来没提过这个，可我想不会太少。

“别担心，”他说，“这之前和之后，我都不会要求你上传记忆的。你什么都不必记得。”

“我不用上传了？”

他摇头。“绝对不用。”

“我从再生舱出来之后就没再上传过了，这你知道。如果我这么做了，那这部分的我就等于从未存在过。”

“胡说，”他说，“如你所说，这部分的你将成为殖民地的拯救者。即便你不记得，我们也会永远记得。”他低下头，看看他的双手，然后又抬起头，挤出一个更为真诚的表情，“我知道平常我很少这么说，但你的确不止一次地拯救过殖民地，我确信，你将来还会这么做。对此，我无以为报。我代表所有人，对你表示感谢，米奇。你的勇气值得我们所有人赞扬。”

米奇。哎呀呀，九年了，他终于叫了一次我的大名。

我的勇气值得所有人赞扬。

去你的，马歇尔。

我将椅子朝后滑，站起身。

“不。”

那副真诚的表情，刹那间如同面具般从他脸上滑落了，取而代之是纯粹的愤怒。

“什么？”

“不，”我说，“我不会这样做的。你把我送去隧道的时候，显然就已经为殖民地的生存做好了计划，这计划里显然不包括我这份燃料。就按你那时的计划来吧。用无人机把你的战犯炸弹送回反应堆芯去，或者你亲自上阵，反正我是不会去的。”

他猛地站了起来，脸色沉了下去，眼睛眯成了一条缝。

“你会去的，”他咬牙切齿地说，“否则，我会请上帝当见证人，将你的人格和记录全部从服务器上抹去。然后将你的最后一个再生体亲手推进尸洞。”

决心已下，我觉得肩膀上有一个自己从未意识到的重担忽然挪开了，我感觉自己几乎要飞起来了。

“你大可抹去服务器上的记录，马歇尔。实际上，我请求你务必将它抹去，因为我要在此向你辞去殖民地消耗体的职位。去找个替代品吧。我毫不在意。可你不会杀了我，因为我是你和爬行者之间唯一的桥梁，昨天你可是蠢到为它们亲手奉上了一个反物质炸弹。你的人胆敢动我一下，我就告诉爬行者停战协议作废。”

他的嘴开开合合数次。

我情不自禁笑了出来。

“你他妈敢。”在我快要走出门外的时候，他终于开了口。

“我已经死过七次了，”我扭头对他说，“比大多数人多六次。别跟我说什么敢不敢的。”

我甚至不屑于把门给关上。

✦

“嗨，兄弟。怎么样了？”

我从自己那盘蟋蟀炒土豆中抬起头。博托把托盘放在我桌子对面，然后一屁股坐在了长椅上。

“噢，”我说，“是你啊。”

“是啊，”他说，“我听说你不干了。”

我耸耸肩。“似乎是这样。”

“够野的，”他说，“我没想到你会这样做。”

“这不简单，”我说，“除非你拿一个反物质炸弹举在马歇尔头顶。”

他咬了一口，嚼了嚼，吞了下去。他开口说话的时候，我正打算继续吃我的食物。“你终于吃干的了？”

“是啊，”我说，“再也没人来分我的配给了，是吧。”

“噢，”他说，“是啊。”

“是啊。”

我们静静地吃着，一分钟过去了，这一分钟足以让气氛变得很尴尬，可我已经不在乎这些了。

“我很高兴你回来了。”他终于说话了。

我抬起头。“那我应该谢谢你吧。还没想好要给 9 号编一个我怎么死的故事吧？”

此话一出，还是让他的面部肌肉抽搐了一番。“这……我都已经道过歉了。”

“是啊，”我说，“你的确道过歉了。”

我们又在寂静里度过了三十秒。我的饭差不多吃完了，可博托的食物还没怎么碰过。

“那，”他说，“我们……呃……算是和好了吗？”

我合上眼，深吸一口气，然后吐出。睁眼时，我看到他一脸期待地望着我。我越过桌子，向他俯过身去。作为回应，他也向我俯身而来。

我狠狠照他眼睛上来了一拳，这一拳重到我关节都快断了，直接把他的脑袋打得朝后仰了过去。

“没错，”我说，“和好了。”

我站起来，拿起托盘，离开了。走廊门滑开的时候，我回头瞥了一眼，他正盯着我，嘴微微张着，双手摊在面前的桌子上。他的眼眶紫得恰到好处。

我知道这很俗，但我不在乎。今天是我余生的第一天。

027

显然，尼福尔海姆星也是有春天的。谁又曾想到？

着陆约一年后，气温开始回升，雪慢慢融了。几周后，我们第一次看到了暴露在外的地表土壤。一个月后，地面被地衣覆盖。

似乎没人能对这里发生的一切给出一个清晰的解释。尼福尔海姆星的轨道几乎是个正圆，转轴倾角几乎可以忽略不计。理论上这里不该有季节。我们能给出的听起来最靠谱的猜测是这样的：这里的太阳其实是颗变化幅度不大的变星，它现在正处于上升期。

米德加德星的任务计划者们本该考虑到这种事情，对吧？我是说，我们出发前，他们已经对这个地方观察了接近三十年。稍作研究后，我发现，他们的确观察到了这星球能量输出的周期性波动，并且记载得十分详细。可他们并没有将这归因于星球本身，因为没人能给出一套讲得通的理论从星球物理学的角度来解释这一切是如何运作的。相反，他们相信这必定与星际介质中的尘埃云有关，然后便如此登记在案了。这也正是他们认为我们会在此地过上温暖舒适生活的原因。他们认为，恒星能量输出高是常态，低的话则是受到了尘埃云的干扰。

行吧。

起初，所有人都对天气的变化感到欢欣鼓舞，直到有一天，物理部有人提出，不知我们会不会从一个极端走向另一个极端，热到像小火慢煎一样。

这是个吓人的想法，可现实并非如此。几个月之后，气温稳定下来了，温和适中。最后，农业部的朋友们甚至在穹顶外搞起了种植实验。

我们的殖民同僚们也终于开始到户外消磨时间，他们讨论着要将头几个胚胎从容器中取出，除了我和马歇尔，人们似乎也已渐渐忘记了爬行者的存在。就在这个时候，我问纳莎，她是否想要一起散散步。

我们依然要戴呼吸面罩。绿植开始生长之后，氧分压正在缓慢但明显地上升，可这点儿变化，还不足以让我们中的任何一个在毫无辅助的情况下活太久。当然了，前提是，如果真有变化发生。我们不知道这个暖季节将会持续多久。可能是几年，也可能就在明天结束。

然而不论如何，这是个适合登山的好天气。

“我们去哪儿？”卢卡斯在周界与我们挥手作别时，纳莎问我。

“离穹顶很远的地方。这么说够吗？”

她牵起我的手，我们开始走。

米德加德星有一大片荒漠，以赤道为中心展开，几乎与那唯一的大洲同宽。那里大片的土地经常多年不下一次雨。可每过一大段时间，天气状况恰到好处时，一场巨型暴风雨便会滚滚而来，在那片旱透的平原和沟壑上，一口气降下一年的雨水。每到此时，我们都会发现，总有生命在蓄势待发，等一个破土而出的机会。植物从土地里一跃而出，动物也从休眠中醒来，吃吃喝喝，捕猎交媾。

尼福尔海姆星的生物圈也大概如此。雪刚融化一两个月，地衣便已将土壤拱手让给了青草，人们甚至能看到灌木零星散布。除此之外，还有动物，大部分都是长相与爬行者惊人相似的爬来爬去的东西，距离穹顶大概一千米左右的地方，我发现了看似有八条腿的爬行动物，它正在一块岩石上晒太阳。

我指给纳莎看的时候，她皱了皱眉头，然后把一只手放在携带的爆燃枪上，她的反应并不奇怪。

“拜托，”我说，“它那么可爱。”

她斜了我一眼，摇摇头，然后把手放了下来。

我们继续走。

大概过了五分钟，我停下来，定定神。已经过了太久。没有了雪，一切看起来都是那么不同。纳莎向后退了半步，胳膊叠在胸前，头歪向一边。

“我们不光是随便走走吧？”

呼吸面罩后的我微笑了起来。“不完全是。有些事情我想确认一下。”

我知道自己的坐标。我们从山的一侧出发，转了个弯，沿一条溪谷走了下去，这条溪谷将把我们领向穹顶视线所及的范围以外。

“你确定要这么做吗？”纳莎问。我看了她一眼。她的手又放回了爆燃枪上。“这里看起来像是爬行者的领地。”

“没错，”我说，“我们离它们的隧道入口很近了。”

“好吧，”她说，“为什么来这儿？

“我告诉过你了，”我说，“我有东西要确认。”

一开始，我错过了那个地方。被我当作标记的那块巨石当初肯定是被冰冻在那儿的，又或许水流已经将它沿斜坡冲下去了一段。不论是哪种情况，它现如今的位置比原来要低个二十米左右。可我还是认出了它，一旦认出，就不难沿着原路走回我从隧道中走出时它所在的那个小小岩架了。岩架下面是一堆小石头。我跪在地上，把它们挪走。

“米奇？”纳莎说，“你不想给我解释一下吗？我们在干什么？”

我可以解释，但没这个必要，因为我已经差不多把小石子搬完了，岩架下逐渐显现出一个洞来。

“我的天哪。”纳莎说。

我转过身看向她，观察她的反应。她十分惊讶，却没有被吓呆，也没有面目狰狞。我想这是个不错的信号。我小心地将手伸进那片漆黑之中，把 8 号的背包取出，拿到亮处。

“你这个狡猾的小混蛋。”她说。

我笑了。“你不会真以为我会把这东西留给爬行者了吧？”

她在我身边蹲下，伸出手，把背包从头到尾摸了一遍。“怎么弄的？”

“什么怎么弄的？你是问我怎么在 8 号被杀之后把这鬼东西从爬行者那儿拿回来的吗？”

纳莎转过来看着我。从她的眼神中我可以看出，呼吸面罩后面应该没有丝毫笑意：“是的，米奇。”我耸耸肩：“我直接管它们要回来的。”

她摇摇头，将注意力转回那个炸弹。

“它……上膛了吗？”

“呃，它携带的反物质足以消灭一个中等大小的城市，你是要问这个吗？”

她抽回手。

“别担心，”我说，“只要那些气泡完好无损，反物质就基本可以算作是存在于另外一个宇宙。我们对它来说是遥不可及的。”

“如果有几个不再完好无损了呢？”

我笑了。“相信我，如果那样的话我们马上就会发现的。”

“为什么，米奇？”

“什么为什么？我为什么要像海盗藏宝贝一样把这个足以引发世界末日的武器埋在这儿？”

“没错，”她说，“正是。”

我起身，转过来面对她。“好吧，是这么一回事。如果我真像对马歇尔说的那样，把它们留给爬行者了，爬行者很可能会思考一番，然后一拍脑门，把这东西拿来用。老实说，当时穹顶里那些人是死是活，我一点儿都不在乎，可是……”

她咧嘴笑了。“可是什么，米奇？”

“你知道，”我说，“我宁愿马歇尔把我推下尸洞，也不想让你有任何三长两短。”

“好吧，”她说，“我懂。那你为什么不把它拿回来呢？”

“咳，这很简单。如果我把这些炸弹还给马歇尔，他绝对会当场就把我给杀了，然后派9号接着下隧道完成他的屠杀大业。我活下来的唯一原因，爬行者也还活着的唯一原因，就是因为，他觉得我是唯一能阻止爬行者在穹顶下启动这东西的人。”

“你大概是对的，”她说，“可我有一点不明白，爬行者怎么会让你带着两个炸弹一起离开呢？它们难道不担心军事威慑之类的东西吗？”

我又笑了，笑得更大声了。“你不是在开玩笑吧？你真觉得我实话告诉它们我拿的是什么了吗？你觉得我会告诉它们，我是来你们家进行大屠杀的？天哪，纳莎。我虽然不是什么天才，但也不至于那么傻。”

这句话令她有些退缩。很显然，在她心里，我就是那么傻。

“那你是怎么和它们说的？”

“我觉得语言的确是个很大的障碍，但我努力向它们传达，我是个特使。它们事实上对背包完全没有过问。因为这背包本身看上去也不像什么能毁灭世界的武器，对吧？”

“是啊，”纳莎说，“的确不像。”

我将背包推回了洞里，小心地用石头把它盖起来，直到看不见为止。之后，我站了起来，向后退了六七步，检查自己藏得怎么样。

“你觉得怎么样？”我问纳莎，“它能藏住吗？”

她咧了咧嘴。“能藏一时，藏不了一世。你有长远计划吗？还是打算就这么等着，等有人忽然找到这个地方，然后不小心让我们所有人都就此送命？”

我叹了口气。“我原本的计划是等马歇尔什么时候死了就回到这里把它拿走，然后告诉新的指挥官，爬行者决定把这炸弹还给我们，作为一种表示友好的姿态。”

“你不是开玩笑吧。”

“没错，不是玩笑。你有更好的计划吗？洗耳恭听。”

她瞪了我好一会儿，然后摇了摇头。“没有。可你觉得这会持续多久？马歇尔得了什么大病吗？”

“据我所知没有。”

她牵起我的手。“他要是没死成的话，你有预备计划吗？”

“没有。”

她用没拿爆燃枪的那只手捧着我的脸，然后摘下呼吸面罩俯过身来吻我。“你的确不是什么天才，”她说，然后她放开了我的手任它落了下去，转身走向溪谷，“但你很可爱。”

我回头看了看藏炸弹的地方。它看上去只是一堆石头，跟覆盖了这颗星球百分之九十地表的其他石头没什么不同。

藏得够好吗？

马歇尔看上去健康得很。

我想它必须藏得够好。

我最后回望了一眼，将未能犯下的战争罪留在了身后。

我跟上纳莎的脚步，走出阴霾之地，沿着溪谷，走入阳光。

致谢

为本书做出贡献的人不胜枚举。我可能会遗漏一些人，如果你没被列在里面，我希望你能原谅我。你可能早就心知肚明，我绝对没看上去那么聪明。

首先是最主要的：我向保罗·卢卡斯和 Janklow&Nesbit 的那些好人们致以我最深的谢意，没有你们的指引和鼓励，我几乎肯定已经早早放弃了，还有 Rebellion Publishing 的迈克尔·罗利以及 St. Martin's Press 的迈克尔·霍姆勒，感谢你们愿意给一位写了本奇怪小书的极度不知名的作者一个机会。接下来，我也要对纳瓦·沃尔夫致以诚挚和衷心的感谢，感谢你在这本书还是一部略显压抑的长篇小说时读了它，并且鼓励我把它改得不那么压抑。纳瓦，如果你能看到这段话，我希望你能在最终的成书里发现自己留下的痕迹，我也希望你对此表示许可。

我还要对以下诸位表示诚挚的感谢（排名不分先后）：

·基拉和克莱尔，感谢你们对故事初稿严厉但公正的批评。

·希瑟，感谢你用我的信用卡给我买了吃不完的茶点。

·安东尼·塔波尼，感谢你成为我未来粉丝俱乐部的主席。

·特丽丝、克雷格、吉姆、艾伦、加里，感谢你们通读了不同版本的手稿，而从来没让我自己先改好再拿给你们看。

·凯伦·费什，感谢你教给了我身为作者意味着什么。

·约翰，感谢你成为我在文学方面所有事情的传声筒。

·米奇，感谢你被我写进书里，还被写死了好多次，最后还没发疯。

·杰克，感谢你在我最需要的时候帮我保持住了自信。

·珍，感谢你最后读了我的印前清样。

·麦克斯和芙蕾雅，感谢你们从来没让我忘记生命中真正重要的事情是什么。

如我所说，这只是部分名单。没有以上任何一位的帮助，这本书都不可能是现在这个样子，很可能会变得一团糟。谢谢，朋友们。现在，做好准备迎接下一本了吗？

图书在版编目（CIP）数据

米奇7号 /（美）爱德华·阿什顿著；王雪妍译. --
海口：南海出版公司，2024.1
ISBN 978-7-5735-0609-2

Ⅰ.①米… Ⅱ.①爱… ②王… Ⅲ.①幻想小说－美
国－现代 Ⅳ.①I712.45

中国国家版本馆CIP数据核字(2023)第183124号

著作权合同登记号 图字：30-2023--080

米奇 7 号
〔美〕爱德华·阿什顿 著
王雪妍 译

出　　版　南海出版公司　(0898)66568511
　　　　　海口市海秀中路51号星华大厦五楼　邮编 570206
发　　行　新经典发行有限公司
　　　　　电话(010)68423599　邮箱 editor@readinglife.com
经　　销　新华书店

责任编辑　孙　腾
特邀编辑　黄渭然
营销编辑　游艳青　赵倩迪
装帧设计　李照祥
内文制作　贾一帆

印　　刷　河北鹏润印刷有限公司
开　　本　850毫米×1092毫米　1/32
印　　张　10
字　　数　140千
版　　次　2024年1月第1版
印　　次　2024年1月第1次印刷
书　　号　ISBN 978-7-5735-0609-2
定　　价　59.00元